BIBLIOTHÈQUE DE LA JEUNESSE

LA BANNIÈRE BLEUE

PAR LÉON CAHUN

LIBRAIRIE 2f50 HACHETTE

Bibliothèque
des Écoles et des Familles

1re SÉRIE
Format grand in-8 (28 × 18)

Chaque volume :
broché .... **9 fr. 50**
relié tranches jaunes, tête dorée ...... **14 fr. 50**

About (E.) : **L'homme à l'oreille cassée.**
Le roman d'un brave homme.

Avezan (d') : **Enfant d'adoption.**

Beecher Stowe : **La case de l'oncle Tom.**

Cervantès Saavedra : **Don Quichotte de la Manche.**

Cim (Alb.) : **Grand'mère et petit-fils.**

Gorsse (de) et Jacquin : **La Jeunesse de Cyrano de Bergerac.**

Gourdault (J.) : **La Suisse pittoresque.**

Jacquin : **M. de la Palisse.**

Maël (P.) : **Robinson et Robinsonne.**
Le trésor de Madeleine.
Terre de fauves.
Une Française au Pôle Nord.

Monnier : **Notre belle Patrie. Sites pittoresques de la France.**

Scott (Walter) : **Ivanhoë.**
Quentin Durward.

Toudouze (G.) : **Le secret de la trahison.**
Le voltigeur hollandais.

Vernon (P.) : **Pirates de l'air.**

Wyss (J.) : **Le Robinson suisse.**

2e SÉRIE
Format in-8 (26 × 17)

Chaque volume :
broché .... **8 fr.**
relié tranches jaunes, tête dorée ...... **12 fr. 25**

About (E.) : **Nouvelles et souvenirs.**
Le roi des montagnes.

Baker : **L'enfant du Naufrage.**

Cahun (L.) : **Les pilotes d'Ango.**

Colomb (Mme J.) : **Mon oncle d'Amérique.**
Les étapes de Madeleine.

Cooper (Fenimoore) : **Le dernier des Mohicans.**

Corneille : **Œuvres choisies.**

Daudet : **Histoire d'un enfant. Le Petit Chose.**

Dickens (C.) : **David Copperfield.**
Aventures de M. Pickwick.

Gafferel (P.) : **Les campagnes de la première République.**

Girardin (J.) : **Le commis de M. Bouvat.**
Le Locataire des demoiselles Rocher.
Les Braves gens.
La famille Gaudry.

Guy (H. et C.) : **Gérard-le-Résolu.**

Molière : **Œuvres choisies.**

Sandeau : **La Roche aux Mouettes.**

Vincent et Mlle Bat : **Chez Catherine ménagère.**

Pour la collection complète,
demander le Catalogue de Distribution de Prix.

LA BANNIÈRE BLEUE

JE VIS EN FACE DE MOI UN HOMME

BIBLIOTHEQUE DE LA JEUNESSE

LA BANNIÈRE BLEUE

par LÉON CAHUN

ILLUSTRATIONS DE CH. BARBANT

LIBRAIRIE HACHETTE
79, BOULEVARD SAINT-GERMAIN, PARIS

LE SOMMEIL VINT FERMER MES YEUX

LA BANNIÈRE BLEUE

I. — LE GRAND SAINT

PAR la grâce du Dieu très-haut, par l'intercession de la plus noble des créatures[1] et l'intervention de ses quatre bienheureux compagnons[2], le mercredi, 5 du mois de Saffar 591[3], année de la Panthère[4], je devins soldat de l'Empereur des Mongols, à l'âge de quinze ans.

Je suis né sur les bords de l'Isig Kul[5], dans les environs de la ville d'Almaty[6]. Bien que ma tribu fût nomade, mon père me fit instruire par un molla[7], tellement qu'à dix ans, outre que je montais à cheval et que je tirais de l'arc, je savais aussi lire et écrire la langue turke, tant en caractères arabes qu'en caractères oïgours[1], et j'avais appris le Koran et la religion qu'enseigna notre prophète Mohammed.

Comme j'avais atteint l'âge de quinze ans, il arriva, dans les derniers jours du mois de Moharram 590, que notre étalon blanc à tête grise se perdit : c'était un cheval de race et de prix. Mon père ordonna à ses serviteurs de se mettre à sa recherche. Nous étions en plein hiver : la tentation de faire une course à travers les montagnes et les plaines couvertes de neige, et de tirer les

1. Le prophète Mohammed ou Mahomet.
2. Les quatre premiers khalifes, Abou Bekr, Omar, Othman et Ali.
3. Juillet 1194.
4. Date mongole.
5. Le lac chaud.
6. Actuellement, fort Vernoïé.
7. Ecclésiastique musulman.

1. Les Oïgours, peuplade turke, avaient, à cette époque, fondé un grand empire entre la Chine et la Transoxiane, et se servaient d'une écriture particulière, qui est devenue plus tard l'écriture mongole.

lièvres de neige me saisit tellement, que je suppliai mon père de me permettre d'accompagner ses serviteurs. Il y consentit, après s'être fait beaucoup prier, et me donna un bon cheval bai brun, un cheval de cinq ans. Ayant pris congé de ma mère, de mon frère aîné qui avait dix-sept ans, et de ma petite sœur Aïcha qui en avait treize, je quittai notre kichlak[1] et je suivis nos serviteurs qui s'en allaient vers la plaine. Nous marchions depuis trois jours et je me divertissais bien, tirant les lièvres, poursuivant les loups avec mon lasso, lançant mon cheval à fond de train sur les pentes des montagnes, lorsqu'un des serviteurs qui nous précédaient pour reconnaître le chemin arriva au galop de son cheval pommelé. Il eut à peine le temps de crier : « Voilà les Tékrines[2] ! » et tomba de sa selle, mort, par terre. Les païens Tékrines étaient partis pour faire une course contre un de nos clans, sans que nous en eussions rien su. Ayant enlevé beaucoup de chevaux et d'autre butin, ils revenaient de leur expédition, et Dieu avait voulu que nous les rencontrassions. Ils avaient mortellement blessé notre serviteur, et à présent ils arrivaient sur nous de tous côtés.

« Djani, s'écria le plus vieux de nos serviteurs, tu as un bon cheval. Prends la fuite ! Nous tiendrons ici jusqu'à ce que tu sois en sûreté ! Cours droit devant toi, le long de la rivière, et tu arriveras à notre campement ! »

Il me répugnait de m'en aller et de laisser mes compagnons tout seuls exposés au danger. Voyant que j'hésitais, le vieux serviteur prit mon cheval par la bride, le fit courir une centaine de pas dans la bonne direction, lui lança un fort coup de fouet, et retourna vers les autres en s'écriant :

« *Allahou Ekber!* Dieu est le plus grand ! »

En même temps, j'entendis les cris des Tékrines qui fondaient sur les nôtres, et je me laissai entraîner par mon cheval effrayé.

Je courus ainsi environ une demi-heure, puis je m'arrêtai pour laisser souffler ma bête. J'étais au milieu d'une vallée toute couverte de neige, et j'avais à ma droite un bois de sapins. Quelques corbeaux tournoyaient en l'air. Le silence était profond. Tout à coup une trentaine de Tékrines sortirent brusquement du bois et arrivèrent droit sur moi. A vingt pas, ils s'arrêtèrent : deux d'entre eux se détachèrent de la troupe et plantèrent leurs lances dans la neige, à ma droite et à ma gauche. J'étais si stupéfait que je ne pouvais pas bouger de place. Ils me firent mettre pied à terre. Ensuite ils me firent remonter à cheval, après m'avoir pris mon arc et mon carquois, et saisissant la bride de ma bête, m'emmenèrent à travers le bois. J'arrivai dans une clairière où se trouvait le gros de leur troupe : parmi les chevaux qu'ils emmenaient étaient ceux de nos pauvres compagnons ; je leur demandai en turck ce que mes serviteurs étaient devenus, mais ils se mirent à rire et ne répondirent pas. Nous marchâmes ainsi jusqu'à la nuit, où ils s'arrêtèrent entre deux montagnes. Là, ils allèrent chercher du bois, allumèrent leurs feux, égorgèrent des moutons qu'ils dépecèrent dans des marmites, entravèrent leurs chevaux, plantèrent leurs lances en terre et s'assirent autour des foyers allumés.

Leur interprète me demanda mon nom et le nom de mon pays. Après que je lui eus répondu, le chef de la troupe prit un morceau dans la marmite, m'appela, me fit asseoir à côté de lui, et me fit signe de manger. Quand j'eus contenté ma faim, je m'endormis, épuisé de fatigue. Au matin, lorsque je m'éveillai, je ne vis plus personne. Les Tékrines avaient disparu avec tout leur butin. Effrayé de me trouver seul et sans cheval au milieu de ces solitudes, je me mis à courir de droite et de gauche, en pleurant. En errant ainsi je finis par voir de loin la fumée d'un camp. J'y courus, et je reconnus les Tékrines : ils avaient été camper plus loin pour partager le butin.

« Puisque vous m'avez abandonné, dis-je à l'interprète, rendez-moi mon cheval et montrez-moi la route de ma maison. »

L'interprète se mit à rire.

« Nous ne t'avons pas abandonné, me répondit-il. Nous n'abandonnons rien, nous autres, fût-ce un enfant ou un mouton. Nous pensions bien que tu nous retrouverais. »

Ensuite, il me conduisit par la main vers un grand tas de pièces de feutre et me dit :

« Choisis une couverture. La nuit, tu l'étendras par terre, pliée en deux. Tu mettras un côté sous toi, et l'autre côté sur toi. »

Quand j'eus choisi ma couverture, il me fit pareillement choisir une selle et un cheval parmi les leurs, car ils ne voulurent pas me rendre le mien, ni mon arc, ni mon carquois. Ils me prirent même les boutons d'argent de ma pelisse.

Au bout d'un mois de voyage, nous arrivâmes dans leur pays, sur les bords de la rivière Irtich. Ils étaient encore dans leur campement d'hiver. Dès qu'ils furent arrivés, les Tékrines se consultèrent sur ce qu'ils feraient de moi. J'assistais au conseil, et je comprenais assez bien, car en un mois j'avais appris un peu leur langue. Comme ils discutaient ensemble, un de leurs vieillards se leva et dit :

« Keuktché Tengri Soutou[1] a demandé qu'on lui amène un jeune homme sachant la

1. Campement d'hiver; le campement d'été s'appelle *yaïlak*.

2. Tékrines. Tribu alliée aux Mongols et voisine des Oïgours.

1. Keuktché, de *keuke*, bleu, ciel, signifie céleste. *Tengri Soutou*, dont les historiens turcs ont fait Tengri-Ning boutou et Bout-Tengri, signifie « émanation de Dieu ». Ce Keuktché et son père jouèrent tous deux un rôle considérable dans la formation de la nation mongole.

UN HOMME SORTIT DE LA CAVERNE

langue turke, et pouvant écrire avec des caractères. Il faut envoyer ce jeune homme à Keuktché. »

Tous furent aussitôt de l'avis du vieillard, et le soir même je repartis avec cinq hommes qui me conduisaient à Keuktché. Nous passâmes pendant un mois et demi par des montagnes affreuses, des bois et de grandes solitudes. Enfin nous arrivâmes, vers la fin de l'hiver, au pied d'une montagne toute couverte de rochers et, de noirs sapins. Les Tékrines s'arrêtèrent devant la montagne et se prosternèrent.

Puis ils attachèrent leurs chevaux, et commencèrent à gravir les pentes en silence, en donnant les marques du plus profond respect. A mi-chemin du sommet au milieu d'un chaos de rochers, s'ouvrait une caverne. Ils se prosternèrent neuf fois devant l'entrée, et l'un d'eux me dit à voix basse :

« C'est ici la demeure du Grand Saint. Qui sait où il est? Peut-être selon sa coutume, est-il monté au Ciel sur le cheval gris que lui envoie le *Tengri*[1] quand il veut s'entretenir avec lui! Peut-être aussi court-il nu-pieds dans la neige et sur les rochers aigus! »

Comme le Tékrine disait ces mots, un homme sortit de la caverne et parut soudainement devant nous. C'était un jeune homme d'une figure imposante. Ses longs cheveux flottaient sur ses épaules, et son regard était farouche. Par cette saison rigoureuse, il avait les pieds, les jambes et les bras nus, et était à peine vêtu d'une grossière étoffe de crin. A sa vue, les Tékrines se mirent à trembler de tous leurs membres, et recommencèrent leurs prosternations. Pour moi, je fus saisi d'une peur terrible, mais, ayant mis ma confiance en Dieu, j'invoquai mentalement son saint nom et celui de son prophète, ce qui me rendit le courage, et fit que j'osai regarder Keuktché en face. Je vis alors qu'il adoucissait son regard, et me considérait d'un air compatissant et presque caressant.

« Quel est cet enfant? dit-il, et pourquoi me l'amenez-vous ici?

— Grand Saint, répondirent les Tékrines, tu avais demandé un enfant turk sachant écrire les paroles avec des caractères. Nous t'amenons celui-ci. »

Keuktché me fit signe d'approcher et me mettant la main sur la tête, il m'examina en souriant.

« Quel est ton nom, me dit-il, et quels sont tes sept ancêtres?

— Mon nom est Djani, répondis-je, et le nom de mon père est Euktulmich. Ma nation est celle des Oïgours, et mon clan, celui de Baïane-Aoul.

1. *Tengri* signifie « Dieu » en turk et en mongol.

— Et quelle est ta religion me demanda-t-il.

— Dieu soit loué, m'écriai-je, je suis musulman!

— Dieu est partout, répondit Keuktché d'une voix grave. Il est dans le cœur des Turks musulmans, il est dans notre cœur, il est dans l'herbe qui verdit, il est dans la neige qui tombe et le monde est son émanation. Djani, c'est Dieu qui t'a conduit ici. Je serai ton père et ta mère, tu seras mon fils et mon serviteur. »

Je m'inclinai en silence devant le Grand Saint. Il fit signe aux Tékrines de s'en aller.

Quand je fus seul avec Keuktché la peur me reprit. Je m'assis à l'écart, sur une pierre, je pris ma tête dans mes mains, et je me mis à pleurer. Abandonné dans cet affreux désert, avec ce redoutable magicien et sorcier qu'allais-je devenir? J'avais beau mettre ma confiance en Dieu, je craignais que le magicien ne fît apparaître quelque forme monstrueuse, et il me semblait que Satan en personne allait surgir à tout instant devant moi. Me cachant le visage avec le pan de ma pelisse, je sanglotais, et je m'abandonnais au désespoir. Je me croyais perdu; je me résignai donc à mourir. Je descendis jusqu'à la source de l'Onone, j'y fis mes ablutions, et je récitai une prière. Inclinant ma tête, je demandais miséricorde à Dieu, quand le sommeil vint fermer mes yeux.

Je vis en rêve que le *khodja*[1], mon précepteur, accompagné de plusieurs saints personnages, parmi lesquels Ali, le Lion de Dieu[2], m'apparaissait monté sur un cheval gris. Le khodja me dit :

« Ne t'inquiète pas; Lion de Dieu m'a envoyé près de toi pour te faire savoir qu'il t'accorderait son appui chaque fois que tu seras en péril, si tu penses à implorer son aide. Relève donc la tête, et éveille-toi! »

Je me réveillai, le cœur content, et levant la tête, je vis que Keuktché était debout devant moi, la main appuyée sur mon épaule.

« Tu as fait un beau rêve? me dit-il. Tu as rêvé de saints personnages de ton pays, et maintenant tu n'as plus peur de moi. N'est-ce pas vrai?

— C'est vrai, m'écriai-je. O Keuktché, puisque vous savez tout, puisque vous pouvez tout, rendez-moi mes parents, rendez-moi ma patrie!

— Patience! me répondit le Grand Saint. Tu les reverras certainement; mais d'ici à ce que tu les revoies, le Tengri veut que tu passes par des épreuves. Fais en sorte de les franchir dignement. Quand on doit devenir un homme, à dix ans on l'est déjà.

— S'il plaît à Dieu, je deviendrai un

1. Révérend père, — docteur en théologie musulmane.

2. Ali, quatrième kalife, cousin et compagnon de Mahomet.

homme ! m'écriai-je le visage enflammé. Je suis un Oïgour, et mon peuple est connu pour sa vaillance ! »

Keuktché me frappa sur la joue amicalement.

« Tu parles bien, fils, dit-il. Nous aimons les hommes vaillants, ici ! Le Tengri t'entend et t'approuve. Suis-moi, que je te donne ton logement et ta tâche. »

Nous entrâmes dans la caverne. Elle était éclairée par une torche de bois résineux. On n'y voyait, pour tous meubles, qu'une caisse vermoulue, deux pierres qui servaient de siège à côté du foyer, un chaudron et un tas de vieilles pièces de feutres et de fourrures. Un beau cheval alezan était entravé près de l'ouverture de la caverne, il me salua d'un joyeux hennissement.

« C'est *Saïn Boughouroul,* dit Keuktché en caressant le cheval. Il a trois ans, tu le monteras. »

Je m'inclinai pour le remercier. Le cheval était magnifique ; j'en avais peu vu de pareils. Pendant ce temps, Keuktché empilait des couvertures et des pelleteries.

« Voilà ton lit, me dit-il. Tu dois avoir faim, voici la caisse à provisions. »

Il me désigna du doigt une roche plate qui était à côté de l'entrée de la caverne. Il y avait là un entassement de nourriture :

« Choisis les viandes qui te plairont, me dit Keuktché ; tu allumeras du feu et les apprêteras à ton gré. Tu jetteras le reste hors de la caverne, aux oiseaux du ciel et aux bêtes de la montagne. Les jeunes gens qui m'apportent toutes choses devraient savoir que je n'en use pas autant. »

Disant ces mots, il prit une écuelle, but quelques gorgées de lait, puis, allant au coffre, il en tira un livre dans lequel je vis des caractères étranges et que je ne connaissais pas. Il s'assit près de la torche et se mit à lire. Je mangeai, et un instant après je m'endormis, épuisé de fatigue.

Pendant plusieurs mois, ma vie se passa sans qu'il m'arrivât rien qui mérite d'être noté. Je donnais à manger aux bêtes sauvages le reste des offrandes qu'on apportait à Keuktché, je soignais Saïn Boughouroul et je ramassais des broussailles pour faire la cuisine. Keuktché me parlait très peu, et me laissait faire tout ce que je voulais. Souvent lui-même disparaissait pendant des journées entières. Quand il revenait de quelqu'une de ces courses, ses yeux étaient encore plus farouches qu'à l'ordinaire et ses manières plus étranges. Néanmoins, comme il était très bon pour moi, j'avais fini par concevoir pour lui une affection mêlée de frayeur. C'était un homme tout à fait extraordinaire, qui vivait de quelques gorgées de lait et qui ne dormait pas.

Un jour, comme j'allais monter Saïn Boughouroul pour courir dans la campagne, Keuktché m'arrêta.

« Fils, me dit-il, il ne convient pas qu'un jeune garçon comme toi, que je traite comme mon enfant, coure ainsi vêtu d'une robe déchirée et sans armes. Je veux te voir bien équipé. »

Il me conduisit dans un coin de la caverne et sortit d'un paquet enveloppé de feutre un vêtement magnifique, un arc avec un carquois et un grand couteau à manche de corne garni d'argent.

« Prends, me dit-il. Ceci est à toi et Saïn Boughourbul, aussi est à toi ! »

Ravi de joie, je me jetai à ses pieds pour le remercier. Mais il sortit aussitôt et me laissa seul avec mes présents. Je courus d'abord embrasser Saïn Boughouroul, puis, je revêtis bientôt mes beaux habits : un pantalon de cuir brodé, des bottes à hauts talons, une tunique de soie à trois boutons d'argent ; je serrai ma ceinture à boucle aussi d'argent, où pendait mon couteau ; je serrai autour de ma taille le carquois et sa trousse et je me coiffai du bonnet de feutre bleu bordé de fourrures. Je saisis l'arc dont les bouts étaient garnis d'argent et dont la corde était de soie jaune, avec la place de l'encoche entourée de fil d'argent ; je mis le doigtier de tireur à la main droite et le bracelet au poignet gauche, et, plein d'émotion, j'essayai la corde. L'arc était terriblement dur ; je tirai de toutes mes forces, il pliait à peine. Moitié joyeux, moitié désolé, j'amenai Saïn Boughouroul à l'entrée de la caverne, je sautai en selle et je descendis la montagne au galop. Je me dirigeais vers le campement du clan voisin des Aroulad, sur le flanc d'une montagne couverte de pâturages. Dans mes courses, je m'étais lié avec les jeunes garçons de cette tribu, qui me témoignaient beaucoup d'égards, sans doute parce que j'étais avec Keuktché. Mais parmi eux il y en avait un pour lequel je m'étais pris d'une affection particulière et qui me le rendait. C'était un garçon de mon âge, le fils d'un de leurs *noianes* ou princes ; il s'appelait Alak. Nous courions ensemble sur la lande, nous prenions plaisir à nous défier à la lutte, au tir. Nous jouions aussi à saut de mouton, aux osselets, à l'os blanc où le vainqueur chevauche sur les épaules du perdant, et à toutes sortes d'autres jeux. Une chose nous peinait : nous aurions voulu faire un cerf-volant, comme j'en avais vu dans la ville d'Almaty ; mais les peuples ne connaissant pas l'écriture, ni les livres, il n'était pas possible de trouver de papier chez eux ; faute de papier, je ne pouvais pas faire de cerf-volant.

Voilà qu'en chevauchant j'aperçus Alak de loin. Il était monté sur un cheval courtaud et galopait de-ci, de-là, en tenant sa perche à lacet droite comme une lance. Du plus loin qu'il me vit, il souffla dans son sifflet de chasse et fit un temps de galop à ma rencontre.

« Ah ! Djani, me cria-t-il de loin, j'ai du papier, j'ai tout ce qu'il faut pour faire un dragon-volant! Arrive donc, Djani, mon frère! »

Quand je fus près de lui, il regarda mon magnifique équipement.

« Comme te voilà vêtu, et quel bel arc, et quel couteau! s'écria-t-il. Tu es équipé comme un khan. D'où te vient ce butin?

— C'est Keuktché qui me l'a donné, répondis-je. Et toi, d'où as-tu ce qu'il faut pour faire un dragon-volant?

— De mon père, me dit Alak. Mon père a suivi notre khan Témoudjine[1] dans une course contre nos ennemis les Taïdjigod. Ils ont eu, entre autre butin, une grande caisse de papiers et de livres chinois, et mon père me l'a donnée. Je suis bien content, Djani, de te voir si fièrement vêtu et armé. Maintenant nous avons tous les deux un arc, un couteau et un cheval. Quand nous aurons un sabre et une lance, nous serons des guerriers!

— Le khan est-il de retour depuis longtemps?

— Depuis avant-hier matin, me répondit Alak. Demain, il donnera une fête avec le butin pris sur les Taïdjigod. Tu t'y rendras?

— Je m'y rendrai, frère Alak, répondis-je, je veux voir votre khan Témoudjine, puisque tout le monde dit que c'est un héros. »

« Il fait presque nuit et nous n'avons pas encore rassemblé les chevaux pour les ramener à l'entrave. Pour sûr, mon père entrera en colère contre moi!

— Ecoute, lui dis-je, il faut nous hâter. Parler ne sert de rien. Je vais t'aider à rassembler le troupeau. »

A force de courir, de distribuer des coups de fouet, de siffler et de prendre le cou des récalcitrants au lacet, nous réunîmes tous les chevaux en troupe serrée avant qu'il ne fît tout à fait noir et nous arrivâmes au *yort*[1] sans être trop en retard. Alak planta immédiatement, avec le maillet qui était pendu à l'entrée de sa maison, deux piquets de fer dans la terre, pendant que je préparais la corde; nous attachâmes la corde et nous y entravâmes à tâtons tous les chevaux, dont le compte se trouva juste. Ensuite, ayant attaché nos montures aux deux poteaux, à droite et à gauche de l'entrée du treillage de bois rouge qui entoure la maison, Alak déposa sa perche contre ce treillage, j'y accrochai mon fouet, et, ayant ouvert la petite porte d'osier couverte de feutre, nous entrâmes tous deux.

1. C'était le nom de celui qui devait s'appeler plus tard Gengiskan.

1. *Yort* signifie à la fois « tente » et agglomération de tentes, ou village nomade. Il se prend aussi dans le sens de « pays, patrie. »

II. — LA MIGRATION DES PEUPLES

LA lampe était allumée et la marmite retirée du feu quand nous entrâmes. Le père et la mère d'Alak, leurs cinq enfants en bas âge et leurs trois principaux serviteurs étaient assis autour de la marmite fumante.

« Chien! dit le chef à son fils lorsqu'il entra, voilà que tu t'es encore attardé! »

Il me prit une forte envie de me sauver, car je pensais que dans la distribution de soufflets qui allait être faite, je ne serais pas oublié. Mais loin de là: quand le père d'Alak m'aperçut, il se radoucit subitement.

« Hé! dit-il, c'est Djani, notre jeune hôte! Depuis que Djani est dans notre pays, tout le yort prospère. Assieds-toi ici, à ma droite, mon jeune hôte, et prends une écuelle. Et toi, Alak, je te pardonne, mais n'y reviens plus. »

Je remerciai le chef et Alak vint s'asseoir à côté de moi.

« Quel arc est celui-ci? et quel couteau, me dit le chef en regardant mon équipement.

— C'est Keuktché qui m'a donné cela, répondis-je en me rengorgeant.

— Ah! Keuktché t'aime bien, reprit le chef, et tu es bien heureux de passer tes journées avec ce grand saint! Mais, dis-moi, t'a-t-il instruit dans l'usage des formules magiques? Commences-tu à devenir un habile sorcier et sais-tu un peu parler avec les esprits?

— Keuktché ne m'a rien dit de tout cela, répondis-je, et ma religion me défend de penser à ces choses. Keuktché m'a conseillé d'être brave et courageux et d'apprendre avec soin à manier mon cheval et mes armes. »

Alak s'écria alors :

— C'est égal! si Keuktché veut que même les enfants de quinze ans soient prêts à suivre la charge, c'est que de grands événements sont proches!

— Oui, ils sont proches, dit une voix forte et mâle, et nous sommes là pour les regarder en face! »

L'homme qui parlait ainsi entra, en se courbant et en levant le pied par-dessus le seuil, et tira la porte d'osier derrière lui.

« Salut, fils de Nagho-Baïane, salut Boghordji[1] le Brave, s'écria le père d'Alak en se levant pour aller à la rencontre du nouvel arrivant.

— Salut, Baïsongar, salut, chef d'un de

1. Boghordji fut un des meilleurs généraux de Gengiskhan, et son ami le plus fidèle.

mes clans, répondit l'homme d'une voix retentissante, en prenant les deux mains du père d'Alak. Et toi, femme de Baïsongar, et toi son fils, et vous ses serviteurs, et toi jeune hôte étranger, salut aussi. »

Parlant ainsi, il alla s'asseoir à la place d'honneur où Baïsongar le conduisit. La femme versa du kymyz à chacun et Boghordji commença par en avaler coup sur coup deux amples rasades.

Ce Boghordji le Vaillant était un homme de haute taille, aux épaules larges, au cou puissant, aux bras vigoureux. Il avait des yeux étroits et une mine de lion. Ses cheveux pendaient en quatre nattes des deux côtés de ses joues et son menton était rasé; sa moustache bien graissée se terminait en pointe. Toute sa carrure était celle d'un homme vaillant.

« Qu'y a-t-il donc, Boghordji, mon frère aîné? dit le père d'Alak.

— Il y a, mon frère, que les Taïdjigod, furieux de leur dernière défaite, ont fait un traité avec les Khorlass et que des tribus étrangères, les Baïaghod, les Mergued Bakhanes et même les Tatars se sont jointes à eux. Ils réclament de nous le seul Témoudjine, et si on ne veut pas le livrer, ils disent qu'ils nous extermineront tous et qu'ils mettront tout à sac, tentes et troupeaux. »

Baïsongar se mit dans une bruyante colère.

« Livrer Témoudjine! s'écria-t-il. Depuis quand voit-on des tribus comme les Aroulad livrer un chef qu'elles ont choisi librement, un chef du sang des Kiot Bordjiguène[1], un descendant du Loup bleu et de la Biche blanche. Si nous faisions cela, Keuktché enverrait les cent quarante-quatre fléaux, le tournis aux moutons, la morve aux chevaux, la gale aux chiens, les maux d'entrailles aux enfants.

— Il ne faut pas le livrer! s'écria Alak. Il faut hacher les Taïdjigod. »

Son père lui lança un soufflet pour lui apprendre à parler sans être interrogé.

« Oui, dit Boghordji, ceci n'est pas une simple incursion. Il faut que les Taïdjigod périssent, ou nous. Depuis assez longtemps ils nous persécutent. »

Le souvenir de ces persécutions tira des larmes à Baïsongar.

Quand Alak vit pleurer son père, il fondit en larmes, et quand je vis pleurer Alak, je ne restai pas en retard et je me mis à pleurer aussi. Les autres enfants et les serviteurs nous imitèrent, et la mère d'Alak poussa de grands cris, suivant la coutume des femmes. A ces cris, les chiens qui étaient dehors répondirent par des hurlements et des aboiements, auxquels se joignirent les aboiements et les hurlements de tous les chiens du yort, et les chevaux se débattant dans leurs entraves, les bœufs et les moutons dans leurs parcs, les chameaux à leur attache, commencèrent un grand vacarme. C'était une désolation générale.

Boghordji, se dressant de toute sa hauteur, jeta son bonnet par terre et se mit à trépigner de colère. Baïsongar, sans cesser de pleurer, donna coup sur coup trois soufflets sur la nuque d'Alak.

« Crapaud! s'écria Baïsongar. N'as-tu pas honte? ne rougis-tu pas de rester ici comme un œuf de tortue, pendant que les bêtes dehors font un tel vacarme! As-tu perdu toute pudeur? Veux-tu sortir bien vite pour rétablir l'ordre parmi le bétail et lui rassurer le cœur. »

Alak se précipita hors de la maison et je m'élançai derrière lui.

C'était la nouvelle lune, mais il y avait du brouillard. Alak et moi, nous décrochâmes nos fouets et, aidés des serviteurs, nous allâmes mettre l'ordre parmi les bestiaux.

« Il faut d'abord faire taire le taureau gris, me dit Alak. C'est toujours celui-là qui commence. Va-t'en au parc à bœufs, moi je vais m'occuper des chevaux. »

Je sifflai les deux chiens *Bars* et *Alaga* qui étaient les meilleurs pour les bœufs.

« Méfie-toi du gris, me cria encore Alak, il frappe de la corne! »

J'entrai dans l'enclos en excitant Bars et Alaga et en faisant claquer mon fouet.

Je terminais ma besogne et je sortais de l'enclos, quand Alak arriva sur moi à fond de train. Le tumulte était apaisé. Mon ami se pencha de mon côté, botte à botte avec moi et me mit la main sur le bras; je sentis que sa main tremblait.

« Regarde là-bas, me dit-il à voix basse, regarde du côté de la butte de Deligoun Bouldak. »

Je levai les yeux et je ne pus retenir une exclamation.

Au-dessus de Deligoun Bouldak et semblant partir de la montagne de Keuktché à côté de laquelle rayonnait la lune, une grande lueur ovale brillait au milieu du brouillard. Elle était de neuf couleurs différentes. La butte elle-même était éclairée comme en plein jour. Dans le ciel, au-dessous de la lueur, se déroulait une longue bande frangée, couleur de sang. La butte paraissait grande comme une montagne, un cavalier se dressait gigantesque et immobile. Il me parut comme un démon effrayant.

La vision dura quelque temps, le temps de battre le lait en beurre, puis elle s'effaça graduellement; le cavalier disparut le premier, puis la lumière aux neuf couleurs, puis la lune qu'un nuage noir vint voiler, puis la grande bande rouge. Alors seulement la parole nous revint.

« Eh bien, me dit Alak, as-tu vu? Et tu as entendu les prodiges dont parlait mon père!

1. *Kiot Bordjiguène* signifie « les Avalanches aux yeux fauves. » C'était le nom de la famille de Gengiskhan.

— Ecoute, lui dis-je : Keuktché m'a dit que quand on verrait des apparitions sur Deligoun Bouldak, les temps seraient accomplis et qu'il arriverait des choses extraordinaires. »

Nous revînmes tous deux à la maison au moment où Boghordji en sortait. Il monta à cheval, puis il disparut rapidement dans les ténèbres. Quand nous fûmes sous la tente, à la lueur de la lampe; je vis qu'Alak était très pâle. Baïsongar, nous voyant ainsi effarés, saisit tout de suite Alak dans ses bras.

« Fils, dit-il vivement, qu'as-tu? Il ne t'est pas arrivé de mal, j'espère? »

Nous rassurâmes Baïsongar qui était tout ému et nous lui racontâmes ce que nous avions vu. Il entra dans une grande perplexité. Néanmoins il se mit à dérouler les feutres pour coucher, et nous dit :

« Mes enfants, couchez-vous. Nous penserons à ces choses plus tard. Toi Djani, il est trop tard pour que tu chevauches dans la montagne, au milieu de ces prodiges. Tu coucheras ici. Ce que le Tengri et les esprits préparent, nous le verrons bien; nous sommes des hommes et nous avons avec nous Témoudjine contre les ennemis visibles et, contre les ennemis invisibles, Keuktché est là-bas! Bonsoir fils, bonsoir Djani, et dormez bien. »

A ces mots, nous nous étendîmes côte à côte sur un tapis de feutre, sans nous faire prier.

De bon matin, je montai à cheval avec Alak, après avoir pris congé de Baïsongar et de sa femme. Voilà que nous aperçûmes de loin une grosse troupe de gens qui venaient droit sur nous; ils étaient tous armés en guerre et avaient le fer au bout de la lance; les flammes de leurs lances étaient jaunes. Du plus loin que nous les vîmes, l'inquiétude nous saisit; nous pensions que c'était quelque parti des ennemis. Mais, un instant après, Boghordji, suivi d'une vingtaine d'autres chefs, passa au galop et nous cria joyeusement :

« Voici nos confédérés les Ouriengkhanes qui viennent nous rejoindre! »

La troupe des Ouriengkhanes passa devant nous. Elle était conduite par un chef monté sur un cheval gris coiffé d'un bonnet de forme conique, vêtu de jaune, le sabre au côté et un étendard à la main. Ses cavaliers étaient bardés de fer et bien armés. Je demandai quel était ce chef; Alak me répondit:

« C'est Djelmé, le tueur de tigres, le compagnon de Témoudjine. » Mais derrière les Ouriengkhanes en venaient encore d'autres; à leur tête s'avançait un cavalier monté sur un cheval bai clair, coiffé d'un casque à têtière, vêtu de rouge, l'épée au côté, l'arc sur les épaules et tenant une lance dont la bannière était rouge. Une cinquantaine de cavaliers marchaient sous ses ordres.

« Celui-ci est Guidang chinois, le Manggoude, qui a vaincu trois rois Kitad, me dit Alak; il demeure dans des bois inaccessibles, où l'on trouve l'ours pie et le wolverenne. »

A la suite de ces Manggoudes des bois venait un cavalier monté sur un cheval bai brun. Il était vêtu de bleu et coiffé d'un bonnet de renard noir; sa cotte de mailles était blanche et doublée de fourrure noire. Son visage, fortement basané, avait une expression grave et majestueuse.

« Celui-ci, me dit Alak, c'est Moukhouli le Sage, chef des Djelaïrs. Il est l'ami de Boghordji et sa parole est remplie de sagesse. »

Puis je vis s'avancer un tout jeune homme, monté sur un cheval d'une beauté merveilleuse, qui avait une étoile au front et dont la queue et la crinière étaient blanches. Ce chef était armé d'un arc et d'un sabre, et tenait à la main une lance à flamme bleue. Huit cavaliers bien montés et armés, mais misérablement vêtus marchaient derrière lui.

« Je ne connais pas ce guerrier, dit Alak. Il a la mine fière et modeste d'un héros.

— C'est Djébé le Loup[1], de la tribu des Bessed et du clan des Djissoud, dit un des naukers. Il vient des pâturages du Tsaïdam, au bord de la mer Bleue, où ils élèvent ces beaux chevaux. Quoiqu'il n'ait que dix-huit ans il est déjà connu pour sa prudence et sa valeur. »

Les troupes de cavaliers se succédèrent ainsi, enseignes déployées, au milieu d'une forêt de lances. Derrière elles, on entendit le grincement aigu des roues de chariots, le bourdonnement confus des cloches pendues au cou des chameaux, des grelots attachés au cou des poulains, le trépignement des bœufs, le beuglement des vaches, le bêlement des moutons et des chevreaux, les aboiements des chiens, les cris des femmes, des enfants et des esclaves qui maintenaient l'ordre dans les troupeaux à grand renfort de coups de sifflet et de claquements de fouet. C'était le *keutch*[2] des guerriers qui arrivait derrière eux. Etant un nomade moi-même, j'étais habitué à marcher avec mon clan quand il se déplaçait de son kichlak à son yailak, mais je n'avais pas encore vu de keutch aussi grand, ni venant de si loin. Il y avait bien de quatre à cinq mille guerriers, de dix à onze mille combattants et plus de cent cinquante mille têtes de bétail. C'était un grand peuple bariolé qui bourdonnait confusément sur la lande, au pied de la montagne. On n'en voyait pas la fin. En tête des guerriers, les timbales sonores battaient en mesure la marche de chaque tribu, et les clairons, fiers et graves, sonnaient la mesure des timbales et dominaient

1. Djébé, le meilleur des généraux de Gengiskhan, le vainqueur de la Khalka et le conquérant de la Russie.

2. *Keutch* signifie tout ce que le nomade emmène avec lui dans ses migrations; c'est l'équivalent de notre mot algérien « smala ».

le vacarme du keutch qui grouillait derrière les héros.

Mon âme fut saisie de joie et d'admiration.

Plusieurs guerriers des clans campés à Deligoun Bouldak étaient à cheval à côté de nous et parmi eux Baïsongar et le grand Soubeguetaï Baghatour.

D'autres jeunes gens avaient suivi Boghordji, d'autres Témoudjine. Chacun tenait à l'honneur de recevoir nos confédérés et d'aider les chefs de famille à débrouiller leur keutch. A mesure que les clans arrivaient, ils nous saluaient de leur cri de ralliement et nous répondions par le nôtre : *Ourdjane, ourdjane!* qui est le cri des Kiot Bordjiguène. Nos clairons sonnaient et nos cymbales battaient au passage des drapeaux la marche des Kiot Bordjiguène.

C'ÉTAIT LE KEUTCH DES GUERRIERS

Et mille autres cris d'amitié, d'encouragement et de bienvenue. J'étais transporté d'enthousiasme et Alak était rouge jusqu'aux oreilles. Il criait de bon cœur et son père à côté de lui était si content, qu'il ne lui donna pas un seul soufflet. Il me semblait que mon âme suivait chaque nouvelle bannière, et j'aurais donné ma vie pour chevaucher derrière un des drapeaux qui défilaient fièrement devant nous. Quand tout ce peuple eut passé, je ne pus me retenir et je m'écriai à haute voix :

« *Allahou Ekber!* gloire à Dieu le fort, le puissant ; louange à Dieu, le maître des mondes !

— Que dis-tu là ? me demanda Baïsongar.

— Je proclame la gloire du Tengri, répondis-je, qui a tellement accrû notre nation et la puissance de notre khan Témoudjine.

— Tu es un bon fils, s'écria Baïsongar, en me donnant une tape sur l'épaule. Puisse le Tengri t'envoyer un esprit protecteur. A présent, toi et Alak et vous autres jeunes gens, courez vite mettre ces chevaux au pâturage et occupez-vous de traire les juments pour que nous ayons du lait à donner à nos hôtes. Moi, je vais choisir un mouton gras et un cheval de trois ans, pour leur faire un festin. Il n'y aura pas de fête aujourd'hui, jusqu'à ce que tout le monde ait trouvé des emplacements pour les bêtes et pour les maisons. Il faudra que nous partagions équitablement avec eux le côté du soleil et le côté de l'ombre. »

Alak et moi nous partîmes aussitôt. Quand nous eûmes fini et que les seaux de cuir furent remplis de lait écumant, Alak partit avec les serviteurs pour rapporter le lait, et me promit de ne pas s'attarder et de revenir au galop. Je restai seul et mis pied à terre.

Il me vint tout de suite l'idée de prendre mon arc et de l'essayer. J'ouvris mon carquois : il contenait vingt-quatre flèches. Je saisis l'arc, je mis mon brassard et mon doigtier, je plaçai mes pieds d'équerre, je tendis le bras gauche, je posai les deux premiers doigts de la main droite sur la place d'encoche et je ramenai vivement le bras en arrière sans plier le poignet et en levant le coude. Mais l'arc était si dur, qu'il me fut impossible de ramener la corde jusqu'à mon oreille, ni même jusqu'à mi-chemin.

Voyant cela, je me dépitai et je m'assis sur une pierre, le visage dans mes mains et en pleurant. Tout à coup je sentis qu'on me touchait l'épaule, je me redressai et je vis en face de moi un homme que je n'avais pas entendu arriver. L'homme était monté sur un magnifique cheval pommelé et vêtu d'une grossière tunique de cuir ; son bonnet était en peau de renard noir et sa ceinture était ornée de clous et d'étoiles d'argent. Son arc pendait sur la cuisse. Il avait à la ceinture un sabre court à large lame droite et à poignée de corne incrustée d'argent.

Le visage de cet inconnu était le plus extraordinaire que j'eusse jamais vu. Il inspirait la crainte et le respect encore plus que celui de Keuktché. Son teint était très blanc et son nez très long. Sa moustache brune était légèrement relevée et découvrait les coins de la bouche. Mais ce qu'on voyait tout de suite dans ce visage, c'était le front et les yeux. Le front était large, majestueux et les sourcils remplis d'autorité. Les yeux étaient étranges, grands et d'une couleur grise tirant sur le fauve, comme les yeux des aigles, des tigres et des lions.

Il me parla d'une voix douce, un peu sourde et qui avait parfois des éclats, comme une trompette qu'on voudrait sonner tout doucement. Je me levai et, croisant mes mains dans l'attitude du respect, je m'inclinai profondément devant lui.

« Fils, me dit-il, pourquoi pleures-tu?

— Père, répondis-je, je pleure parce que je n'ai pas la force de tendre cet arc.

— La force vient du cœur et va dans les bras, me dit l'inconnu. Prends ton arc et encoche une flèche. »

J'obéis. L'inconnu me montra un aigle qui planait au-dessus de nos têtes.

« Tire cet aigle, me dit-il, et abats-le!

— Je ne puis pas, répondis-je. Je ne suis pas assez fort. »

Il me regarda bien en face. Je sentis ma poitrine se dilater.

« Tire, je le veux! » reprit-il.

Mes bras étaient comme du fer. Je ramenai d'un coup la corde jusqu'à l'oreille et je lâchai la place d'encoche en pliant le poignet. La corde sonna, l'arc vibra, la flèche fendit l'air et le grand aigle, glissant obliquement tomba sur le sol à vingt pas de moi, les ailes étendues.

L'inconnu ne dit pas un mot. Il cingla son cheval d'un vigoureux coup de fouet, franchit un large fossé et disparut sur la lande.

Après son départ, je me prosternai par neuf fois en récitant le tekbir, et, saisissant mon arc, je lançai une seconde flèche aussi aisément que la première. Je compris que cet inconnu avait en lui quelque chose d'extraordinaire et de miraculeux, et, pénétré d'admiration, j'arrachai deux plumes de l'aile de l'aigle, et je les passai dans les rebords de mon bonnet, en commémoration de ma rencontre avec le cavalier aux yeux fauves.

III. — DJEBE LE JOYEUX

Un instant après, j'entendis le galop des chevaux et Alak revint avec ses gens. Mais je n'eus pas le temps de lui raconter mon aventure: à peine avais-je commencé à lui parler, qu'un cavalier traversa la lande et se dirigea de notre côté.

Je reconnus alors Djébé, le héros de Djissoud.

« Salut, enfants, nous dit le jeune chef en arrêtant son cheval.

— Salut, vaillant Djébé », répondîmes-nous en nous inclinant.

Il parut content de voir que nous savions son nom.

« Hé, enfants des Aroulad, reprit-il en souriant, quelqu'un de vous peut-il m'indiquer où je trouverai Keuktché, le grand saint? Je ne sais pas le chemin pour aller à la place où il se tient.

— Je puis te l'indiquer, répondis-je, et je puis même t'y conduire.

— Très bien, dit Djébé. Conduis-moi auprès du sorcier, il faut que je lui parle. »

Pendant que je mettais la bride à Saïn Boughouroul et que je sanglais la selle, le chef djissoud regardait autour de lui et examinait le troupeau.

« Vous avez là de nobles chevaux, dit-il. Pour garder de si bons chevaux, il faut que vous soyez les fils d'un chef.

— Je suis le fils de Baïsongar, dit Alak, et celui-ci est mon frère.

— Non, répondis-je vivement, non! Alak y met trop de bonté. Je suis un pauvre orphelin, un étranger qui reçoit l'hospitalité. Ma famille et ma patrie sont loin d'ici. »

Là-dessus, je montai à cheval et je conduisis Djébé jusqu'au pied de la montagne. Pendant que nous la gravissions, le chef me dit brusquement:

« Puisque tu n'as plus de famille, tu devrais t'en faire une autre.

— Miséricorde! m'écriai-je en saisissant le collet de ma tunique à la façon des musulmans, je suis un prisonnier de guerre qu'on a donné à Keuktché et un enfant sans expérience. Où veux-tu que je trouve une patrie! Keuktché me traite comme son fils, mais le grand saint est plus souvent avec les esprits que sur la terre. Alak a une patrie, il sait sous quel *toug*[1] il doit se ranger quand le peuple émigre ou quand on bat les tim-

1. Le *toug* est un drapeau surmonté d'une queue de yak ou bœuf du Thibet; il est l'insigne du commandement. Djébé a une bannière, mais, comme vassal de Témoudjine, il perd son *toug* et ne peut en avoir de nouveau que si ce dernier lui en donne un. Faute d'un mot équivalent, je suis forcé de me servir du mot mongol-turc : *toug*.

bales ; moi, je n'ai rien de tout cela. »

Djébé avait arrêté son cheval et m'écoutait attentivement. Nous étions au bord du précipice. Avec la brusquerie qui paraissait être son caractère, le chef me dit:

« Oserais-tu galoper jusqu'au sapin là-bas, qui penche sur l'abîme? »

Pour toute réponse, je lançai mon cheval à fond de train, le long de la muraille à pic et, arrivé au sapin, je fis une volte, je tournai court, et je revins sur Djébé.

« Bien chevauché! s'écria le jeune chef. Tu es digne de monter ce bon cheval. Donne-moi ton arc. »

pour t'apprendre que tu avais trouvé un père. Embrasse-moi, fils! »

Là-dessus, Djébé me serra dans ses bras et se laissant aller à sa loquacité:

« Ha! dit-il, un fils comme toi n'aurait pas de famille? ha! tu n'aurais ni patrie, ni drapeau? Cela ne me plaît point! Tu auras pour patrie le Tsaïdam et ta tribu est celle de Bessed, et ton clan celui de Djissoud. Et tu me feras honneur. Et quand on te demandera quelle est ta bannière, tu répondras que c'est la bannière bleue, la bannière des Bessed. Et si quelqu'un ne s'incline pas devant ta bannière, tu lui casseras tous les

JE BAISAI SES PIEDS POUDREUX

Je le lui tendis. Il essaya la corde, la ramenant deux ou trois fois avec souplesse jusqu'à son oreille, puis me le rendit.

« Tu tires cet arc-là toi? », dit-il.

Je pris une flèche, je la posai sur l'encoche et je l'envoyai couper une menue branche à quarante pas. Djébé me saisit les bras et se mit à me tâter les muscles. Quand il m'eut bien palpé, sa figure basanée prit une expression tout à fait comique. Il me lança un formidable soufflet qui me fit voir trente-six étoiles devant les yeux.

« Eh bien, eh bien! m'écriai-je, sentant la colère me monter au visage. Qu'est-ce que tu fais? »

Parlant ainsi, tout enflammé de colère, je portai la main à mon couteau, mais Djébé partit d'un tel éclat de rire, qu'au lieu de dégainer, je restai là tout abasourdi et je le regardai rire.

« Hé, hé, me dit-il, tu as la main plus près du couteau que du bonnet! Voilà déjà que tu veux dégainer, mon jeune guide! Tout à l'heure tu regrettais de n'avoir pas comme Alak un père pour te corriger. Eh bien, je te prends, moi. et je t'ai donné un bon soufflet

os qu'il a dans le corps, entends-tu, fils?

— J'entends, j'entends, répondis-je. Je veux appartenir à la bannière bleue jusqu'à la mort. »

Djébé m'embrassa encore.

« Et maintenant, fils Djani, dit-il, enfant de la bannière bleue, cavalier des Djissoud-Bessed, allons voir le sorcier aujourd'hui. Demain peut-être ce sera bataille. A présent tu as un peuple et un drapeau. »

Nous partîmes au galop, sur les flancs abrupts de la montagne.

Djébé s'entretint longuement avec Keuktché, puis il partit, après m'avoir fixé un rendez-vous pour le lendemain.

La nuit était venue. J'allumai une torche et j'allai me coucher. Mais j'étais si troublé, que je ne pus m'endormir. Je me tournais et me retournais dans un demi-sommeil, lorsque j'entendis le pas d'un cheval. Du coin obscur où j'étais étendu sur mon tapis de feutre, je vis un homme entrer dans la caverne et s'approcher de Keuktché, assis sur une pierre à côté de la torche. Keuktché se leva, l'homme s'arrêta en face de lui, dans la lueur rouge de la branche enflammée, et je sentis un tressaillement dans tout mon corps; j'avais reconnu le cavalier aux yeux fauves.

La conversation eut lieu d'abord à voix basse, et je ne distinguai pas bien ce qui se disait; mais peu à peu le ton s'éleva et j'entendis des choses que je me rappellerais toute ma vie, dussé-je vivre aussi longtemps que le prophète Khidr[1], la bénédiction soit sur lui!

« Ainsi, disait Keuktché à l'homme aux yeux fauves, ainsi, prince du clan des Kiot et de la famille des Bordjiguène, noble Témoudjine, ta résolution est prise! tu crois le moment venu?

— Je me sens assez fort, répondit Témoudjine. Une voix me crie : « Il est temps! »

— Songe, reprit Keuktché, que, dans l'affaire que tu médites il faudra n'avoir pitié d'âme qui vive. Tu ne goûteras plus le repos, tu seras farouche et cruel aux tiens comme au monde entier.

— Est-ce toi, Keuktché, s'écria le prince, est-ce toi qui me parles ainsi? Toi, qui as nourri dans mon âme redoutable la flamme qui me dévore. Ah! s'il ne s'était agi que de repos et de tranquillité, je n'aurais pas brisé les fers que me mirent les Taïdjigod et je n'aurais pas erré fugitif et misérable. Je n'aurais pas attiré sur ma tête la malédiction de ma mère, lorsque, avec l'aide de Khassar, j'ai souillé mes mains du sang de mon frère Bekter, pour rester seul maître du pouvoir. Non! j'ai vu le bien et le mal: j'ai passé par l'utile et l'inutile; j'ai goûté le doux et l'amer. Des affections d'hommes n'entrent plus dans mon cœur. Ce qu'il me faut, ce n'est pas vivre heureux et paisible en un coin ignoré, il me faut le monde! Il faut que la terre entière s'incline et tremble devant mes noires bannières.

— Alors, dit Keuktché, tu sacrifieras le repos de ta nation et de ton clan à tes grands projets? Tu n'accorderas jamais aux tiens la paix, la douce paix?

— Sur l'ordre du Tengri mon père, s'écria Témoudjine d'une voix éclatante, j'ai résolu de soumettre les douze princes qui commandent au genre humain. Quand les cent quarante mille nations seront soumises à mes lois, je donnerai la paix au monde.

— Le monde est grand, dit encore Keuktché et notre nation est toute petite. Tu es le chef d'une poignée de bergers et de chasseurs, grossiers et obscurs. J'ai ouï-dire que dans le lointain occident il y a un pays qui s'appelle Rome et dont le khaghan[2] peut mettre un million de guerriers sur pied. L'*empereur d'or*[3] règne sur sept cents peuples. Les empereurs des Turks et de l'Inde et des *Sartagols,* qui ont vingt mille éléphants de guerre n'ont pas même entendu prononcer le nom de nos clans ignorés.

— Ils l'entendront, cria l'homme aux yeux fauves. Ils l'entendront d'une façon si terrible, que les oreilles leur en tinteront. Pendant des centaines d'années, je veux que les hommes pâlissent quand on leur parlera de nous. »

Keuktché se jeta dans les bras de Témoudjine.

« Prince des Kiot Bordjiguène, s'écria-t-il, voici comment je veux te voir! Je parlais pour t'éprouver. Je t'ai trouvé inébranlable, comme je t'ai toujours connu. Chevauche, *Empereur inébranlable*[1]. Ce nom que je te donne par ordre du Tengri, la terre te le donnera! Soumets le monde à nos bannières, sois sur la terre ce que le Tengri, dont tu émanes, est dans le ciel. Fils du Loup bleu, exécute les ordres du Tengri. Prends le monde!

— Je le prendrai, répondit froidement l'homme aux yeux fauves. Que me demanderas-tu pour ta part?

— Nous réglerons après, dit le sorcier.

— C'est bien! dit Témoudjine. Demain, je monterai à Deligoun Bouldak et je mettrai mes peuples en route. Nous allons commencer un terrible voyage. »

Les deux hommes se donnèrent la main. Témoudjine monta à cheval.

En ce moment, je vis à l'entrée de la caverne la bande grise de l'aube du jour. Le soleil perça les nuages. Je montai sur Saïn Boughouroul et je fis mes adieux à Keuktché. Je suis musulman. Dieu soit loué, et je ne pensais pas à demander à ce sorcier païen quelque enchantement ou œuvre du démon. Néanmoins, quand je fus sur mon cheval et que Keuktché me dit:

« Mon fils Djani, je veux encore te donner ma bénédiction. »

Je mis le genou en terre devant Keuktché, je baisai ses pieds poudreux, puis je sautai en selle et je descendis au galop, sans tourner la tête. J'avais le cœur gros, car j'aimais le sorcier.

La vallée était remplie de rumeurs. Les clairons et les timbales se répondaient. Le bruit lointain des clochettes et les nuages de poussière indiquaient que tout le monde était en mouvement, bêtes et maisons. Je croisai un cavalier couvert d'une armure blanche, coiffé d'un capuchon de mailles et monté sur un bon cheval rouan. Je m'inclinai au passage devant ce guerrier, mais lui, arrêtant son cheval et faisant une volte, me cria joyeusement: « Hé Djani! hé frère! où vas-tu si vite? »

Je reconnus Alak[1] en cet équipage triomphant. Nous nous embrassâmes.

1. Elie, et quelquefois, aussi Saint Georges, chez les musulmans asiatiques.

2. *Khan* en mongol et en turc, signifie « roi », et *khagan* « empereur ».

3. L'empereur de la Chine.

1. *Tchinguiz Khaghan,* d'où nous avons fait *Gengis Khan,* signifie en mongol « empereur inébranlable ». C'était le surnom de Témoudjine.

« Je marche avec les jeunes gens de mon père, dit Alak. Boghordji m'a jugé assez fort pour marcher avec le toug.

— Et moi, lui dis-je, je marche avec la bannière de Djébé le Loup, mon cri de ralliement est: Place à la bannière!

— Nous nous reverrons certainement, dit Alak; nous nous retrouverons dans la forêt des lances. Tout est en l'air, tous les keutch vont partir et nous allons nous établir dans un autre yort. »

Je rendis la main à Saïn Boughouroul et je partis dans la direction du campement de ma bannière. Je traversai la foule grouillante des gens et des troupeaux, et bientôt je trouvai Djébé et ses huit cavaliers au rendez-vous.

« Arrive donc, là-bas, me cria Djébé de loin. On a déjà fait la cérémonie du toug. »

Il s'en alla vers la charrette, en tira une lance peinte en rouge avec un fer à quatre pans, une hache d'armes, une bouteille de cuir garnie de sa courroie et une calotte de mailles.

« Voilà ton affaire, fils, me dit-il. Tu rempliras la bouteille d'eau et de kymyz, pour ne point crever de soif sur le pré. Tu mettras ta hache à l'arçon de ta selle et ta coiffe de mailles sous ton bonnet. Si tu t'escrimes de la lance, tiens ton adversaire à ta gauche; si tu t'escrimes de la hache ou du coutelas, tiens-le à ta droite; songe à frapper plutôt qu'à parer, frappe fort et longtemps et si tes armes se brisent, tombe dessus à coups de poing, mords, égratigne, renverse, tue, ou meurs en combattant! »

Nous suivîmes le chef qui nous conduisit en face de Deligoun Bouldak. Tout à coup Témoudjine parut, monté sur un grand cheval bai clair, et s'arrêta entre les deux tougs. Derrière lui était Boghordji, revêtu de son armure, et à côté, Keuktché, à pied, se tenait debout près du toug noir.

Témoudjine éleva la voix. Sa parole était claire, vibrante: je n'en perdis par un mot.

« Ce peuple Bédé, qui, vaillant et fier, en dépit de mes peines et de mes dangers s'est fidèlement attaché à moi, ce peuple qui, avec un courage égal, a offert son front aux chagrins comme à la joie, ce peuple Bédé, pareil à un pur cristal, qui à travers tous les dangers m'a témoigné une constante fidélité et me suit vers le but que je m'efforce d'atteindre, je veux que ce peuple s'appelle désormais *Keuké Monghol*[1] et, de tout ce qui se meut sur la terre, soit ce qu'il y a de plus noble et de plus haut. »

En même temps d'un geste puissant, il arracha de terre le toug blanc et le remit à Boghordji, qui l'éleva haut en l'air. Keuktché arracha le toug noir, et le présenta à Témoudjine lui-même, qui l'agita par trois fois devant le peuple.

Aussitôt s'éleva une grande rumeur qui se changea en une immense acclamation. *Keuké Monghol!* Les intrépides bleus! Cela sonnait bien à l'oreille.

Le tumulte et les acclamations durèrent le temps de dire trois *bismillah* suivis de la *fatha;* puis tout de suite les clairons sonnèrent et les timbales battirent la marche.

« Vivement! cria Djébé rayonnant. Au galop, mes braves! Allons rejoindre la bannière de Boghordji, là-bas. Nous faisons partie de sa troupe, Témoudjine nous a mis à l'avant-garde! »

A ces mots, il brandit sa lance au fanion bleu et me souvenant de ce qu'il m'avait dit la veille, je me mis botte à botte avec lui, en criant de tous mes poumons: « Place, mes braves, place à la bannière! » Quelques instants après, Témoudjine parut lui-même, monté sur son cheval bai clair; à ses côtés chevauchaient deux de ses frères, Khassar et Belgueteï, et un guerrier de bonne mine, monté sur une jument blanche, qu'on me dit être Toktangha Taïdji, chef des Khortchines. Le khan s'entretint un instant à voix basse avec Boghordji, puis, se retournant vers nous, sans prononcer une parole il nous montra de la main la direction de l'ouest et mit son cheval au trot. Nous suivîmes aussitôt, au milieu d'un tourbillon de poussière, sur la lande aux herbes rousses. Le soleil, en face de nous, nous donnait droit dans les yeux et nous faisait baisser la tête. Il pouvait être environ l'heure de l'*Asr*[2], nos chevaux trottaient d'un pas égal, quelques lièvres partaient dans les herbes devant nous. Nous allions à la conquête du monde.

1. *Keuké Monghol* signifie en mongol « les intrépides bleus ou les intrépides sacrés », de *keuké*, « bleu céleste, saint ».
2. Trois heures.

IV. — LA PREMIERE VICTOIRE

Nous marchâmes pendant quatre jours sans nous arrêter plus de temps qu'il n'en fallait pour faire pâturer les bêtes et reposer le keutch. Le soir du quatrième jour, nous étions déjà sur les bords de la Selenga; c'est là que nous apprîmes que les Taïdjigod avaient trouvé notre trace et qu'une partie de notre arrière-garde échangeait des coups de flèches avec eux. Le clan de Baïsongar fut désigné pour aller renforcer les nôtres. Je vis les jeunes gens se former par petites troupes de dix hommes et partir au galop dans la direction de l'endroit où l'on se battait. Ils passaient rapidement devant nous, la lance tenue à la brassière et à l'étrier, et l'arc à la main. Alak passa parmi eux, droit sur son courtaud et me fit un signe d'adieu.

« Que Dieu te protège! » m'écriai-je.

Nous restâmes là près d'une heure, entendant au loin le bruit de l'alarme, mais de l'endroit où nous étions, nous ne pouvions rien voir.

Sur ces entrefaites, la nuit était tout à fait venue. Les gens du keutch finissaient de creuser un fossé autour de leur carré. Boghordji emmena des hommes et nous restâmes seuls, environ trois cents jeunes gens, à la tête de nos chevaux sellés et bridés et à côté de nos lances piquées en terre.

Djébé tira sa pierre à affûter de sa poche et se mit à affiler ses armes. Voyant cela, j'en fis autant et la plupart des cavaliers nous imitèrent. Pendant un instant, on n'entendit que le bruit de l'acier et du fer, frottant sur la pierre.

Tout à coup deux chiens sautèrent dans le rang et se mirent à japper autour de Saïn Boughouroul. Je reconnus tout de suite Bars et Alaga, les chiens d'Alak. Mon ami lui-même arrivait derrière eux avec une trentaine d'hommes, en tête desquels chevauchait son père Baïsongar.

« C'est fait! s'écria Alak. Nous les avons bien arrangés. »

Son père lui donna immédiatement un grand soufflet, pour lui apprendre à parler modestement. Alak reprit à voix basse, en se penchant à mon oreille:

« J'en ai mis un par terre.

— En route, Djébé, dit Baïsongar. Nous avons escarmouché avec leurs coureurs. Demain on se battra pour sûr. Allons prendre position le long de l'eau.

— A droite, marche! » cria Djébé.

Nous partîmes aussitôt. Une demi-heure après, nous étions à notre poste.

« As-tu quelque chose à manger, toi? » me dit tout à coup Djébé.

Je lui tendis un morceau de viande grillée que j'avais dans mon sac. Il le coupa en deux avec un couteau et m'en rendit la moitié. A la lueur de la lune, je vis que chacun ôtait le mors de son cheval et lui mettait la musette remplie d'orge. J'en fis autant. Les hommes s'accroupirent à la tête des chevaux et dévorèrent ce qu'ils avaient dans leur sac, pendant que les bêtes mangeaient. Les eaux de la Selenga fournirent à boire à tout le monde, après quoi chacun avala un bon coup de kymyz à son bidon et rebrida sa monture.

Le joyeux soleil se leva au milieu du silence et dora la plaine.

Je regardai devant moi. Au bout du pré, à quatre ou cinq cents pas et le long de l'eau, il y avait un bois de sapins. Djébé désigna le bois du bout de son fouet.

« Les Taïdjigod sont là derrière », dit-il.

De notre côté, on voyait une longue ligne de chevaux et de lances s'étendre sur un front d'environ mille pas, entre la rivière et une grande enceinte de chariots. Les timbales battaient et les clairons sonnaient le réveil.

En ce moment, Boghordji arriva au galop et se mit à notre tête. Un instant après, un groupe de cavaliers parut sur l'un des monticules et se dirigea de notre côté sans se presser. Un groupe en nombre à peu près pareil sortit de l'enceinte et s'avança vers les arrivants.

« Eh bien, eh bien? Qu'est-ce qui leur prend? s'écria Djébé. Est-ce qu'on va jouer au loup bleu à présent?

— Non, répondit Boghordji, mais le chef des Taïdjigod et de leurs alliés, Buké Tchilguer a demandé à négocier et ils viennent pour s'entendre avec le khan.

— Si j'étais à la place du khan, dit Djébé, je me méfierais. »

Disant ces mots, il monta à cheval et apprêta ses armes. Nous en fîmes autant. Du reste, un instant après, Boghordji nous fit former par pelotons. Les deux troupes étaient arrivées en face l'une de l'autre, à peine à deux cents pas de nous et avaient mis pied à terre. Nous les voyions très bien. Chacun attendait avec anxiété ce qui allait arriver.

Ils causèrent un moment. Pendant la conversation, un des Taïdjigod s'approcha du cheval du khan, en ayant l'air de le caresser et se baissa un peu du côté du montoir, comme s'il examinait l'étrier.

« Qu'est-ce qu'il fait donc, celui-là? dit Djébé; pourquoi manie-t-il l'étrier du cheval du khan? »

Boghordji se dressa vivement et devint tout pâle.

« Attention! nous dit-il. La main au carquois! » J'ouvris mon carquois, je n'avais pas encore posé la flèche sur la corde, que je vis Témoudjine faire un geste violent, comme s'il disait aux Taïdjigod de s'en aller et que chacun courut à son cheval. Je vis le khan mettre le pied à l'étrier, s'enlever et retomber lourdement par terre.

« En avant! cria Boghordji. Au khan! droit au khan!

— Ils lui ont coupé l'étrivière au montoir! cria Djébé. A la rescousse! à eux, à eux! »

Ce fut comme un éclair. Nous n'avions pas fait deux cents pas au galop, que j'avais eu le temps de voir Belgueteï fendre la tête de l'homme qui avait coupé la courroie d'étrier du khan, un Taïjigod abattre le cheval de Belgueteï, Belgueteï rouler sous son cheval, Toktangha Taïdji mettre pied à terre, le khan sauter sur la jument blanche qu'il lui présentait, et dégaîner. Dans cet instant, je vis Khassar tendre la corde de son arc et tirer; le Taïdjigod qui avait tué le cheval de Belgueteï tomba raide, les bras en avant. Je tirai ma flèche au hasard et j'en remis tout de suite une autre sur la corde. En passant, je vis un de nos hommes rattraper par la bride le cheval échappé du khan et Djébé, moulinant sa lance, se dégager du milieu de quatre hommes qui l'assaillaient. L'un de ces quatre, piqué au visage, vida les arçons et tomba en arrière.

Au même instant, une immense clameur s'éleva devant nous. Dix mille Taïdjigod, Mergued et Tatars, sortaient du bois et de derrière les buttes, et tombaient sur nous à bride abattue.

Derrière nous s'éleva une clameur pareille qui se confondit dans le fracas des armes et le roulement des pieds de ces milliers de chevaux; les nôtres chargeaient de leur côté.

J'eus tout juste le temps de tirer ma flèche sur les premiers Taïdjigod que je vis arriver; puis lâchant mon arc et assurant ma lance en arrêt, je me laissai entraîner dans la bagarre, au galop de Saïn Boughouroul. J'étais si étourdi par ce formidable tumulte et par la soudaineté de l'attaque, que je ne cherchai pas même des yeux la bannière de Djébé. Je ne savais plus trop ce que je faisais; tout ce que je sais, c'est que je voyais passer à droite, à gauche, venant en sens inverse de moi, des figures basanées, des casques, des cottes de mailles, des sabres étincelants derrière les crinières hérissées des chevaux et que j'entendais un vacarme de fer heurtant le fer, comme si cent mille forgerons eussent forgé sur cent mille enclumes.

Le temps de dire la *fatha* et je sentis un choc violent dans le coude droit; ma lance venait de heurter le bouclier d'un ennemi et avait plié par suite de la violence de la secousse; je la lâchai du coup et comme je la tenais hors brassière, elle me tomba de la main. Je n'avais pas encore le poignet assez vigoureux pour résister au contre-coup de la lance, et d'ailleurs je la tenais mal. Mon homme ne fut pas ébranlé et, en passant à ma droite, me détacha un revers sur la tête; je pliai en avant jusque sur le pommeau de ma selle, mais pas un fil de ma coiffe de mailles ne fut entamé. J'en fus quitte pour rester un instant étourdi, le nez sur la crinière de Saïn Boughouroul, et pour garder une forte contusion à la tête, mais je serrai machinalement les jambes et je ne tombai pas.

LES EAUX DE LA SELENGA NOUS FOURNIRENT A BOIRE

Je me raidis et je relevai la tête. En regardant autour de moi, je vis que j'étais sur la lisière du bois. Nous nous trouvions une dizaine de cavaliers ensemble, parmi lesquels Djébé. Nous venions de traverser toute la charge des Taïdjigod et derrière nous, dans un tourbillon de poussière, nous les voyions maintenant revenir à fond de train. Les deux armées s'étaient choquées, mêlées, et se séparaient pour se choquer de nouveau.

Djébé partit d'un grand éclat de rire, mit sa lance à la brassière et reprit son arc.

Il s'affermit sur ses étriers et parcourut la plaine du regard.

« Alerte! s'écria-t-il vivement. Au toug de Boghordji, là-bas! au galop! »

En quelques foulées, nous fûmes groupés autour du toug de Boghordji, au milieu des nôtres, qui s'étaient arrêtés court et ralliaient. A trois cents pas devant nous, on voyait dans les tourbillons de poussière jaune les Taïdjigod se reformer le long du bois. Entre eux et nous il y avait des hommes et des chevaux étendus raides par terre, quelques chevaux éclopés ou sans cavaliers qui allaient de-ci de-là et des blessés qui se tordaient sans pouvoir se relever, ou qui se traînaient du côté de l'eau.

Un grand tumulte s'éleva tout de suite sur notre droite et l'enceinte s'entoura d'un tourbillon de poussière. Les ennemis attaquaient maintenant de ce côté-là, mais ceux que nous venions de combattre restaient toujours en face de nous. Ils étaient très nombreux et pouvaient nous assaillir de toutes parts. Au bout d'un quart d'heure, ils revinrent sur nous; ils arrivaient par petites troupes de vingt, de trente, jusqu'à quinze pas, nous lançaient leurs flèches et tournaient bride immédiatement, sans cesser de tirer; dès qu'une troupe avait tourné bride, une autre arrivait derrière elle et se précipitait sur ceux des nôtres qui voulaient poursuivre les premiers, de sorte que la pluie des flèches ne s'arrêtait pas de part et d'autre. Nous ne reculions pas, mais notre troupe diminuait visiblement; nous fondions sur place.

J'épuisai toutes les flèches de mon carquois.

Djébé chargea six fois. A la sixième, il jeta le tronçon de lance ensanglanté qui lui restait à la main, tira son sabre et affermit la dragonne de cuir autour de son poignet.

« Nous y voici, dit-il en retroussant sa manche, voici le moment des grands coups arrivé. A présent, nous avons fini de tirailler et nous allons voir qui est-ce qui est plus dur, les crânes ou les lames de sabre. »

Boghordji parut devant nous, le visage souillé de poussière, de sueur et de sang, les yeux étincelants.

« Bas les lances et les arcs, tout le monde! s'écria-t-il, aux masses et aux épées! Cent hommes autour de la bannière de Djébé.

— A moi Djébé! cria le jeune chef en se dressant sur ses étriers. A moi, Bessed Djissoud! »

Boghordji disparut pour aller donner des ordres sur un autre point. Djébé rallia rapidement cent hommes. Il arrêta son cheval à dix pas devant nous. Plus loin, à sa droite, je reconnus Boghordji au toug que son porte-bannière tenait derrière lui, et plus à droite encore, d'autres chefs se placèrent en avant de leurs hommes.

La voix de Boghordji retentit par-dessus le tumulte.

« Préparez-vous à charger! cria-t-il. Quand mon tougtchi[1] lèvera son toug, vous chargerez tous ensemble! »

Au même instant, les timbales et les clairons sonnèrent la charge, le tougtchi leva le toug si haut que tout le monde le vit et Boghordji cria d'une voix de tonnerre:

« En avant, les Mongols bleus! »

Notre troupe partit au galop.

Djébé criait d'une voix aiguë, plus haut que tous les autres:

« En avant! Bessed Djissoud! à moi Djébé! Place à la bannière! »

Je le vis entrer au milieu des Taïdjigod comme une hache dans du bois mort. J'arrivai derrière lui, moi quatrième, le coutelas au bout du bras. Les coups de sabre, de masse et de hache commencèrent tout de suite. Je lançai des coups de pointe devant moi, en faisant sans cesse pirouetter mon cheval pour tenir l'ennemi à ma droite. Je poussais et j'étais poussé. Dans cette presse, on ne savait si on reculait ou si on avançait. Un homme s'accrocha à mon étrivière et à ma botte par ma gauche, et je vis qu'un des nôtres l'assommait d'un coup de masse. Au même instant, un autre, dont le cheval se cabrait à côté de moi, me détacha un furieux revers; mais nous étions lancés si vite l'un contre l'autre et je me baissai si à propos que je lui donnai de la tête dans l'estomac et qu'au lieu de recevoir le taillant de son sabre entre le cou et l'épaule, je ne reçus qu'un coup de poing dans le dos. Je lâchai tout de suite la bride, et de la main gauche me cramponnant aux vêtements de mon adversaire, la tête collée contre lui, de la main droite je lui portai des coups de coutelas aussi fort que je pouvais. Je sentis une de ses mains qui me prenait par la nuque et qui m'étreignait, et je reçus des coups violents sur la tête. Se trouvant trop près pour me sabrer, il me maintenait par le cou et cherchait à m'assommer avec le pommeau de son sabre. Je m'accrochais des genoux aux flancs de Saïn Boughouroul qui suivait tous mes mouvements et je continuais à fouiller avec la lame de mon coutelas les flancs de mon adversaire. Mon arme était entrée jusqu'à la poignée, je la tournais et la retournais dans les entrailles de l'homme et le sang me coulait chaud dans la manche. Il ne me frappait plus, mais sa main conti-

1. L'homme qui porte le *toug*, le porte-étendard.

nuait de me serrer. Je me débarrassai de ses doigts crispés autour de ma nuque, je ramenai violemment mon coutelas à moi et me redressant, je vis que l'homme était sans mouvement, le nez sur la crinière de sa monture et les bras pendants; le cheval fit un mouvement et l'homme glissa inerte et tomba la tête la première. Alors, quoique je fusse tout étourdi des coups qu'il m'avait donnés et que le sang me coulât du nez, je saisis la bride à Saïn Boughouroul, je m'affermis dans mes étriers et je criai à pleine gorge:

« Place à la bannière! En avant les Mongols bleus! »

jamais endossé l'armure! C'est notre grand khan, Buké Tchilguer!...

— A présent qu'il s'est changé en faucon et s'est envolé, dit Djébé, je reconnais que c'était un homme fort et qu'il vient de manier virilement le sabre. »

Disant ces mots, il mit pied à terre, coupa la tête à Buké Tchilguer et l'attacha à l'arçon de sa selle.

Le prisonnier se jeta sur le corps, criant et pleurant.

« C'est un bon serviteur, dit Djébé. Il faut le tuer pour qu'il tienne compagnie à son maître. »

Un de nos hommes ramassa une lance et

L'HOMME TOMBA LA TÊTE LA PREMIÈRE

Mais, me ravisant aussitôt, j'ajoutai de toutes mes forces:

« Gloire à Dieu clément et miséricordieux! Dieu est le plus grand[1]! »

Ayant ainsi envoyé le païen en enfer, je regardai autour de moi. J'étais entouré des nôtres. Djébé, les deux mains appuyées sur le pommeau de sa selle, le sabre pendu au poignet par la dragonne, se tenait immobile. Un chef de haute taille, couvert d'une armure d'acier et portant un casque orné de deux aigrettes en plumes de héron, était étendu mort au pied de son cheval. L'un des nôtres tenait un prisonnier par la nuque.

« Hé, l'homme prisonnier! dit Djébé, quel est le nom du chef ici que je viens de tailler avec mon sabre?

— Malheur! malheur! s'écria le prisonnier. C'est le plus fameux homme qui ait

1. Cri de victoire des Musulmans. Toutes ces expressions de « Gloire à Dieu, Dieu soit loué, s'il plaît à Dieu, etc. », reviennent continuellement dans la conversation des Musulmans, et sont comme liées à la phrase.

la passa au travers du corps du prisonnier, qui s'allongea et se raidit sans lâcher le cadavre de son khan.

Djébé nous compta d'un coup d'œil.

« Nous sommes quatre-vingts, dit-il. Nous allons filer sous bois sans bruit et tomber sur le dos de ceux qui attaquent l'enceinte. Silence et marche! »

Une demi-heure après, nous nous arrêtions à la lisière du bois, en face de l'enceinte. Il nous parut que l'ennemi refluait du côté de la rivière. Au milieu des nuages de poussière et du tourbillonnement des hommes et des chevaux, je ne distinguais pas grand'chose; mais Djébé était plus clairvoyant que moi.

« Ils ont repoussé Boghordji, dit-il, ils se mettent tous contre lui pour l'exterminer. Maintenant, les gens qui sont dans l'enceinte vont sortir et les charger. Attention! »

Nous restâmes près d'une demi-heure dans l'anxiété. Le bruit du combat devenait plus fort du côté de la rivière et diminuait devant nous. Tout à coup, des acclamations enragées éclatèrent du côté de l'enceinte. Les timbales et les clairons sonnèrent la charge.

Dominant tout le fracas, j'entendis les cris mille fois répétés de « Ourdjane, ourdjane! » le cri des Kiot Bordjiguène, des khans aux yeux fauves. Un flot de glaives, de lances et de lames de sabre se rua de l'enceinte. Le khan en personne chargeait l'ennemi.

« En avant les Mongols bleus! cria Djébé le sabre haut. Voici l'heure de la victoire. En avant! à moi Djébé! place à la bannière!

— Place à la bannière! » répétâmes-nous tous.

Et nos quatre-vingts guerriers tombèrent avec fureur sur le dos de l'ennemi, que Témoudjine, Moukhouli, Djelmé et Guidang Tchingsang chargeaient de flanc et auquel Boghordji et Baïsongar tenaient tête de front.

J'avais remis mon coutelas au fourreau et je frappais de la hache à coups redoublés.

C'était comme si la victoire volait à notre rencontre. Encore un moment et je vis, foulant les ennemis aux pieds de son cheval, Témoudjine Khan lui-même. Il chevauchait entouré de gloire; sa bouche était souriante, ses yeux étaient terribles; son front calme et plein d'autorité. Djébé poussa droit sur lui et lui présenta la tête de Buké Tchilguer sans mot dire. Le khan s'inclina devant la tête de son ennemi mort.

« O Buké Tchilguer, s'écria-t-il, par ordre du Tengri mon père, tu es tombé mort sur le chemin de notre gloire. Louée soit ta vaillance, honorée soit ta défaite. Louée soit la vaillance de celui qui t'a renversé, honorée soit sa victoire. Donnez un toug à Djébé. »

Un cavalier portant un toug noir remit son enseigne au jeune chef; le jeune chef me la donna et me dit :

« Plante le toug en terre! »

J'enfonçai le drapeau en terre devant mon cheval et Djébé jeta la tête de Buké Tchilguer au pied du toug en s'écriant :

« Drapeau des Mongols bleus, drapeau des Bessed Djissoud, je te donne le sang de tes ennemis! Accepte mon hommage.

— *Toug iaglachakho*[1]! Le drapeau est graissé! » s'écrièrent nos jeunes gens.

Et aussitôt l'un d'eux, ramassant la tête, la planta sur la pique du toug. Je saisis l'étendard et l'arrachant de terre, je le levai haut et droit.

« Djébé le Loup, s'écria le khan, tu t'appelleras désormais Djébé Noïane. Je te fais prince et chef de mille hommes, tu seras suivi d'un toug et précédé de deux timbales. Marchons, la victoire est au bout de nos lances.

— En avant! cria Djébé d'une voix de tonnerre, en avant et place à la bannière! »

La bannière portait la tête du chef de nos ennemis. Nous prîmes la droite de la charge, rabattant Taïdjigod, Mergued, Tatars et Baïagod, nous refoulions leur masse confuse, en la fauchant devant nous. Un quart d'heure après, nous entendions le cri de guerre de Boghordji, de Baïsongar et des autres. La cohue des ennemis refluait éperdue vers nous et, pressée entre nos rangs et ceux de la troupe de Boghordji, mettait bas les armes, ou se jetait en désespérée sur les pointes de nos lances, sur les tranchants de nos sabres, pour mourir de la mort des braves. Le soleil était haut de trois lances au-dessus de l'horizon quand les clairons sonnèrent la victoire de toutes parts; la journée était finie et la bataille gagnée; cinq ou six mille de nos ennemis étaient couchés raides par terre, autant étaient prisonniers et le reste était en fuite et dispersé.

Nous nous arrêtâmes au bord de la rivière, je mis pied à terre, je fis mes ablutions et je récitai la prière; puis je m'occupai tout de suite de Saïn Boughouroul, qui était couvert de sueur et de poussière et tout haletant. Je venais de lui mettre la couverture et je le conduisais doucement au pas, pour le laisser se remettre graduellement, lorsque j'aperçus Alak. Nous nous jetâmes dans les bras l'un de l'autre. Mais nous n'eûmes pas le temps de beaucoup nous raconter ce que nous avions vu dans la journée, car, accablés de fatigue, nous nous couchâmes pêle-mêle, les vivants au milieu des morts, après nous être enveloppés de nos couvertures de feutre.

Au petit jour, timbales et clairons sonnèrent joyeusement le réveil. On recueillit le butin et on le partagea équitablement. Vers midi, tout le monde se mit en marche pour aller s'établir dans un nouveau campement.

Plus de quatre mille de nos ennemis de la veille, qui avaient fait leur soumission, marchaient avec nous et, à mesure que nous avançions sur leurs terres, d'autres venaient nous rallier, ou nos coureurs, qui nous précédaient, les faisaient rallier de force. Deux mois après, quand nous nous arrêtâmes au bord du Karatal pour établir nos quartiers d'hiver, notre peuple s'était grossi de toutes les tribus réfractaires des Taïdjigod, des Baïagod, des Mergued, des Tatars et même d'un certain nombre de clans des Oïrad.

Nous devenions un grand peuple.

1. Chez les Mongols, quand un jeune homme abat sa première pièce de gibier, il se frotte l'index de la graisse et du sang de la victime; ce qui s'appelle *iaglanichi*, l'action de graisser. A la guerre, on porte au pied du toug la tête du premier ennemi tué, et celles des chefs de marque, et on dit qu'on a « graissé le toug ».

V. — LE ROI DE FER

CETTE année-là, nous fîmes beaucoup de courses contre les quatre puissantes tribus des Oïrad. Nous avions pour voisin le grand empire des Kéraïtes, peuple chrétien, qui avaient leur capitale à Kara-Koram. Le padichah[1] des Kéraïtes s'appelait Ong Khan Thogroul et le nom de son fils aîné était Sengoun[2].

Kéraït signifie « tourbillons noirs ».

Il y avait amitié et alliance entre la famille de l'Ong Khan et celle de Témoudjine. Vers la fin de l'été où nous nous établîmes sur le Karatal, nos relations avec les Kéraïtes étaient continuelles. Nous n'étions séparés d'eux que par la rivière, dont les eaux se trouvaient très basses, et qui était guéable à plusieurs endroits, de sorte que les jeunes gens Kéraïtes passaient de notre côté et que nous passions du leur. Plusieurs fois même, notre Khan, Témoudjine, assista aux chasses et aux fêtes de son puissant allié l'Ong Khan Thogroul; mais Thogroul ne venait pas dans notre *yort*. Les uns disaient que s'il ne venait pas, c'était parce que Témoudjine était un trop petit sire, et qu'il le recevait chez lui plus comme vassal que comme allié. Les autres disaient tout bas que le fils de Thogroul, Sengoun, était jaloux des prouesses de Témoudjine et excitait son père contre lui. Toujours est-il que Témoudjine fit demander, pour son fils aîné Djoudji, la main de la sœur de Sengoun, et que l'Ong Khan refusa. Témoudjine dissimula sa colère, mais Djébé ne se gêna pas pour parler.

Je m'étais lié avec un jeune homme des Kéraïtes qui avait nom Marghouz, et il venait souvent avec Alak et moi. Nous nous étions même juré, à la suite d'une expédition où nous avions combattu ensemble, et de plusieurs grandes chasses dans l'une desquelles Marghouz m'avait sauvé la vie, que nous resterions toujours frères d'armes et amis jurés. Voici qu'un beau jour Djébé reçut l'ordre de marcher avec douze cents hommes, parmi lesquels j'étais avec Alak, contre les Djouïrates insoumis. Le lendemain, quand le soleil fut couché, chacun de nous prit trois jours de vivres dans son sac, revêtit ses armes, et nous partîmes par petits groupes de dix ou douze pour les sources du Karatal, où Djébé avait fixé le rendez-vous. Il s'agissait de surprendre les Djouïrates qui campaient à dix journées de marche de nous, et pour une surprise pareille on part toujours par groupes isolés, pour ne pas éveiller l'attention, et on fixe un rendez-vous général à bonne portée de l'endroit où l'on veut tomber sur l'ennemi. Le groupe dont je faisais partie était de onze hommes, moi onzième. Alak en était. Nous étions tous bien armés.

Nous nous mîmes en marche sans bruit. La neige tombait à gros flocons, et il était assez difficile de se guider dans la nuit.

Au bout de cinq jours nous aperçûmes des traces nombreuses sur la neige, et quelques-uns de nos hommes étant partis en reconnaissance revinrent vers l'heure de midi et nous rapportèrent qu'à environ deux lieues sur notre gauche ils avaient aperçu la fumée d'un *kichlak* considérable. Aussitôt, chacun apprêta ses armes et se tint prêt à charger. Djébé nous fit déployer par groupes d'une dizaine, sur un grand demi-cercle, lui-même se tenant au centre; Alak et moi nous étions à l'extrême droite. Nous nous avançâmes ainsi tout doucement dans la direction du kichlak. Il avait été convenu que, lorsque nous entendrions les timbales et le cri de guerre, nous rabattrions vivement devant nous, ceux de droite vers la gauche et ceux de gauche vers la droite, de façon à tomber sur le kichlak de trois côtés à la fois.

Je ne tardai pas à voir la fumée du village ennemi, et de nombreux troupeaux dispersés sur la plaine et grattant la neige pour pâturer l'herbe qu'elle recouvrait. En même temps, j'entendis l'alarme sur ma gauche, et nous lançâmes nos chevaux en avant.

Les Djouïrates furent complètement surpris. Leurs bergers s'enfuirent de tous côtés, la plupart droit vers leur kichlak. Sans nous occuper de ceux qui s'éparpillaient, nous courûmes vers le village, au cri de « En avant les Mongols bleus! Place à la bannière! » et en lançant des flèches sur tout ce qui venait à notre rencontre. Nous ne tardâmes pas à rejoindre la débâcle des gens qui se sauvaient à pied, pêle-mêle avec les troupeaux; plusieurs furent sabrés; nous les chassions à cœur joie. Un certain nombre sortit en courant du kichlak et vint vers nous; ils se formèrent, l'arc ou la pique à la main, et nous attendirent de pied ferme.

Les flèches commencèrent à nous arriver tout de suite. Un homme à côté de moi tomba de cheval, la gorge traversée. En ce moment, je vis à ma droite une troupe de cavaliers qui étaient sortis du kichlak et qui décrivaient un grand cercle pour nous tomber dans le flanc. Je compris aussitôt qu'il fallait les empêcher de venir sur nous, et, pendant que cinquante ou soixante hommes chargeaient ceux qui étaient à pied, je réunis

1. C'est-à-dire « l'empereur ».
2. C'est le « Prêtre Jean » de nos chroniques du moyen âge.

autour de moi une vingtaine de cavaliers, et montrant du bout de mon sabre la troupe qui nous tournait je criai de toutes mes forces : « A eux, à eux! »

Nous leur courûmes dessus, mais ils n'attendirent pas notre choc, et s'enfuirent en nous lançant des flèches. Ils disparurent bientôt derrière un pli de terrain que nous franchîmes après eux; j'étais le mieux monté, et je passai des premiers. Quand je fus de l'autre côté, les gens que nous poursuivions firent demi-tour et revinrent sur nous; je n'avais plus que six hommes autour de moi, et ils étaient au moins une quarantaine. En tête courait un cavalier dont le cheval avait une tache blanche au front : j'avais une flèche posée sur la corde de l'arc; je visai de mon mieux mon homme à la tête, et je tirai: le coup glissa sur son heaume; je mettais la main au carquois quand une flèche m'atteignit à la hanche, sans toutefois rester fixée dans la chair; je lâchai la bride à mon cheval en dégainant, mais je fus rejoint, et je reçus par derrière un coup de sabre sur mon casque; je fis volte-face et je ripostai par un coup de pointe; en même temps, un revers me coupa l'attache de mon carquois, et un coup de masse me froissa les côtes et me jeta par terre; je me relevai sur un genou; sept ou huit ennemis m'entouraient le sabre levé; je reçus un coup dans la poitrine qui grinça sur ma cotte de mailles: j'allais périr, quand, pensant à mon rêve, je m'écriai à haute voix:

« Allahou Ekber! A moi, Ali! A moi, lion de Dieu! »

Aussitôt une voix éclatante s'écria en langue turque : « Tiens bon! J'y suis! »

Un cavalier venait de rompre le cercle d'ennemis qui m'entourait, et leur portait des coups foudroyants.

En un tour de main, il eut couché sept hommes par terre. Je restai seul avec lui, au milieu des morts et des mourants. Sur-le-champ je me prosternai devant lui, et me relevant sur mes genoux, je m'écriai :

« Gloire à Dieu, qui a fait ce miracle? Loué soit ton nom, ô lion de Dieu qui m'a délivré!

— Je ne suis pas le lion de Dieu, me répondit le jeune héros en souriant. Relève-toi, musulman! Je suis chevalier turkoman: mon nom est « Dieudonné le banneret », et mon surnom *Timour Melek*, « le Roi de Fer ». Ayant eu un différend avec mon suzerain, Melik le Sabre de la Foi, j'ai quitté mon pays, et je voyage pour chercher des aventures. J'ai traversé Kachgar et Komoul, où j'ai terrassé les paladins les plus fameux. Tout à l'heure, passant avec mon écuyer, j'ai vu l'alarme d'un combat. J'ai laissé mon écuyer avec ma suite et mon bagage, sur cette butte que tu vois, et je me suis approché pour mieux regarder la joyeuse fête des sabres. J'ai entendu un musulman appeler à l'aide, — tu sais le reste. »

JE ME PROSTERNAI DEVANT LUI

Je remontai à cheval, après avoir serré mon sauveur dans mes bras, et nous allâmes d'abord trouver l'écuyer et la suite du paladin turkoman.

Du haut de la butte, j'aperçus que l'affaire était terminée. Une partie des nôtres pillait le kichlak; d'autres rassemblaient les prisonniers et les troupeaux. Trois ou quatre maisons brûlaient. La bannière de Djébé était plantée dans la neige, à l'entrée du village, et Djébé se tenait à côté, entouré d'une vingtaine de cavaliers et recevait la soumission des principaux parmi les vaincus, qui venaient se présenter devant lui le sabre et le carquois pendus au cou.

DJÉBÉ A LA RESCOUSSE !
PLACE A LA BANNIÈRE

« Qui est celui-ci ? me demanda Djébé, et que veut-il ? »

Timour Melek répondit lui-même, en s'inclinant courtoisement :

« Je suis un chevalier errant ; mon nom est le Roi de Fer, et je cherche aventure.

— Tu pourrais bien en trouver plus que tu ne souhaites, et de plus dures, dit Djébé.

— Je ne crois pas, répondit doucement le paladin.

— Et où vas-tu chercher des aventures, présentement ? dit le Loup.

— On m'a dit, reprit le Roi de Fer, que du côté du nord-est demeurait un peuple fameux par sa vaillance, et parmi ce peuple, un chevalier meilleur que tous les autres. Je suis venu pour m'essayer contre lui.

— Le nom de ce peuple ? s'écria Djébé, dont les yeux devinrent étincelants ; le nom de ce peuple et de ce chevalier ?

— Le peuple, répondit le Roi de Fer, est celui des Kéraïtes, qui sont chrétiens ; et le chevalier fameux dont la renommée est venue jusqu'à nous est le fils de leur roi, et se nomme Sengoun. »

Djébé fit un geste de découragement et son visage reprit son expression habituelle d'insouciance gouailleuse.

« Alors, dit-il après un moment de silence, tu n'as pas entendu parler des Mongols bleus ?

— Je n'en ai pas entendu parler, répondit Timour.

— Tu ne sais rien, reprit Djébé, d'un certain Témoudjine, qui est de la famille des sires aux yeux de fauves, et qu'on a surnommé l'Inébranlable ?

— Je ne connais point ce chef, dit encore le Roi de Fer.

— Et sans doute, continua Djébé, tu ne sais rien non plus des prouesses d'un chevalier qui se nomme Boghordji, ni de celles de Moukhouli, ni des faits d'armes de Soubeguetaï le Hardi, ni de ceux de Baïsongar. »

Je vis qu'il commençait à s'échauffer. Sa figure devenait toute rouge.

Djébé reprit, en regardant le paladin dans le blanc des yeux :

« Puisque tu ne connais pas tant d'illustres guerriers, je ne te demanderai pas si tu connais le pauvre, l'humble, le misérable, le tout petit Djébé, Djébé Noïane, le prince de la bannière bleue, qu'on appelle aussi Djébé le Loup et Djébé le Joyeux ?

— Je ne connais point ce Djébé Noïane, répondit tranquillement le Roi de Fer. Sans doute qu'il est quelque grand personnage chez vous, et peut-être même, comme son surnom de « Joyeux » donnerait à le supposer, il est le bouffon de votre roi. »

Djébé eut un petit frisson, qu'il réprima tout de suite. Il partit d'un grand éclat de rire, et se redressa sur son cheval :

— Ce Djébé perce un double harnois d'un coup de pointe de son sabre, et range un escadron tellement que personne ne peut lui résister. Il a pour coutume de se moquer de Sengoun, et il dit que Sengoun ne mourra que de sa main. Sache aussi qu'il porte un corset de cuir bouilli, comme moi, un sabre de l'Inde à poignée de fer, comme moi. Il monte un cheval comme le mien, qui a une étoile au front, et dont la queue et la crinière sont blanches ; il est suivi comme moi d'un étendard à une queue blanche, et sa bannière qui est bleue comme le ciel, sa bannière, la voici ! »

Djébé fit reculer son cheval, dégaina d'un geste brusque, et, désignant le pennon bleu de sa lance avec la pointe de son sabre, s'écria d'une voix de tonnerre :

« Djébé à la rescousse ! Place à la bannière ! »

Timour Melek mit sabre au clair, saisit sa rondelle, et se haussant sur ses étriers s'écria à son tour :

« Allahou Ekber ! Ville gagnée aux Turkomans Salor ! J'y suis[1] ! »

Ils allaient se charger l'un l'autre. Déjà ils se ramassaient sur leurs selles, et rassemblaient leurs chevaux pour s'attaquer avec plus d'effort, quand un grand tumulte s'éleva au loin sur la plaine, et qu'un cavalier, pénétrant tout essoufflé dans le cercle, l'armure faussée, nu-tête, son cheval blanc d'écume et taché de sang, s'arrêta court devant Djébé, en criant :

« Alarme ! voici Djamouké le Subtil ! Ils ont surpris nos avant-postes ! Ils arrivent derrière moi !

— Roi de Fer, dit Djébé, attends-moi ici ; nous allons charger. Je suis à toi après la charge.

— S'il te plaît, j'irai avec toi, répondit Timour Melek.

— Comme tu voudras ! » dit Djébé en haussant les épaules !

Là-dessus il se retourna vers nous, et se mit à commander de sa voix claire et brève.

Timour Melek coiffa son heaume, passa vivement lui-même les quatre lacets du gorgerin, et prit sa lance des mains d'un de ses valets. Elle portait un glaive à six pans, une bannière vermeille dentelée tout du long, et entre le glaive et le bois une touffe de crins noirs disposée en boule. Quand il tint sa lance, il dit à Djébé :

« Où dois-je me mettre ? »

J'entendis Djébé qui disait en mongol entre ses dents :

« A tous les diables ! »

Je murmurai :

« Dieu nous en préserve ! »

Le Loup reprit tout haut :

« Mets-toi où il te plaira ! Je n'ai pas de place fixée pour toi dans le rang. »

Le Roi de Fer s'inclina, et suivi de son

1. « J'y suis » est un vieux cri de guerre musulman : c'était celui des « Ansars », compagnons de Mahomet ; c'est aussi celui de Timour Melek.

écuyer il alla se placer à quinze pas en avant de nous. Mais il avait mal calculé, car lorsque Djébé nous fit rompre sur la gauche et charger l'ennemi en colonne double par échelons, il se trouva naturellement que notre premier échelon de la gauche fut sur les Djouïrates bien avant Timour Melek. Devant cette brusque attaque, les ennemis ne purent tenir; leur droite fut débordée, culbutée, tournée et ramenée en désordre sur le centre. Le Roi de Fer ne vit le coup que lorsque nous l'avions fait; et avant qu'il eût le temps de donner un coup de sabre, nous avions déjà pris un drapeau et mis trois cents Djouïrates par terre. L'ennemi, incapable de faire en bon ordre un changement de front en arrière, se rompit et se débanda en tirant, puis revint sur nous éparpillé de toutes parts par petits groupes. Djébé s'arrêta court, fit former le carré derrière les chariots, et commencer le combat à pied. L'attaque fut repoussée à coups de flèche. Quand on rompit le carré pour charger l'ennemi en déroute, le Roi de Fer, y fut des premiers. Là il accomplit dans la mêlée tant de prouesses que c'était merveille. Djébé, à côté de lui, en faisait autant; l'un semblait Rustem, et l'autre Isfendiar[1].

De son côté, Djamouké le Subtil, chef des ennemis, fit bien voir qu'il était digne de commander. Il terrassa l'écuyer du Roi de Fer, et abattit le cheval du Roi de Fer lui-même. Djébé et moi nous accourûmes pour le dégager; mais, avant que nous ne fussions arrivés à son aide, le Roi de Fer se relevait, Djamouké forçait le cercle de ses assaillants et disparaissait au galop, emmenant une dizaine de ses hommes.

« Un cheval! s'écria Timour Melek furieux, un cheval!

— Pourquoi faire? dit Djébé d'un ton goguenard.

— Pour poursuivre ce maudit! s'écria le paladin; j'ai abattu son heaume et vu son visage : je le reconnaîtrai entre cent mille! »

Djébé fit amener au Roi de Fer le meilleur cheval qu'on trouva dans le butin, et veilla qu'on lui mît la selle du cheval tué. Quand le paladin eut le pied à l'étrier, le Loup prit la parole :

« Ecoute, Roi de Fer, lui dit-il, écoute un moment, je ne serai pas long.

— Parle, répondit le paladin.

— Tu m'as dit que tu venais pour chercher aventure. Tu veux combattre contre Sengoun, n'est-il pas vrai?

— C'est vrai, répondit le paladin.

— Tu veux aussi combattre contre Djamouké, maintenant?

— C'est vrai.

— Tout à l'heure, tu voulais combattre contre moi.

— C'est vrai, s'écria le chevalier turkoman.

— Eh bien! dit le Loup de sa voix la plus sucrée, va, mon ami; paladin des Turks, Roi de Fer, qui connaissais Sengoun et les Kéraïtes, et qui ne connaissais pas les Mongols bleus; va combattre Sengoun, va tuer Djamouké. Bonne chance, Roi de Fer; bonne chance jusqu'au revoir, car si Sengoun et Djamouké te manquent, je te garantis que moi, je ne te manquerais pas. »

Timour Melek sauta sur son cheval, s'affermit sur ses étriers, et s'écria d'une voix retentissante.

« Djébé Noïane, prince de la bannière bleue, vienne le jour où nous nous rencontrerons chacun sous sa bannière et chacun à la tête de son peuple! Ainsi soit-il! »

Il galopa vingt pas plus loin, et s'arrêta pour nous voir défiler. Quand la bannière bleue passa devant lui, il inclina sa lance à flamme vermeille, en portant courtoisement la main à son heaume; Djébé, sabre au poing, rendit le salut à la bannière vermeille.

« Au revoir, Djébé le Joyeux, cria le Roi de Fer en se redressant.

— Au revoir, Timour le paladin! » cria le Loup en passant.

Je fis un temps de galop jusqu'au chevalier turk, j'allai lui baiser la main sans rien dire, puis je revins à mon rang, et je défilai sans tourner la tête. Cette nuit-là, en me couchant, je fis double prière.

1. Le fabuleux *Rustem* est le Roland persan, et *Isfendiar* le Roland tatare.

VI. — DE MONGOLIE EN TURKESTAN

Nous livrâmes quatre combats en sept jours. J'y pris part, malgré ma blessure qui me faisait cruellement souffrir. Alak y fut blessé aussi d'un coup de flèche au mollet. Nous n'étions plus que cinq cents hommes, sur douze cents qui étaient partis, quand nous apprîmes par nos prisonniers que Témoudjine l'Inébranlable en personne, s'avançant avec quatre mille hommes, avait battu l'ennemi à deux reprises et que Djamouké était venu se rendre à lui à merci. Les tribus que nous poussions devant nous vinrent alors se rendre à nous-mêmes, et la soumission des Oïrads et de la plupart des Tatares fut complète. Nous marchâmes aussitôt pour rejoindre l'Ordou[1], poussant

1. *Ordou* signifie en mongol le campement

devant nous trois ou quatre mille prisonniers et soixante mille têtes de bétail. L'hiver était dans toute sa rigueur et j'avais été bien content de trouver au sac d'un village une vieille pelisse de peau de mouton que j'avais revêtue par-dessus mes armes. Le matin où nous vîmes les premières tribus amies, je trottais péniblement en soutien de nos éclaireurs, la tête basse et le collet relevé jusqu'aux yeux. Tout à coup je vis de loin sur la plaine deux des nôtres qui ramenaient un prisonnier à cheval, trois autres à pied, deux chevaux et trois chameaux. J'avançai pour voir ce que c'était, et je fus bien surpris en reconnaissant que le cavalier prisonnier n'était autre que Marghouz. On lui avait pris ses armes et sa pelisse, et ses mains étaient liées avec la guide de son cheval. Marghouz paraissait furieux.

« Holà ! s'écria-t-il dès qu'il me vit ; holà ! frère Djani. Par saint Georges ! est-ce ainsi que vous autres Mongols bleus traitez vos amis et alliés ? »

Je fus indigné de l'outrage qu'on faisait à Marghouz et, galopant vers lui, je le pressai dans mes bras, puis tout de suite je tirai mon couteau et je coupai la lanière qui lui serrait les poignets.

« C'est une erreur, *andé*[1], m'écriai-je. Les éclaireurs se sont trompés. Par Dieu, excuse-les.

— Tougtchi (porte-fanion), dit un des éclaireurs, tu es chef de dix hommes et notre supérieur, nous t'avons amené celui-ci pour que tu prononces à ton gré. »

Je fis tout de suite rendre à Marghouz sa pelisse et ses armes et remonter ses trois serviteurs sur leurs chevaux et leurs chameaux.

Un instant après on donna l'ordre de camper. Marghouz et moi, nous nous assîmes près de la marmite de mon peloton, sur nos couvertures, et Alak vint nous rejoindre. Nous avions grand butin et on ne ménageait pas la viande. On égorgea un cheval qui s'était cassé une jambe et on fit bombance.

« Et où vas-tu, Marghouz, avec une pareille suite ? » demandai-je à mon ami quand le premier appétit fut calmé et qu'Alak eut raconté nos batailles.

Marghouz fit un profond soupir et nous montra l'ouest du doigt.

« Je m'en vais loin du pays, loin là-bas ! dit-il en soupirant encore. Hélas ! Je ne reverrai peut-être jamais le pays. »

Là-dessus il mit sa tête dans ses mains et fondit en larmes. Je le consolai de mon mieux. Il s'essuya les yeux et comme nous le pressions de questions, il parla comme il suit :

« Vous savez tous deux que Zabé mon père est grand échanson de Sengoun et fort avant dans la faveur de notre roi. Il commande un contingent de cinq cents cavaliers chrétiens et de trois cents Mergued païens du lac Baïkal, qui combattent en hiver sur des traîneaux attelés de rennes et de chiens.

— Nous le savons, répondit Alak.

— Mon père est parti dernièrement avec une partie de son contingent pour accompagner Témoudjine dans son expédition contre Djamouké, comme vassal du Ong khan, allié de Témoudjine.

— Il n'a fait que son devoir, dit encore Alak.

— Il y a trois jours, reprit Marghouz, le Subtil vint faire sa soumission à Témoudjine qui l'accueillit avec une grande faveur, car vous n'ignorez pas quel contingent considérable de force il apporte à la nation mongole. Le soir même de sa soumission, Djamouké s'en fut rendre visite à Sengoun, qui était venu au camp. Mon père, continua Marghouz, blâma Sengoun d'avoir reçu Djamouké et de s'être entretenu secrètement avec lui ; Sengoun dit de mauvaises paroles à mon père, et comme je voulais intervenir en sa faveur, il me chassa rudement et m'ordonna de quitter le camp. Hier matin, mon père chargea de marchandises et de provisions ces trois chameaux, me donna ces fidèles serviteurs et me dit de partir, attendu qu'il craignait pour moi la colère de Sengoun. J'ai bien pleuré et je suis parti.

— Reste avec nous, Marghouz, dit Djébé. Il me manque justement un homme à la troisième file du deuxième peloton de la droite.

— Non ! dit fermement Marghouz : j'ai fait vœu de me rendre en pèlerinage au tombeau de Jésus-Christ. Ce soir même, je me remettrai en route. »

Djébé ne répondit rien et partit en se frottant les mains et en sifflant le boute-selle.

Le soir, comme Marghouz se disposait à continuer son chemin, je le pris à part.

« Marghouz, lui dis-je, tu es mon frère juré. Promets-moi d'exécuter ce que je vais te demander.

— Quoi que ce soit, dit Marghouz, pourvu que cela ne touche pas à ma foi, je le ferai.

— Par où passeras-tu pour aller au tombeau de Jésus-Christ ?

— Je l'ignore. On m'a dit qu'il fallait aller d'ici à Kachgar, et qu'à Kachgar je trouverais des moines qui m'indiqueraient le chemin. J'irai donc tout droit à Komoul, et de Komoul à Almaty, et d'Almaty à Kachgar.

— C'est bien, répondis-je tout ému. Tu sais que mon clan est celui de Baïane Aoul et qu'il habite près d'Almaty. Le nom de mon père est Euktulmich, le nom de ma mère est Nigar. Si tu passes à Almalek, promets-moi de te détourner de ton chemin et de chercher le yort de mon père et de ma mère.

— Je te le jure, mon *andé*, s'écria Marghouz en m'embrassant tendrement.

— Tu leur diras, repris-je, mes aventures que tu connais et tu leur donneras une lettre que je vais t'écrire.

impérial. Nous en avons fait *horde*, comme dans « Horde d'Or ».

1. *Andé* veut dire en mongol « frère juré, frère par amitié ».

— Je le ferai, mon *andé*, dit encore Marghouz; quelque obstacle qui me barre le chemin, je saurai trouver ton père et ta mère. »

Je m'assis sur mes talons et j'écrivis ma lettre. Marghouz la baisa et la mit dans son sein. Alors le moment de la séparation arriva. Alak et moi prîmes chacun une main

NOUS FÎMES COMME LUI

à Marghouz; nous avions les larmes aux yeux.

« Amis, m'écriai-je, jurons-nous l'un et l'autre que, quoi qu'il advienne, sous quelque bannière que nous combattions, nous resterons toujours amis et nous ne baisserons jamais la lance l'un contre l'autre. »

Marghouz leva trois doigts et s'écria :

« Au nom du Père, du Fils et du Saint-Esprit, un seul Dieu, je le jure! »

Je levai un doigt et je m'écriai:

« Au nom du Dieu unique, clément et miséricordieux, je le jure! »

Alak ne dit rien, mais prit son écuelle et y versa un peu de kymyz, puis il tira son couteau, releva sa manche, se piqua le bras et fit couler le sang dans l'écuelle. Nous fîmes comme lui, suivant la coutume turke et mongole; ensuite chacun but une gorgée, Alak jeta en l'air ce qui restait au fond de l'écuelle et s'écria:

« Par notre sang à tous trois, que tous trois nous avons bu, je le jure! »

Alors, nous nous embrassâmes, et Marghouz étant monté à cheval partit vers le soleil couchant, suivi de ses chameaux et de ses serviteurs.

Notre retour fut célébré par de grandes chasses et une battue générale, à la suite de laquelle le butin fut distribué et un grand festin offert au peuple. Djamouké y assista, assis à la droite du khan et Boghordji à sa gauche. Le reste de l'hiver ne se passa pas dans l'inaction, car, avec un khan comme Témoudjine et un chef comme Djébé, on ne restait guère oisif. Le printemps arriva sans nous amener le repos. Le 18 du mois de Ramazan, 593e année de la souris, j'étais occupé à fourbir mes armes devant la porte de la maison où je logeais avec Alak et sept autres jeunes gens, quand un yaçaoul vint me chercher pour aller chez le khan.

Témoudjine était assis sur un tapis de feutre blanc. Je fis une génuflexion, puis je me tins debout devant lui. Il avait la tête penchée et paraissait réfléchir profondément ; contre la paroi se tenait un homme, les mains cachées dans ses longues manches, et que je reconnus pour un Chinois à son costume. Moukhouli le Sage et Kilukène le Hardi, deux des plus intimes conseillers du khan, étaient assis près de lui.

Le khan prit une tasse de kymyz, la vida d'un trait, se leva et se mit à se promener à grands pas dans la tente. Brusquement, il s'arrêta devant moi, et me regarda dans les yeux. Je me troublai, et je baissai les paupières devant son regard fauve ; alors il se mit à sourire d'un air caressant, et mon cœur se dilata.

« Djani, le porte-fanion de Djébé Noïane ? dit-il.

— C'est moi, mon souverain ! répondis-je.

— Je t'ai vu à la bataille de Selenga ; tu t'y es comporté en brave. Djani, j'ai besoin de ton aide ! »

Je rougis jusqu'aux oreilles d'orgueil et d'émotion.

« Il faut, Djani, reprit le khan, que tu partes au plus tôt et que tu te rendes à Bokhara la grande ville. A Bokhara, tu trouveras un homme qui s'appelle Mahmoud Yelvadj ; tu lui remettras ceci de ma part, pour qu'il te reconnaisse. »

Disant ces mots, le khan me tendit la moitié d'une pièce de monnaie turke brisée en deux, et dont les dentelures devaient sans doute s'adapter à l'autre moitié que possédait Mahmoud Yelvadj. Je m'inclinai et je la pris.

« Quand Mahmoud t'aura reconnu pour mon envoyé, reprit le khan, tu lui diras que depuis six mois nous attendons de ses nouvelles ; tu lui diras encore que nous te mettons à sa disposition, te tenant pour un homme sûr, et qu'il se serve de toi pour compléter ce qu'il nous a promis, vu que nous en aurons prochainement besoin. Te rappelleras-tu cela ?

— Jusqu'à la mort, mon souverain ! répondis-je.

— Va donc, Djani, reprit le khan, et fais diligence : le bien de la nation mongole l'exige ! »

Je lui fis une génuflexion, et il me tendit la main, que je voulus baiser ; mais il serra simplement la mienne, selon sa coutume.

« Tu prendras des chevaux, des hommes d'escorte et les provisions dont tu auras besoin pour traverser le *Gobi* (le désert) ajouta-t-il, et voici un sac de monnaie musulmane, pour te défrayer dans les pays où elle a cours. Va, jeune cavalier. »

Je sortis, et je courus tout de suite à ma maison. La certitude que j'avais de passer par Almaty et de revoir ma famille, m'enivrait de joie. Je fis donc mes adieux à Djébé et à Alak, moitié pleurant, moitié riant, et le 16 du mois de Ramazan 593, je me mis en route pour les pays de l'ouest. J'emmenais deux chameaux chargés de provisions, et deux serviteurs à cheval et bien armés, dont l'un avait déjà plusieurs fois traversé le grand désert. J'avais percé d'un trou la demi-pièce de monnaie que m'avait donnée le khan, j'y avais passé un lacet de cuir et je l'avais attachée à mon cou.

Djébé avait tenu à me donner pour serviteurs deux hommes de son clan, le silencieux Sousou (Ecureuil) et l'hilare Kotak (Plumet). Avec deux compagnons de route, il ne fallait pas s'attendre à causer beaucoup. Quand je parlais à l'Ecureuil, il me répondait par monosyllabes, et quand je m'adressais à Plumet, il riait sans bruit, sa grande bouche se fendait jusqu'aux oreilles, puis il regardait le bout de ses bottes, et ne disait rien. Je pensais d'ailleurs à tant de choses que je n'avais guère envie de bavarder.

Des bords de la rivière Djaban où nous nous trouvions, j'avais à traverser douze jours de désert pour arriver dans la plaine des Dzounganes. Ayant fait provision d'eau, et mettant notre confiance en Dieu, nous traversâmes sans encombre cette mer de sables mouvants, où l'Ecureuil connaissait deux puits sur notre route. Le treizième jour, en sortant du désert, nous vîmes devant les yeux une plaine verdoyante à perte de vue, et en quatre heures de marche nous arrivâmes à un grand mur de terre servant de parc à bestiaux. Un réservoir carré était à côté, et de nombreux troupeaux étaient dispersés sur la plaine, gardés par des hommes armés de lances. A leurs turbans blancs, à leurs barbes bien taillées, à leurs grandes robes de cotonnade je reconnus immédiatement ces hommes pour des musulmans, et, dans ma joie, je galopai au-devant d'eux, et je m'écriai :

« Il n'y a de force et de puissance qu'en Dieu l'unique ! Loué soit Dieu qui s'est révélé à nous par ses prophètes ! » Aussitôt ces musulmans m'entourèrent et me donnèrent le salut. Comme je ne voulais pas leur laisser connaître l'objet de ma mission, je leur racontai que j'étais un musulman de la Chine, et que je me rendais en pèlerinage à Bokhara et à Samarkand, pour voir les tombeaux des Saints qui sont dans le Maveranahr. Ils m'apprirent qu'ils étaient de leur nation des Turks Karliks, sujets du Gour Kan, et me donnèrent l'hospitalité pour cette nuit. Le lendemain, je partis après qu'on eut jeté une cruche d'eau sur les jarrets de mon cheval, pour me souhaiter bon voyage à la manière turke, et qu'on m'eut bien indiqué la route à suivre. Je traversai pendant cinq jours le territoire de ces Karliks musulmans, et pendant deux jours le territoire d'autres Karliks chrétiens. Je mis sept jours à traverser les monts Alataou, et enfin je descendis dans la vallée d'Almaty, au milieu des forêts de noirs sapins. J'avais beau presser mon cheval, il me semblait que nous ne descendions jamais assez vite. A tout instant, j'étais forcé de m'arrêter, pour attendre les chameaux, si maladroits à la descente. Je m'impatientais, et je jurais comme un vrai païen. Plumet riait en silence, d'un air béat, et l'Ecureuil ne disait rien. J'eus beau me dépêcher; la nuit arriva que nous étions seulement en bas de la montagne, sur la lisière des bois, et au bord d'un ruisseau qui coulait en murmurant.

Quand la nuit fut tout à fait venue, il me sembla voir au loin devant moi comme des feux; on eût dit des étoiles près de terre. Je les fis remarquer à mes compagnons. L'Ecureuil arracha de terre une poignée d'herbes, les mâcha, les recracha, et me dit:

« Ce ne sont pas des herbes de la lande. »

Plumet regarda longtemps les lumières scintillantes, flaira le vent et dit :

« Ce ne sont pas les lumières d'un yort; ce n'est pas l'odeur de la lande. »

Je me sentais moi-même tout dépaysé, et fis vingt pas dans la nuit, et j'entrai dans une herbe à froissements secs; j'en arrachai une touffe, et revenant vers le feu qu'avait allumé mes compagnons, je la regardai: c'était du chaume, comme j'en avais vu chez les Kéraïtes sédentaires; c'était de l'herbe à grain! Nous n'étions pas sur la prairie; nous étions dans une terre cultivée! J'éprouvai une grande angoisse.

Au petit jour, un bruit lointain et inconnu frappa mes oreilles: un son métallique, clair, vibrant, joyeux. Je me rappelai ce qu'on m'avait raconté des chrétiens et de leurs cloches. C'étaient certainement des cloches que j'entendais. Je n'étais pas en terre musulmane.

En regardant du côté d'où venait le bruit, je vis de grandes taches blanches sur la terre noire, verte, brune et rouge, couverte de cultures. De hautes choses blanches, comme d'énormes tentes, s'arrondissaient çà et là, et on voyait aussi des pointes grises et des pointes brunes, et de la fumée. C'était évidemment une ville. La peur me prit.

En ce moment, un homme parut dans les champs, conduisant un troupeau de moutons. Il était vêtu d'une grande robe et coiffé d'un bonnet turk. Il tenait une pique à la main. Sa vue m'enhardit; je sautai sur mon cheval et je courus à sa rencontre. En me voyant, l'homme s'arrêta.

« Holà, m'écriai-je, holà, l'homme! Quels sont tes sept ancêtres? »

Il me regarda en face et me répondit en bon turk:

« Qu'est-ce que cela te regarde? »

J'éprouvais une trop grande satisfaction en entendant parler ma langue pour que sa grossièreté me fâchât.

CHAQUE JOURNÉE ÉTAIT REMPLIE DE BESOGNE

« Je suis un Oïgour Baïane Aoul! repris-je. Suis-je loin des terres de mon clan?

— Ton clan? répondit l'homme; nous n'avons pas de ces gens-là près de notre ville d'Almaty. Le diable l'a emporté, ton clan! Monseigneur le Gour Khan a fait déguerpir du pays toute votre engeance de nomades voleurs! »

Cette fois, la colère me monta à la gorge. Le berger n'était si insolent que parce qu'il voyait une douzaine des siens qui arrivaient de son côté; mais avec Djébé j'avais appris à me moquer d'une douzaine de méchants piétons. Je courus sur lui: il croisa sa pique; je l'écartai rudement avec ma lance, et je lui portai un coup avec le bois de l'arme qui l'envoya par terre, les quatre fers en l'air. Aussitôt je mis ma lance en arrêt, et je criai:

« Voyons, vous autres! arrivez! qui est-ce qui en veut encore? »

Les païens se reculèrent à distance respectueuse. L'Ecureuil et Plumet vinrent se planter à mes côtés, l'arc à la main, l'homme auquel j'avais donné une correction se releva sur ses genoux, et resta devant mon cheval, la tête basse.

« Chien d'habitant des villes! lui dis-je; misérable paysan! Tu vas me dire tout de suite où ont émigré les nobles Baïane Aoul!

— Hélas! me répondit l'homme, monseigneur le Gour Khan s'est irrité contre eux et les a dispersés; je ne sais où ils sont; une partie a été conduite à Kachgar, une autre s'est enfuie. Je te jure que je te dis la vérité. »

Cette nouvelle me consterna; maintenant, sans doute, ma famille était perdue pour moi sans retour! Peut-être, dans la révolte de mon clan et dans la répression de ce tyran, le Gour Khan, quelqu'un des miens avait-il péri! Les larmes me vinrent aux yeux. Je récitai tout bas le verset:

« Nous appartenons à Dieu et nous retournerons vers lui », et je fis signe à mes hommes de se remettre en route.

VII. — NOMADES ET SEDENTAIRES.

Après cette rencontre, nous errâmes pendant dix jours dans des landes désertes, en marchant, nous suivions une chaussée bordée de peupliers. C'était la première fois que nous, nos chevaux et nos chameaux voyions quelque chose de semblable. Nous ouvrions de grands yeux.

Nous marchions depuis une heure, lorsque nous vîmes sur la chaussée une maison en pierre, avec un toit rouge. Une barrière en bois posée sur deux fourchettes barrait la chaussée. Cette prétention d'empêcher les gens de passer en mettant un morceau de bois en travers nous parut ridicule. Nous enlevâmes la barrière de dessus les fourchettes, et nous la jetâmes hors du chemin; mais au même instant un homme à cheval sortit de derrière un mur attenant à la maison. Il portait heaume et cuirasse, sabre au flanc, et tenait un arc à la main. Il avança vers nous au petit galop, s'arrêta court, et nous cria d'une voix rude:

« Halte-là! qui vive? »

Je pris mon arc dans ma trousse, je saisis une flèche dans mon carquois, et je répondis à l'homme :

« Enfant du pays.

— Atteste l'unité de Dieu, me cria l'homme.

— Il n'y a pas d'autre Dieu que Dieu, et Mahomet est l'envoyé de Dieu! répondis-je.

— Fils de chien! me cria l'homme; voleur du roi! Pourquoi franchis-tu la barrière et évites-tu la douane du roi? Avance ici qu'on visite ton bagage, et qu'on te fasse payer l'entrée et la capitation! »

Je n'avais jamais imaginé jusque-là qu'on pût vous faire payer quelque chose pour marcher sur une route. La prétention de l'homme me parut exorbitante; je soupçonnai quelque trahison, et qu'il voulait me retenir. Sans le perdre de l'œil je criai à mes hommes:

« Marche! »

Et je continuai mon chemin.

Voyant cela, il courut sur moi en appelant à l'aide.

Trois cavaliers armés accoururent de derrière le mur, et cinq piétons coiffés de turbans sortirent de la maison, avec des piques et des fauchards. La colère me prit, d'autant plus que je craignais d'être fait prisonnier.

« Au large! criai-je à l'homme en l'ajustant. Au large ou je te descends! »

Aussitôt il fit faire à son cheval un saut de côté, et tira sur moi sans crier gare; mais j'avais vu le coup et m'étais baissé; la flèche me siffla à une aune au-dessus de la tête; je tirai à mon tour, et comme j'étais très vigoureux archer, mon carreau lui traversa sa cotte de mailles et disparut dans sa poitrine jusqu'aux plumes; il agita les bras un instant, et tomba de cheval la tête première. En même temps Plumet tirait sur un fantassin et traversait son turban; l'Ecureuil envoyait une flèche dans le bras d'un cavalier; trois ou quatre flèches nous répondirent. De notre côté, nous chargeâmes lance basse. Je frappai un cavalier au travers des côtes, et je le perçai de part en part; le coup fut si violent que je lâchai ma lance; l'homme roula ayant la lance au travers du corps. Je dégainai tout de suite, et en tirant le sabre, je parai un coup de tête qui m'était adressé, et je ripostai par un coup de manchette qui abattit le poignet de mon assaillant. L'Ecureuil évita le coup de masse du sien, en faisant faire une volte à son cheval, et lui lançant un coup de pointe à bras raccourci, il lui enfonça son arme dans le ventre. Au même instant, un fantassin lui tailla les jarrets de son cheval d'un coup de fauchard; l'Ecureuil sauta comme sa bête tombait, et se retrouva sur ses pieds; Plumet sabra un fantassin qui courait sur notre camarade démonté, et je chargeai les autres; mais ils s'enfuirent à toute bride et à toutes jambes à travers champs, nous laissant la place.

Nous rattrapâmes tout de suite les chevaux des quatre cavaliers démontés, et l'Ecureuil, avisant celui qui parut le meilleur, lui mit sa selle et sauta dessus. Nous ne pouvions pas nous servir de leurs selles, car ils raccourcissent trop les étriers, ne chevauchant pas long comme nous. En un tour de main nous eûmes dépouillé les morts et chargé le butin sur nos chameaux et sur les trois chevaux gagnés. Encore l'Ecureuil vint-il y ajouter quatre sacs bien gonflés qu'il tira de la maison, deux rouleaux de feutre, un coffre et trois bottes de fourrage sec; Plumet apporta une grande cruche et une outre de kymyz. Avant de nous en aller, nos écuyers empilèrent ce qu'il restait de fourrage dans la maison, battirent le briquet et y mirent pieusement le feu. La fumée commençait à sortir et les flammes aussi, quand nous partîmes à travers champ, du côté opposé à celui qu'avaient pris les fuyards. Chacun de nous tenait un cheval en main. Les chameaux nous suivaient à la file, habitués qu'ils étaient à marcher avec nous.

Quand j'eus franchi environ cinq cents pas, je me retournai; la maison brûlait; je vis des paysans qui couraient à travers champs. Il était bon de nous hâter. Je retournai donc du côté de la montagne. Par la grâce de Dieu, je l'atteignis avant la nuit sans être inquiété, et, après deux jours de marche, je me trouvai dans le désert, où je ne craignais rien de la main des hommes. Mais j'avais complètement perdu ma route, et je ne savais plus où j'étais. Il est vrai que j'avais des vivres et de l'eau; mais dureraient-ils jusqu'à ce que je trouvasse un endroit habité, et quel accueil me ferait-on? Je maudis ma précipitation et je me reprochai de ne pas avoir obéi aux ordres des gens du Gour Khan. Pendant dix jours j'avançais sur la lande, marchant vers le sud-ouest. Le dixième jour, j'entrai dans de hautes montagnes couvertes de neige, que je mis six jours à traverser. A la descente, nos vivres étaient totalement épuisés. Nous avions égorgé et mangé un de nos chevaux, et perdu un de nos chameaux avec son bagage; il avait roulé dans un précipice. Ce même jour un autre cheval succomba de fatigue. Nos bêtes n'avaient pas eu de fourrage depuis deux jours; nous étions exténués de grimper dans les montagnes; notre visage était gercé et brûlé par le froid. Quand nous vîmes à nos pieds une grande plaine verdoyante, traversée par un cours d'eau, parsemée de bouquets d'arbres, parmi lesquels de nombreuses colonnes de fumée indiquaient la présence de l'homme, nous ne pûmes contenir notre joie, et descendant de cheval je me prosternai et je récitai la litanie des actions de grâces. La terre cultivée me faisait moins peur, et je me promis bien d'y être plus patient.

L'aspect de cette plaine était fait pour nous surprendre; partout de la verdure, partout des arbres charmants, partout des haies d'arbustes verdoyants sur lesquels on voyait des petits fruits bruns et noirs; les maisons à murs blancs et ensoleillées étaient dispersées de-ci de-là; sur les prés on voyait du bétail gras, des bœufs splendides et d'assez beaux chevaux.

En nous avançant je reconnus que j'étais en pays musulman, car les gens dans les champs nous donnaient le salut, que je leur rendais aussitôt. Je rencontrai bientôt un cavalier bien fait et de bonne mine, monté sur un bon cheval blanc, et suivi de deux écuyers. Il portait un turban roulé à quatre tours, une tunique de soie, une grande robe ouverte sur le devant, et tenait un faucon sur le poing. Je jugeai tout de suite que c'était un personnage d'importance; je chevauchai donc à sa rencontre, et ayant mis pied à terre je lui donnai le salut; puis, pour ne pas tomber dans quelque nouvelle erreur, je sortis ma bourse de mon sein, et je dis: « Monseigneur, voici mon bagage que je suis prêt à faire visiter, et je suis prêt pareillement à payer au roi d'ici la douane et la capitation. »

Le cavalier me rendit mon salut en me regardant d'un air surpris, puis il me demanda d'où je venais. Je lui montrai le nord et les montagnes que nous venions de traverser.

Il hocha la tête d'un air attendri.

« Après avoir passé les affreuses montagnes glacées, me dit-il, vous devez avoir grand besoin de vous reposer et de vous refaire. Comment avez-vous pu vous engager dans ces effrayantes solitudes, qui, de ce côté, ne conduisent qu'à des déserts? »

J'inventai aussitôt une fable et je lui racontai que nous étions des Turks Oïgours et que notre clan campait dans la région de Komoul. Etant partis en pèlerinage pour les villes saintes de Bokhara et de Samarkand, nous avions été attaqués par des brigands, et c'est en fuyant devant eux que nous nous étions jetés dans le désert et de là dans les montagnes, de sorte que nous ignorions où nous étions présentement.

« Loué soit Dieu! s'écria-t-il, qui vous a tirés des mains des brigands. Nous avons appris qu'une bande de ces ennemis de Dieu avait saccagé un poste-frontière près d'Almaty; mais rassurez-vous, vous êtes en terre musulmane, chez des musulmans orthodoxes du rite hanéfite. Nous sommes Tadjiks de race et cultivateurs de profession. Nous relevons de l'Idi-Kout des Oïghours, votre propre souverain, qui est lui-même vassal du Gour Khan et la ville de Kachgar est à douze parasanges d'ici. Venez avec moi, pèlerins musulmans, recevoir l'hospitalité dans ma maison: votre pieuse présence ne peut que la sanctifier. »

Je suivis le cavalier tadjik, demi-joyeux, demi-perplexe. Je n'étais pas rassuré de savoir que la nouvelle de notre échauffourée d'Almaty fût si répandue, et je craignais bien d'être reconnu. Mon hôte me dit, à ma grande satisfaction, que le messager qui avait annoncé l'affaire d'Almaty était parti pour Samarkand. Mettant donc ma confiance en Dieu, je franchis, derrière mon hôte, un grand porche de bois qui s'ouvrait dans une haie verdoyante, et j'entrai dans l'enceinte de la maison.

De nombreux valets s'empressèrent autour de nous pour prendre nos montures et décharger nos bagages. Je craignis tout de suite qu'on ne vînt à reconnaître quelqu'un des objets que nous avions pillés au poste-frontière, et je m'excusai de mon mieux auprès de mon hôte, disant que nous étions des nomades habitués à prendre soin de nos bêtes et à décharger nous-mêmes notre bagage, et que mes deux écuyers s'en acquitteraient fort bien. Il ne parut concevoir aucun soupçon, et nous conduisit lui-même dans une chambre meublée de tapis multicolores, de coussins et de coffres magnifiques.

L'Ecureuil et Plumet déchargèrent vivement le bagage et le portèrent dans la chambre. Notre hôte nous conduisit ensuite à un grand bâtiment oblong qui était l'écurie. Des oiseaux charmants étaient perchés sur le toit, ou voltigeaient autour: on me dit qu'on les appelait « pigeons ». Je n'en avais jamais vu. Nous revînmes ensuite vers la maison, dont l'entrée était pareille à celle de la chambre qu'on nous donnait; autour des colonnes grimpait et s'enroulait une plante à larges feuilles vertes, portant des grappes de fruits violets; on me dit que c'était une vigne, et qu'avec ces fruits, qui sont des raisins, on faisait du vin. Mon hôte mit alors pied à terre, et je remarquai qu'il se faisait tenir l'étrier pour descendre de cheval, ce que chez nous on ne fait jamais. Il entra dans la maison et nous dit d'aller nous laver et rafraîchir dans notre chambre, en attendant qu'on nous préparât le repas. Nous suivîmes un valet qui nous ramena dans notre chambre, et on nous apporta de grands bassins remplis d'eau froide et d'eau chaude, des vases de forme inconnue, des paquets mystérieux, et un instant après, on étendit sur le tapis une nappe à fleurs sur laquelle on disposa des raisins, des fruits comme nous n'en avions jamais vu, des objets étranges, des couteaux, des cuillers, des cruches, des tasses, que sais-je encore! Nous regardions, tout stupéfaits. Enfin, les valets sortirent et fermèrent la porte en nous laissant seuls, moi, l'Ecureuil et Plumet.

Nous nous regardâmes un instant sans rien dire. Plumet prit la parole le premier.

« Poison! dit-il en me montrant les plats.

— Mes amis, répondis-je, je ne vois pas qu'il y ait lieu de nous méfier, et je crois que nous pouvons manger ce que nous ont apporté ces paysans, sans crainte de poison. Nous sommes en leur pouvoir, ils peuvent se réunir vingt ou trente contre un, et s'ils voulaient se défaire de nous, ils n'auraient pas besoin de poison. Or donc, mangeons. Je pense que cette eau froide et chaude qu'ils ont apporté dans de grandes marmites est pour nous laver les pieds : j'ai ouï dire que c'était la coutume chez ces peuples; lavons-nous les pieds d'abord; si nous ne le faisions pas, ils y verraient quelque insulte. »

Donnant l'exemple à mes compagnons, j'ôtais mes bottes et mes *petik*[1], et je me lavai les pieds. Pour moi, musulman, habitué à faire mes ablutions, quoique je les fisse plus souvent de cœur et de geste que de fait, la chose n'avait rien que de naturel; mais pour mes écuyers elle était bien insolite. Néanmoins, ils m'imitèrent, non sans une certaine méfiance. Parmi les objets qu'on nous avait apportés se trouvaient des sandales; je les chaussai; je me trouvai bien embarrassé, car c'était la première fois de ma vie que je marchais autrement qu'avec mes grandes bottes de nomade, ou nu-pieds. Je perdais mes sandales à chaque pas. Etant ainsi rafraîchi, je me lavai le visage et les mains, je défis mon harnais, et j'endossai une grande et luxueuse robe qui se trouvait là. Plumet et l'Ecureuil mirent deux autres robes moins riches.

Une fois vêtus, nous nous assîmes pour manger. Je ne savais trop par où commencer; je finis par me décider pour le raisin. Jamais je n'avais rien mangé de si exquis; une étrange sensation de plaisir s'empara de moi: jusqu'ici je n'avais mangé que pour apaiser ma faim; maintenant pour la première fois je mangeais pour faire sentir à mon palais un goût flatteur. Le raisin fut vite dévoré, et je vis aux grimaces de satisfaction de mes compagnons que cette nouveauté leur procurait les mêmes sensations qu'à moi. Restaient des espèces de disques tout gonflés et dorés, et qui étaient du pain, et un gros fruit rond et rugueux, qui était un melon. En fait de pain, nous ne connaissions que la bouillie de farine d'avoine, et quand au melon il n'en était pas question. Le premier je mordis au pain; il me sembla que je mangeais quelque mets du paradis! Plumet, saisissant le melon, mordit à même dans l'écorce, et se mit à mâcher gravement, les yeux fermés, et avec un plaisir évident. Mais l'Ecureuil fut plus avisé, car il fendit le melon avec son couteau, et mangea l'intérieur, puis il fit signe à Plumet de faire comme lui. Je pris ensuite un vase rempli d'un liquide blanchâtre, pensant d'abord que c'était du kymyz; en flairant le vase, je sentis une odeur exquise, et je bus à longs traits un sorbet sucré; mes compagnons et moi vidâmes ce qu'il y avait dans tous les vases. Finalement, avisant une espèce de boule ressemblant un peu à du fromage, et grasse au toucher, Plumet la prit et se mit à la manger. L'Ecureuil prit un petit pot contenant une matière semblable à du beurre, et y trempant le doigt il en goûta.

« C'est parfumé et onctueux », dit-il.

J'allais goûter à mon tour, quand un des valets de notre hôte entra, et se mit à desservir. A la vue de Plumet et de l'Ecureuil, cet homme fit un effort, comme pour retenir un éclat de rire; mais il ne put y arriver,

1. Bandes de linges roulées autour du pied, qui servent de chaussettes aux Tatares.

et s'abandonna sans contrainte à une hilarité démesurée. Pensant bien qu'il se moquait de nous, je devins tout rouge de colère. Plumet et l'Écureuil regardèrent le valet de travers; heureusement, j'avais appris à me dominer. Je pris cet homme à part, et je lui demandai pourquoi il riait. Alors il me répondit:

« C'est parce que l'homme à grande bouche mange du savon, et l'autre de la pommade.

— Et qu'est-ce que du savon? répondis-je. Pourquoi ne mangerait-on pas du savon? Vous autres paysans, avez-vous l'habitude, quand vous offrez l'hospitalité de vous moquer des gens lorsqu'ils mangent les mets que vous leur apportez?

JE LUS UN CHAPITRE

— Mais le savon n'est pas un mets! me répondit le valet en contenant son envie de rire. Le savon, c'est pour se laver! et la pommade pour se parfumer! »

Je compris que nous avions fait une sottise et je me tus. Mes compagnons achevèrent tranquillement leur savon et leur pommade. En emportant certains des vases le valet me dit à voix basse: « Je pense que vous n'avez pas bu ce qu'il y avait là dedans!

— Non, non! répondis-je, bien que nous l'eussions bu avec délices. Non! nous l'avons jeté; mais qu'est-ce que c'était?

— Vous n'eussiez pas dû le jeter : c'était de l'eau de senteur! » Là-dessus il sortit, et quand il fut dehors, j'entendis qu'il s'abandonnait à une bruyante hilarité. J'étais furieux.

Je pensai maintenant à une chose. Comment ferais-je passer pour Turks et musulmans mes compagnons qui ne comprenaient que le Mongol, et qui ne savaient faire ni les *rikât,* ni les prières? Avant de quitter notre chambre, je leur enseignai du moins à dire le *tekbir;* je convins avec eux que Plumet répondrait au nom d'Abdallah, et l'Écureuil au nom de Noureddin. Pour moi-même, je trouvais mon nom de Djani trop barbare, et sentant trop le nomade et le païen, et j'ordonnais à mes écuyers de ne plus m'appeler autrement que Timour, qui existe également en Mongol et en turk, et qui est suffisamment répandu parmi les musulmans. Je leur défendis aussi de m'adresser mon titre militaire, et de m'appeler continuellement « mon *tougtchi!* » en portant la main au bonnet. Ces précautions prises, nous sortîmes pour nous rendre chez notre hôte.

Quand nous entrâmes dans la grande salle, notre hôte vint à ma rencontre, me prit par la main, et me conduisit sur une estrade où il y avait des coussins. Ses gens firent asseoir pareillement mes écuyers sur une estrade un peu plus basse formant angle avec la première, et on apporta aussitôt une nappe à fleurs qu'on plaça sur une table devant nous, et qu'on couvrit d'une infinité de plats, de coupes, de bols, de vases et d'ustensiles que je ne connaissais pas. J'étais ébloui! Je ne doutais pas un instant que mon hôte ne fût le roi du pays lui-même, ou son fils tout au moins.

« Prince, lui dis-je en m'inclinant, je prie Dieu qu'il donne à Votre Altesse cent années de vie, et toutes les prospérités! »

Mon hôte sourit.

« Jeune musulman, me dit-il, tu te trompes. Je ne suis ni roi, ni prince; je suis gentilhomme et propriétaire des terres voisines. Par la grâce de Dieu, mon état a fructifié. On m'appelle de mon nom Niaz et on me donne le surnom de Baï, parce que j'ai acquis de grands biens en cultivant ces miennes terres[1] ».

Je saluai mon hôte, et comme il m'invitait à manger en portant lui-même la main à un plat, je dis l'Allahou Ekber, et je l'imitai.

Il serait trop long de raconter ce qu'on nous servit. Tout était nouveau pour moi.

A la fin du repas, mon hôte m'invita à dire les grâces. J'avais une très belle voix, et je ne chantais pas mal; je m'acquittai donc de mon mieux de la prière. Niaz le Riche parut extasié. Il frappa trois fois dans ses mains. Un valet parut.

« Firouz, dit-il, qu'on apporte sur-le-champ le Saint Livre! Ce jeune chevalier musulman nous en lira un chapitre pour nous édifier. Il a une voix et une méthode admirables! »

Je rougis de plaisir. On me remit un Koran écrit en splendide calligraphie, avec les bordures des pages en ornements or et bleu et les fermoirs en argent émaillé. Je baisai le Saint Livre et je lus un chapitre. A chaque verset, mon hôte faisait des « Ah! » d'approbation, ou répondait « Amen! » en se caressant sa belle barbe. A la fin il m'embrassa et me dit:

« Certainement, tu es un mollah. Tu es la lumière de ton siècle et la merveille de ton temps. Je veux te régaler à mon tour d'un concert indigne de tes oreilles. »

Il frappa encore dans ses mains et on tira le rideau. Je vis tout de suite que son harem allait se réunir derrière le rideau qui nous cacherait sa vue, pour chanter des airs profanes.

Bientôt s'éleva un concert de voix argentines, qui se mêla au bruit des instruments de musique. Les voix chantaient en persan, de sorte que je ne comprenais pas. Mon hôte souriait, hochait la tête en mesure et paraissait ravi, mais il l'était moins que moi. L'Ecureuil fixait les yeux sur le rideau d'un air hébété, et Plumet dilatait sa bouche d'une oreille à l'autre.

Tout à coup mon hôte frappa dans ses mains. Trois esclaves vêtus de rose parurent; deux d'entre eux portaient des cruches et des flacons, le troisième tenait un grand plateau d'argent sur lequel étaient rangées quatre coupes, une de cristal, une d'or et deux autres d'argent. Les esclaves posèrent les cruches et le plateau sur la table, et disparurent.

« Frère musulman, me dit Espérance le Riche, c'est un jour heureux celui où je te vois. Accepte de ma main cette coupe de cristal, remplie de vin de Chiraz.

— Du vin! m'écriai-je en me reculant. Comment, toi bon musulman, tu me proposes de boire la liqueur défendue? Je ne veux point connaître ce péché! »

Mon hôte sourit en se caressant la barbe.

« De pieux derviches ont commis ce péché, me dit-il. Comment, toi un guerrier, un jeune homme à la moustache naissante, tu n'oserais pas boire une coupe de vin! Rustem, le paladin de l'Iran, et Isfendiar, le héros du Touran, buvaient le vin dans la coupe écumante. Et Noé, qui fut un prophète (la bénédiction soit sur lui!), planta la vigne et s'enivra du jus de son fruit. »

A ces mots, il se tourna vers le rideau et prononça quelques paroles en persan. Sur-le-champ le concert s'arrêta, un seul instrument se fit entendre et joua quelques accords tendres, gais et moqueurs. Mon cœur fut saisi. Je me penchai pour mieux entendre, quand au son de l'instrument se mêla celui d'une voix fraîche qui chantait en turk, sur un vieil air de mon pays. Ma main tenait la coupe où pétillait un vin couleur de rubis, je perdis la tête, je saisis brusquement la coupe et je la vidai d'un trait. La liqueur défendue embrasa mon cœur et mon cerveau; je bus une seconde et une troisième coupe. Mes écuyers, que rien ne retenait, se mirent à boire immodérément. Mon hôte me regardait en souriant et le concert avait repris derrière le rideau. Je ne savais plus ce que je faisais. En ce moment, la voix reprit:

« Où t'es-tu égaré? De quelle patrie es-tu venu [jusqu'ici?
Dis, ô chevalier, de quel destin es-tu le jouet?
Qui t'a jeté dans le triste exil?
Le sort qui t'attend, la destinée l'a fixé depuis [longtemps.
Combien de guerriers a-t-elle déjà conduits au [néant!
Réponds à la princesse aux yeux noirs :
Mon corps est emprisonné, mon âme tremble
En pensant à tes périls, et s'envole avec toi[1]. »

Mon hôte se leva brusquement. Sa figure avait changé; ce n'était plus l'homme mielleux et patelin que j'avais vu; son visage avait pris une expression farouche, terrible. Il cria quelque chose en persan, d'un ton courroucé. Mais rien ne pouvait plus me retenir. Le vin qui m'embrasait, le péril mystérieux dont on me menaçait et l'aide qu'on semblait me demander, tout cela me mit hors de moi. Je voulus faire savoir à mon tour à l'inconnue que, quel que fût le danger qui me menaçât, j'étais homme à le regarder en face; que quelle que fût la cause de mon angoisse, j'oserais entreprendre de venir à son secours. Je fis deux pas en avant, du côté du rideau; à mon geste de défi, mes deux écuyers se levèrent, prêts à tout, la main à la garde du sabre. J'entonnai à plein gosier le chant de guerre.

« Après que j'ai entendu ses plaintes et vu couler ses larmes, je dis: Je saurai barrer le chemin à ceux qui ont cerné sa demeure; que je voudrais connaître celui qui a osé lui tendre un piège en ce jour! » Soudain, le

1. *Niaz* signifie « Espérance » et *Baï* « Riche ».

1. Cette chanson est Tatare; je l'emprunte à un roman turcoman inédit, *Ahmed et Youçouf*.

SOUDAIN LE RIDEAU SE LEVA

rideau se leva et je vis paraître une jeune fille de quinze à seize ans, les yeux tout en larmes; je courus à elle, mais elle laissa retomber le rideau, et quand je le levai à mon tour, la chambre était vide. L'inconnue avait paru et disparu comme par enchantement. Alors je pensai bien que mon hôte n'était pas un personnage ordinaire, comme il me l'avait dit, et je le soupçonnai d'être un sorcier et un magicien. Dans mon angoisse, je prononçai le tekbir, je saisis mon hôte à la gorge et mettant sabre au clair, je m'écriai :

« Au nom du Dieu clément et miséricordieux! Atteste à l'instant l'unité de Dieu ou je te coupe la tête avec ce mien sabre ici! »

VIII. — LA DAGUE MYSTERIEUSE.

Il ne fit pas un geste pour se défendre, et prononça la fatha sans crainte et sans embarras. Voyant que mon homme prononçait la formule sacrée sans se troubler, je jugeai qu'il n'était pas mécréant et je m'excusai de ma vivacité, la mettant sur le compte du vin qu'il m'avait fait boire.

Il ne parut même pas entendre ce que je lui disais. D'un air farouche, il me mit la main sur l'épaule; à la pression de ses doigts, je sentis qu'il était plus fort que je ne croyais. Je le repoussai vivement, et me mis sur la défensive.

« Djani, fils d'Euktulmich! » cria-t-il d'une voix claire.

Tout mon sang reflua vers mon cœur. Comment cet homme étrange me connaissait-il ?

« Soldat des Bessed Djissoud, porte-bannière de Djébé le Loup! reprit mon hôte. Tes deux compagnons sont païens, tu as saccagé le poste d'Almaty, et tu es un espion mongol!

— Malédiction sur toi! répondis-je. Tu es Satan! Arrière, Satan le Lapidé!

— Je suis musulman! dit mon hôte d'une voix grave. Ne sois point surpris de ce que je sais. Je suis informé de tout. Ma puissance est mystérieuse, immense! Tu ne pourrais t'en délivrer. Désormais tu m'appartiens! »

A ces mots, il frappa du pied. Vingt hommes, la cuirasse aux flancs, le heaume en tête, le sabre, la masse ou la hache à la main, se précipitèrent dans la salle. D'un bond, je m'adossai au mur, et je me mis en garde. Plumet et l'Ecureuil, se mettant à ma droite et à ma gauche, dégainèrent vivement.

« Je voudrais bien savoir, m'écriai-je en faisant siffler mon sabre, qui de vous osera le premier mettre la main sur moi?

— Avancez, chiens! cria l'Ecureuil en assurant sa garde.

— Si seulement j'avais mes bottes! soupira Plumet. Se battre à pied, passe encore, mais en pantoufles, hélas! »

Mon hôte s'avança le visage souriant. Sa figure avait repris son expression pateline et mielleuse.

« Djani, mon enfant, me dit-il, je ne veux que le bonheur de ton corps et le salut de ton âme. Tu es en danger pour l'affaire d'Almaty: veux-tu qu'elle reste oubliée? Tu t'es séparé d'un ami qui t'es cher: veux-tu revoir Marghouz? »

Je ne pus retenir un cri.

« Fais-moi revoir Marghouz! m'écriai-je. Fais-le moi revoir et je te croirai! »

L'homme reprit son inquiétant sourire.

« Il y a encore une autre personne que tu voudrais revoir, j'en suis sûr. Elle souffre, elle est captive: il n'appartient qu'à un chevalier musulman comme toi de délivrer la princesse aux yeux noirs! Veux-tu la délivrer?

— Que faut-il faire? m'écriai-je. Je suis prêt à tout, excepté à ce qui touche la foi. Que faut-il faire?

— Peu de chose, répondit l'homme. Peu de chose; presque rien! Où vas-tu?

— Que t'importe?

— Tu m'as dit que tu allais à Samarkand?

— Eh bien oui, c'est vrai; je vais à Samarkand. »

L'homme sortit de sa ceinture une dague à poignée enrichie de pierreries et à fourreau d'or.

« Prends cette dague, me dit-il; ne crains rien; la lame est bonne, et elle n'est pas ensorcelée. Regarde! »

Je tirai la lame du fourreau. Sur l'un des plats était écrit en lettres d'or: « Au nom de Dieu clément et miséricordieux »; sur l'autre, ce mot arabe « Ouvre ! » c'est-à-dire « ouvre-moi les portes du paradis ». La lame elle-même était veinée d'argent, tranchante, affilée, admirable. Je gardai le silence.

« N'est-ce pas une arme de musulman? reprit mon hôte.

— J'en conviens, répondis-je.

— Eh bien, dit-il, porte cette dague en évidence à la ceinture. Cette dague est un talisman qui te conduira sûrement où tu voudras aller. Quand tu seras à Samarkand, tu iras trouver un marchand de soies qui s'appelle Houçein et que tout le monde t'indiquera. Tu auras cette dague à la ceinture, Houçein te demandera qui t'a donné la dague. Tu répondras : Quelqu'un me l'a « donnée à l'aurore ». Alors l'homme te dira : « Veux-tu être le fils du cheikh voilé? » Tu lui répondras : « Son visage resplendit « pour les vrais croyants ». Ne dis rien de toutes ces paroles à âme qui vive et suis en confiance les indications de l'homme dont je te parle!

— Et si je les suis? demandai-je.

— Si tu les suis, s'écria mon hôte mystérieux, tu retrouveras Marghouz, et tu sauras ce qu'il faut faire pour revoir la princesse aux yeux noirs et la délivrer!

— Allahou Ekber! m'écriai-je. J'irai! »

Je passai aussitôt la dague à mon ceinturon, après avoir défait la mienne que je jetai à mes pieds. L'inconnu frappa du pied, et les hommes armés disparurent; en les suivant du regard, mes yeux tombèrent sur des caractères oïgours gravés sur la paroi. Je m'approchai, et je lus ces mots grossièrement écrits avec la pointe d'un couteau :

« Marghouz-Aïcha. »

« Ma sœur! m'écriai-je. Ma sœur avec Marghouz! Quel est ce nouveau mystère?

— Tu le sauras à Samarkand! dit gravement l'inconnu. Es-tu prêt à partir?

— Ce soir même, répondis-je.

— C'est bien, dit-il. Les routes seront libres devant toi. »

A ces mots, il sortit comme si rien ne s'était passé, et me laissa stupéfait en compagnie de Plumet et de l'Ecureuil qui me regardaient d'un air hébété. Ma première pensée fut de courir à l'écurie, pour voir si on ne nous avait pas enlevé nos chevaux; mais je trouvai mes bêtes tranquillement attachées devant le mur. Mes écuyers vérifièrent nos bagages; rien n'y manquait. Je résolus de partir immédiatement; je n'avais aucune raison pour ne pas suivre les mystérieuses indications de mon hôte, puisqu'il fallait que je passasse dans tous les cas par Samarkand pour me rendre à Bokhara. Nous nous équipâmes, nous détachâmes nos bêtes, et nous nous mîmes en selle.

Comme nous allions partir, mon hôte se présenta devant moi.

« Il faut que je t'enseigne ta route, me dit-il. Ecoute-moi bien. En partant d'ici, il faut que tu évites la ville de Kachgar. Tu suivras le cours de la Rivière Rouge, tu monteras aux plateaux de Pamir, et tu les franchiras. En redescendant dans la plaine, tu arriveras à la ville de Mitan; dans cette ville, tu te rendras chez le cheikh de la grande mosquée, et tu lui diras que tu viens de la part de l'homme voilé. As-tu bien compris?

— J'ai compris.

— Au surplus, il verra ta dague, et n'aura pas besoin d'autre explication. Ce cheikh te fera parvenir à Samarkand. Voici dix chevaux chargés de provisions; je te les donne. Emmène-les pour traverser les Pamir qui sont d'affreuses solitudes.

— Je suis un nomade, répondis-je, endurci aux privations; les solitudes ne m'effrayent pas.

— Bien parlé! dit l'homme. Va donc et que Dieu te conduise. »

En sortant de l'enceinte, je vis sous le porche deux hommes qu'il me semblait avoir déjà rencontrés. L'un avait le bras enveloppé d'un linge et paraissait malade. L'autre avait la figure balafrée d'une grande cicatrice. Ces hommes évitèrent mon regard et me tournèrent le dos. Je n'avais pas fait deux cents pas que la mémoire me revint brusquement. L'homme au poignet enveloppé ressemblait comme deux gouttes d'eau à celui auquel j'avais porté un coup de manchette près d'Almaty, et l'autre était l'écuyer du Roi de Fer, que Djamouké avait sabré l'année passée. Je m'expliquai alors comment j'avais été reconnu. Mais ceci n'éclaircissait en rien la conduite mystérieuse de mon hôte. Sans me troubler la tête davantage, je poursuivis ma route en suivant la berge de la Rivière Rouge.

Je mis quinze jours à traverser les neiges et les glaces des plateaux, et quinze autres jours pour arriver à la ville de Mitan, sur les bords du fleuve Keuhik, que les Tadjiks appellent en persan Zerr Efchâne, « le verseur d'or ». Je passai sur un pont, le premier que j'eusse vu de ma vie, puis je traversai une porte haute et étroite entre deux tours carrées, et j'entrai dans la ville à l'heure de la prière de midi.

Je n'eus pas de peine à trouver la mosquée cathédrale: il suffisait de suivre la foule qui s'y rendait. Je traversai une rue où toutes les maisons se touchaient, et j'arrivai sur la grande place, devant la mosquée, qui me parut un monument merveilleux.

Devant le porche, je m'informai d'abord où nous pourrions mettre nos chevaux et nos chameaux.

« Musulman, me dit un homme de bonne mine, on voit que tu es un nomade habitant du désert. Je vais mettre un terme à ton embarras. »

Disant ces mots, il me conduisit à un magnifique bâtiment attenant à la mosquée, et qui n'était autre que le collège où les jeunes gens étudient la théologie, et où les étrangers de distinction reçoivent l'hospitalité. Dans la cour pavée de marbre et ornée de beaux arbres, il m'indiqua un hangar soutenu par des piliers de bois sculpté, et me montra la mangeoire remplie de fourrage et les anneaux où je devais attacher mes bêtes; après quoi, nous nous hâtâmes d'entrer à la mosquée cathédrale, car l'office était déjà commencé.

Je déposai mes bottes dans le vestibule, sous une colonnade de marbre vert, et j'ordonnai à mes écuyers de faire comme moi; puis nous entrâmes sous la nef et j'allai me placer modestement au dernier rang. Le cheikh était sur l'estrade et récitait les prières; à ses côtés, les lecteurs du Koran tenaient le saint livre tout ouvert sur leurs genoux et attendaient le moment de psalmodier les versets du jour. Les lampes et les bougies allumées, la foule recueillie des fidèles, la belle voix du cheikh, le chœur harmonieux des jeunes gens et des enfants qui faisaient les répons, produisirent sur moi une impression que je ne saurais dire. Jusqu'à ce jour je n'avais jamais assisté aux cérémonies du culte; j'entendais, quand j'étais enfant le service divin sous une tente, célébré par quelque mollah ambulant, et je faisais ma prière sur le pré. La beauté de la religion et la grâce de la foi me touchèrent si fort, que les larmes jaillirent de mes yeux. Quand ce fut à la fatha, je criai ma profession de foi d'une voix si sonore et je chantai le bismillah et l'amen avec tant d'élan, que j'attirai l'attention de tout le monde. Le lées et le sol était recouvert de tapis. Le cheikh lui-même, assis sur une estrade au fond de la chambre, était un bel homme d'une cinquantaine d'années.

« Approche, mon enfant, me dit le cheikh. Assieds-toi. »

Je pris place sur le tapis à ses côtés. Plumet et l'Ecureuil restèrent debout contre la porte.

« Mon enfant, me dit doucement le cheikh. j'ai remarqué ta ferveur à l'office. Dieu soit loué! je n'ai jamais vu de si pieux musulman que toi. Sous l'habit poudreux du guerrier, tu as les élans d'un ascète. Dis-moi, mon enfant, une chose me frappe : ton équipe-

ON NOUS CONDUISIT AU PAVILLON CHINOIS

cheikh lui-même jeta les yeux sur moi. Sans doute qu'à ce moment il vit la dague que m'avait donnée l'hôte mystérieux, car, sur un signe de lui, un des gardiens de la mosquée s'avança vers moi, portant à la main un tapis de prière en velours.

« Prends, musulman, me dit ce gardien, prends ce tapis. Le cheikh te l'envoie. »

Je mis donc le tapis sous mes pieds. A la fin de l'office, le même gardien s'approcha de moi et me dit :

« Suis-moi, le cheikh t'appelle. »

« Je suivis l'homme et je traversai derrière lui la mosquée.

« Si on allait voler nos chevaux? dit timidement l'Ecureuil.

— Ne crains rien, répondis-je, nos bêtes sont en sûreté. »

Nous passâmes par une porte percée sous un arceau de faïence et je pénétrai dans un petit ermitage attenant à la mosquée. C'était une salle, carrée avec des murs revêtus de carreaux bleus et rouges jusqu'à la moitié, et peints en blanc au-dessus du revêtement. La chambre était éclairée par des fenêtres gril-ment est celui d'un pauvre chevalier, et pourtant tu portes à ta ceinture une dague royale. N'as-tu rien à me dire touchant cette dague?

— J'ai à te dire ceci, répondis-je, que je viens pour voir l'homme voilé et que je vais à Samarkand, chez Houçein, le marchand de soies. »

La figure du cheikh n'eut pas le plus petit mouvement, seulement il me toucha les deux mains et me dit :

« Djani, fils d'Euktulmich, je t'attendais! »

Je frémis en voyant comme on me reconnaissait partout. Plus tard j'appris que l'homme mystérieux m'avait fait prendre fausse route, pour avoir le temps de prévenir le cheikh. Ma route directe était par Yeké Aoulang et Kent Kiçak; si je l'avais suivie, je serais arrivé trois jours plus tôt; mais entre les mains de mon terrible hôte je n'étais qu'un jouet. Je me tus et je m'inclinai devant le cheikh.

« Mon enfant, reprit ce religieux personnage, je vais te faire conduire à des appartements où tu recevras l'hospitalité et où tu pourras te refaire de tes fatigues. C'est

« J'ATTENDS LA TROISIÈME LETTRE ! »
S'ÉCRIA-T-IL

aujourd'hui vendredi, tu partiras lundi pour Samarkand, où tu arriveras jeudi. J'aurai soin que rien ne manque à ta personne. »

Je m'inclinai devant lui pour recevoir sa bénédiction qu'il m'octroya. Ensuite il frappa dans ses mains et un gardien parut qui nous reconduisit, après que le cheikh lui eût dit quelques mots en persan. Nous reprîmes nos bottes, nous passâmes par la cour du collège d'où nous emmenâmes nos bêtes, et nous arrivâmes dans un jardin merveilleux où s'élevaient trois pavillons comme je n'aurais pas cru qu'il y en avait sur cette terre. L'un était bâti à la mode chinoise, l'autre à la mode persane et le dernier à la mode arabe. On nous conduisit au pavillon chinois. En passant devant le pavillon persan, je vis un chariot sur lequel était une litière à fenêtres grillées. Il était attelé de quatre bœufs blancs, et douze cavaliers bien montés et bien armés attendaient pour l'escorter. Parmi ces cavaliers je reconnus le Balafré; mon cœur se mit à battre.

Etant descendus de cheval, nous entrâmes dans le pavillon chinois. Pendant trois jours nous y fûmes retenus sous divers prétextes, le quatrième jour, notre hôte parut et nous donna congé de partir. Sur son conseil nous laissâmes notre chameau étique et nos chevaux fourbus, et chacun de nous ne garda que sa propre monture. La mienne était Saïn Boughouroul, qui n'avait pas son pareil.

Le cheikh m'enseigna bien la route que je devais suivre et qui était de quatre étapes.

« A chacune de tes étapes, ajouta-t-il, tu te rendras dans telle et telle ferme, où tu n'auras qu'à te nommer, on est prévenu de ton arrivée. Ainsi, tu n'as pas besoin d'emporter des provisions, car sur ton chemin l'hospitalité t'attend et les obstacles tomberont devant toi. »

Ayant dit ces mots, il récita la fatha pour moi et je partis vers l'ouest dans la direction de Samarkand la grande ville. Dans les quatre fermes où je m'arrêtai, je reçus l'hospitalité. Le quatrième jour au soir, j'entrai dans ce qu'on appelle le Sogd-i-Kelan, qui est la banlieue de Samarkand, et j'aperçus aux feux du soleil couchant les coupoles de la grande ville, la forêt des minarets de ses deux cent cinquante mosquées, les hautes murailles blanches à créneaux peints de rouge de son enceinte et les tours de briques rouges et bleues, la ceinture formidable des forts qui l'ont fait nommer Samarkand la Bien-Gardée. Je longeai un des canaux qui se détachent de la rivière des Foulons, je traversai le Jardin neuf, je franchis sur un pont de pierre le ruisseau de l'eau de la Merçi qui sépare le parc aux Cailles du Jardin qui réjouit les cœurs, et, à la nuit tombante, je m'arrêtai à un ermitage situé à un trait d'arc de l'enceinte, près de la porte de Fer et à droite de la porte des Turquoises. Cet ermitage est élevé à côté et pour le service du tombeau de Kacim, fils d'Abd-al-Mottalib, le martyr, qui fut tué lors de la conquête de Samarkand par les musulmans, sous le kalifat de Velid Ier, en 91 de l'Hégire. Je reconnus tout de suite le tombeau, tel que me l'avait décrit le cheikh de Mitan, avec son dôme de plomb et ses quatre pilastres doublés chacun de deux colonnes de marbre, dont une paire est verte, une autre noire, une autre blanche, et une autre rouge. Comme la nuit était tombée, je ne voulus pas entrer dans la ville et je n'osai pas frapper à la porte de l'ermitage. Je résolus donc de rester jusqu'au matin près du tombeau du saint. Plumet et l'Ecureuil attachèrent les chevaux à un arbre et se couchèrent sur le gazon. Pour moi, après avoir fait une courte prière, j'entrai sous le dôme. L'un des gardiens m'apporta un tapis de laine et me fit signe de me reposer, car ces gardiens ne parlent pas, ayant fait vœu de silence en dehors de la prière. Je me déchaussai, je fis mes ablutions à un petit bassin de marbre, et, ayant récité la fatha et fait une prière, j'appuyai mon front sur le tombeau du martyr, puis j'allai m'étendre sur mon tapis au pied d'un pilastre, pour y passer la nuit.

Vers le milieu de la nuit, je m'éveillai à un bruit d'hommes et de chevaux. J'entendis des voix, des pas, puis, à la lumière des trois lampes d'argent, je vis entrer un homme de haute taille; un cliquetis d'acier me fit savoir qu'il était armé; il portait une capote blanche par-dessus ses armes.

Comme il me tournait le dos, je ne le reconnus pas tout d'abord; mais quand, après qu'il eut fait une prière devant le tombeau du saint, il se retourna de mon côté, et que je vis ses traits nobles et hardis, je me levai vivement, et je courus me jeter dans ses bras. C'était le Roi de Fer, le vaillant et chevaleresque Timour Melek.

Il me reconnut tout de suite et me rendit cordialement mon accolade, après quoi, nous étant donné le salut, il vint s'asseoir à côté de moi, et nous causâmes à voix basse, pour ne pas troubler les prières et la pieuse méditation des gardiens du tombeau.

« J'ai fait ma paix avec Melik le Sabre de la Foi, me dit le Roi de Fer, et je vais trouver l'empereur à Bokhara, où il tient sa cour en ce moment. Et toi-même, quelle heureuse constellation t'amène ici? »

Je jugeai prudent de ne rien dire à Timour Melek de ma mission, ni de ma mystérieuse rencontre. Je me bornai donc à lui raconter la fable de mon pèlerinage; il était trop honnête pour ne pas me croire.

« Dieu soit loué! dit-il. Je suis heureux de ta dévotion, et s'il plaît à Dieu, quand tu m'auras rejoint à Bokhara où il faut que je me rende sans retard, je t'accompagnerai dans tes tournées pieuses. D'ici là, tant que tu visiteras ces tombeaux et ces chapelles de Samarkand, prie pour moi, mon frère Djani! prie pour moi, car j'ai grand besoin du secours des prières. »

A ces mots il pâlit et ses yeux devinrent tout humides. Le voyant ainsi troublé, l'émotion me saisit moi-même.

« Au nom de Dieu clément et miséricordieux, lui dis-je, quel malheur a pu t'arriver? Aurais-tu subi quelque infortune dans ton voyage? l'éclat de ta réputation serait-il terni?

— Dieu soit loué, reprit vivement Timour Melek, s'il était arrivé quelque chose de ce genre, tu ne me verrais pas ici, car je serais mort. Mais en mon absence, il m'est arrivé un malheur que je ne puis te dire, et je vais chercher à le réparer; on m'a enlevé une personne qui m'est chère par-dessus toutes autres, et que je voulais arracher à une dure captivité; c'est pourquoi je te demande de dire la fatha en faveur de l'entreprise que je tente. »

Je soupirai de mon côté, pensant à ma sœur et à la princesse inconnue.

« Moi aussi, dis-je au Roi de Fer, je vais tenter une entreprise, et je te demande de ne pas m'oublier dans tes prières.

— Mes prières ne te feront pas défaut, répondit Timour Melek; et s'il faut en venir aux actes, mon bras et mon sabre sont à ton service. »

Je l'embrassai tendrement.

« Que Dieu te le rende, frère d'armes! m'écriai-je. Et qu'il t'assiste! Il est le puissant sur toutes choses! »

En ce moment l'aube blanchissait. Le Roi de Fer se leva.

« Voici le jour, me dit-il. Il est temps que je parte. Au revoir!

— Avant de partir, lui dis-je, fais-moi savoir du moins quelle est la cause de ton malheur.

— Hélas! me répondit le paladin, je ne le puis. Sache toutefois que je l'attribue à un mien mortel et noir ennemi, un scélérat hérétique qui est la terreur et le fléau de bien des pays!

— Quel est ce misérable? m'écriai-je. Dis-moi son nom, afin que je combatte cet ennemi de Dieu partout où je le trouverai.

— Son nom, répondit Timour Melek, nul ne le sait, pas même les sectateurs de ce damné. Tu viens de loin, tu es un nomade, et tu ignores les choses de ce pays. Sache donc qu'il y a cent cinquante ans, un maudit du nom de Haçan fonda une secte vouée aux flammes de l'enfer. Il avait pour but le meurtre des hommes nobles et vertueux de tous pays, et ses sectateurs, les infâmes Haçanis, n'obéirent que trop bien à ses sanglants préceptes. Ce Haçan établit sur le mont Alamout, en Khoraçan, un château tellement fort, que les démons eux-mêmes ne pourraient le prendre. Par la protection de Satan et des diables, il établit dans différents pays, et notamment en Syrie, huit autres châteaux pareils, où demeurent ses affidés et ses huit chefs principaux. Depuis la mort de Haçan le maudit, ses successeurs ont continué son œuvre ténébreuse. On les appelle les *Gheikhs El Djebel*, c'est-à-dire en arabe, les Vieux ou les Seigneurs de la Montagne, et nul ne les a jamais vus que leurs propres affidés. Ayant saisi, avant mon départ pour la Mongolie, deux sectaires du Vieux de la Montagne qui est au mont Alamout, je fis périr ces scélérats. Le Vieux de la Montagne me fit savoir, par un billet que je trouvai une nuit au chevet de mon lit, qu'il se vengerait de moi.

« Je brave sa vengeance, mais c'est à lui que j'attribue le malheur qui m'a frappé. Désormais je marche entouré d'ennemis invisibles; partout des poignards sont tirés contre moi. Mais je les défie! Oui, je les défie! »

Timour Melek ne terminait pas encore, qu'une pierre lancée du dehors vint tomber à nos pieds. Je la ramassai vivement.

Un papier était roulé autour. Je le déroulai et je lus :

« A Timour Melek, le Vieux de la Montagne, salut. Quand je t'écrirai ma troisième lettre, elle t'arrivera sur la lame d'un poignard, et je te la ferai clouer au cœur. »

Je remis la lettre au paladin et je la lui tendis en frémissant. Le paladin lut à demi voix.

« C'est la deuxième lettre, dit-il tranquillement. »

Il fit trois pas hors de l'enceinte, dans la brume du matin, et cria d'une voix assurée :

« J'attends la troisième lettre! »

Je courus à lui, en portant la main à la garde de mon sabre.

Mais aucun meurtrier n'était là. Je ne vis que nos chevaux et nos gens, et Plumet et l'Ecureuil qui se levaient en bâillant, en se frottant les yeux et en s'étirant.

« Adieu, me dit le Roi de Fer, au revoir; que Dieu t'assiste! »

A ces mots, il monta à cheval.

« Adieu, lui répondis-je, adieu, paladin, que Dieu te conduise. Je suis à toi, à la vie, à la mort! »

Le chevalier me fit signe et partit au galop, suivi de ses gens.

IX. — SAMARKAND LA BIEN-GARDEE

Le soleil se levait quand je quittai l'ermitage après avoir déposé mon aumône entre les mains d'un gardien.

Une heure après, je passai la *Porte de fer* sous une voûte obscure, et j'entrai dans la ville de Samarkand *la Bien-Gar-*

dée[1]. Une rue droite et longue à perte de vue était devant moi : des deux côtés s'ouvraient des boutiques où l'on vendait des melons, des raisins, des abricots confits, du poisson sec, de la viande, du pain; jamais je n'avais vu semblable entassement de victuailles. Arrivé au bout de cette rue, j'entrai dans une autre, puis dans une autre encore, puis je me perdis dans le croisement de toutes ces rues et dans cette forêt de maisons. J'avançais lentement au milieu de la foule des piétons, des cavaliers, des gens montés sur des ânes et des mules; j'étais tout étourdi par le bruit de tant de gens s'agitant dans un espace si resserré. A un endroit où la rue tournait, je m'arrêtai devant une fontaine à coupole sculptée, soutenue par une colonnade de marbre ornée de dentelures et d'ajours dorés. En face de la fontaine s'élevait une immense tour en forme de cône tronqué garnie depuis la base de bandes de briques émaillées en différentes couleurs. Comme nous avions soif et faim, nous commençâmes par boire aux sébiles de fer argenté pendues par des chaînes sous le dôme de la fontaine, puis, ayant attaché nos chevaux à des anneaux fixés devant une des boutiques, nous nous assîmes sur des bancs recouverts de tapis, et j'appelai le marchand de cette boutique-là, dont le visage m'agréait. Cet homme se présenta devant moi d'un air souriant.

« Pourrais-je me procurer ici du fourrage pour mes chevaux et de la nourriture pour moi et mes écuyers?

— Rien de plus facile. Excellence! » s'écria ce Sarte[2].

Et aussitôt il se mit à me débiter avec volubilité la nomenclature de tous les plats qu'il pourrait me servir :

« De l'*Ache,* du *Kébab à l'indienne,* du *Chichlik,* des *Ennep,* des *Halva,* des *Pasteurma,* du *Mantouy*... »

J'interrompis son bavardage.

« Tout cela est de trop, lui dis-je. Procure-nous de quoi donner la botte à nos bêtes, et donne-nous à nous-mêmes du pain et quelque peu de cette viande en brochette. Ce sera bien. »

Le marchand se précipita aussitôt dans sa boutique, en appelant son esclave. Une minute après, nos bêtes et nous, nous mangions de bon appétit.

J'allai me lever, lorsque dans la foule qui passait devant moi, je vis la mauvaise figure du *Balafré;* il marchait, magnifiquement vêtu, en conduisant une mule par la bride. Sur la mule était montée une femme voilée, comme toutes celles qu'on rencontre dans les rues de Samarkand. A la vue du Balafré, je m'effaçai vivement : la figure de cet homme m'inspirait de la défiance et de la répulsion.

« C'est l'homme sabré par Djamouké, me dit rapidement l'Ecureuil.

— Je le vois bien », répondis-je de même.

Une émotion singulière me faisait battre le cœur. Je descendis de mon banc, hésitant si j'allais le suivre, mais il se perdit bien vite dans la foule. Au moment où je le perdais de vue, une voix derrière moi me murmura à l'oreille : « Djani, la femme qui vient de passer avec le Balafré, c'est ta sœur Aïcha! »

Je me retournai pour saisir l'homme qui venait de me parler : c'était le Manchot! Mais avant que je ne puisse mettre la main sur lui, il disparut entre deux colonnes, dans l'allée d'une maison.

« Allons, me dis-je, voici les aventures qui commencent, tenons bon! Avec l'aide de Dieu, je me guiderai au milieu de tous ces pièges! »

Je montai à cheval, je m'affermis sur mes étriers; et, m'étant fait expliquer par mon Sarte où était le marché des soieries, je descendis la rue en récitant la fatha à demi voix. Je n'avais pas bien loin à chercher. Je passai sous un arceau en ogive que m'avait indiqué l'aubergiste, j'entrai dans la première rue à ma gauche, et à la vue des étoffes chatoyantes appendues, devant les boutiques des riches marchands, je reconnus que j'étais arrivé.

Je passais devant la plus belle de ces boutiques, quand un esclave abyssinien, sur un signe de son maître, sauta dehors et s'inclina devant moi après avoir baisé mon étrier.

« Excellence, me dit le noir en fort bon turk, mon maître Houçein, qui est ici, présente ses respects au cavalier qui porte la dague au fourreau d'or. »

En même temps, je vis le maître se lever et descendre de sa boutique. Tout son extérieur annonçait la noblesse et la distinction.

« Salut à toi, jeune chevalier musulman! me dit-il. Que ma vie soit la rançon de la tienne, je ne te laisserai point passer sans que tu te rafraîchisses dans ma pauvre maison.

— A toi le salut! répondis-je. Je pense que tu es le marchand Houçein?

— Lui-même! Et toi, tu es Djani et tu cherches l'homme voilé?

— C'est bien cela », dis-je en mettant pied à terre.

Houçein me fit asseoir dans sa boutique.

« Djani, me dit-il, il faut que tu sois né sous une heureuse constellation. Je ne connais point l'horoscope de ta naissance, mais je sais que de grandes destinées, de grandes fortunes te sont réservées. Tu ne tarderas pas à voir la preuve de ce que je t'annonce. Ce soir tu te rendras à la mosquée cathedrale, où prêchera le Cheikh Nedjm-ed-Dine, qui est en odeur de sainteté. Sache que l'impératrice Turkane Khatoune, femme de l'empereur et roi, Sultan Tekiche le Batailleur

1. Samarkand *Mabfouzeh,* épithète que les historiens tatares donnent toujours à la capitale de Timour.

2. Tadjik désigne les hommes d'origine persane, et Sarte les citadins, qui sont presque tous Tadjiks.

(Dieu lui donne mille années de règne!), honore la ville de Samarkand de sa radieuse présence, et qu'elle assistera à la prière, suivant la coutume du *Mavera-an-Nahr*[1], d'après laquelle les dames se rendent à la mosquée le lundi, le jeudi et le vendredi. Sache encore que l'impératrice a entendu parler de toi, et ne t'étonne pas si elle te fait appeler devant son trône auguste.

— Comment, m'écriai-je, cette noble souveraine aurait-elle entendu parler de moi, tout petit? Que suis-je auprès d'elle?

— *U Allah Aàlem*. Dieu sait le mieux! répondit Houçein. Pour moi, je ne suis rien dans tout cela. J'ai entendu parler d'un certain Marghouz, qui court de grands dangers.

— Marghouz! m'écriai-je encore. Où est-il?

— Je n'en sais rien, répondit froidement le marchand. Je sais encore que deux femmes implorent l'appui de Djani et que l'une s'appelle Aïcha.

— Allons, dis-je résolument. C'est la volonté de Dieu! Je me présenterai devant l'impératrice, moi chétif. Quand faudra-t-il que j'aille au palais?

— Tu le sauras ce soir à la mosquée, dit Houçein. D'ici là, rafraîchis-toi; et quand tu iras invoquer Dieu ce soir, mets ta confiance en lui. Ton destin est favorable. — *Inchà Allah*. Si Dieu le veut, ainsi soit-il! » m'écriai-je.

En attendant l'heure de la prière du soir, je m'en allai, suivi de Plumet et de l'Ecureuil, visiter les curiosités de la ville. Houçein m'indiqua, comme digne d'être vue, la grande pierre bleue qui est sous le pilier principal de la grande église des chrétiens du rite melkite; je n'avais jamais vu d'église jusqu'à ce jour et j'étais bien curieux d'en voir une. Je suivis donc l'esclave que Houçein m'avait donné pour guide, à travers les rues et ruelles. Cet homme m'apprit que les chrétiens étaient fort persécutés à Samarkand, et que si on y tolérait leurs églises, on leur interdisait d'y sonner les cloches, comme on le fait d'ailleurs dans toutes les cités musulmanes. Avant d'arriver à l'église

C'ÉTAIT UN RELIGIEUX CHRÉTIEN

des Melkites, je passai devant une église des Nestoriens, qui est un grand bâtiment carré surmonté d'une petite tour ronde et qui est dédiée à Saint Jean-Baptiste.

L'apparence simple de cette église me plut et je désirai la visiter avant celle des Melkites, d'autant plus que Marghouz suivait le rite des Nestoriens, comme tous ceux de sa nation. A l'entrée, je vis un homme de haute taille et de mine vénérable, dont l'aspect me frappa tout de suite. C'était un vieillard à longs cheveux et à grande barbe blanche; il était vêtu d'une longue robe brune en méchante étoffe de poil de chameau, ceinte d'une corde à la taille et il marchait nu-pieds. Voyant que ce vieillard était un religieux chrétien, je le saluai par considération pour son grand âge et son caractère sacré.

Le chrétien parut surpris de ma politesse, d'autant plus que je le saluais à la manière des Mongols, en ôtant mon bonnet, et non pas à la manière des Turks musulmans, en croisant les bras sur la poitrine et en m'inclinant. Il regarda un instant mon armure

1. *Mavera-an-Nahr* signifie « au delà du fleuve » en arabe; c'est ce que nous appelons la Transoxiane. Le mot de Turkestan est faussement appliqué sur toutes les cartes. Le pays du bas Oxus s'appelle Kharezm; le pays entre l'Oxus et l'Yaxartes, Maverà-an-Nahr. La région du bas Yaxartes est le Turkestan, et le pays à l'est du Turkestan, la Fergana.

couverte de poussière, mes vêtements grossiers, puis il me dit :

« Es-tu musulman, jeune chevalier ?

— Dieu soit loué, m'écriai-je, je le suis !

— Sais-tu que je suis chrétien ? reprit le vieux.

— Je le pense, répondis-je, puisque tu es à l'entrée d'une église.

— Il faut, dit le prêtre chrétien, que tu viennes de bien loin, ou que tu aies l'âme bien noble pour oser saluer un religieux chrétien en cette ville de Samarkand.

— Certainement, dis-je à mon tour, je viens de loin, je viens des pays du Nord, de la frontière de la Chine ; mais j'avais pour coutume de saluer les prêtres des Kéraïtes nos voisins, quand je les voyais, comme toi, gens âgés et vénérables.

— Tu as connu les nobles Kéraïtes ! s'écria ce vieillard. Que je suis heureux de te rencontrer ! O mon enfant, si tu veux avoir quelque confiance en moi, viens dans ma maison ; je veux te parler au sujet d'un Kéraïte. »

Le nom de Marghouz fut tout de suite sur mes lèvres. D'un geste, il m'imposa le silence.

« Parle bas, me dit-il vivement. Au nom du Dieu vivant, que ta religion adore comme la mienne, je t'adjure de dire la vérité. Quel est ton nom ?

— Djani ! et j'ai chez les Kéraïtes un frère juré...

— Qui s'appelle Marghouz ! me dit le prêtre sans me laisser achever. Marghouz a sauvé ta sœur lors du massacre de ta tribu par le Gour Khan. En arrivant ici, les espions de ce tyran l'ont reconnu : il a été jeté en prison, et ta sœur enlevée par on ne sait quelles mains...

— Dieu est le plus grand ! m'écriai-je. Que je sois haché en morceaux si je n'éclaircis pas ce mystère, si je ne délivre pas mon frère d'armes et ma sœur, et si je ne venge pas ma famille et ma tribu !

— Silence ! pour tout ce que tu as de cher, silence ! dit le vieillard.

— C'est bien ! dis-je. Où demeures-tu ? Il faut que j'aille à la mosquée, où j'ai rendez-vous. Je te reverrai ce soir. »

Le prêtre chrétien me montra une petite porte basse, dans une chétive maison à côté de l'église.

— Ici me dit-il simplement. Je t'attendrai. »

En ce moment, l'appel du muezzin retentit : « Musulmans, priez ! »

« Adieu, et au revoir ! m'écriai-je. Prie ton Dieu pour moi ! »

Et prenant, dans mon sac pendu à ma ceinture, un foulard de Chine dont Marghouz m'avait fait autrefois présent, je l'attachai autour de mon cou, en signe que je faisais vœu de terminer cette entreprise, suivant la coutume des Turks et des Mongols.

« Marchons ! dis-je à mon guide. Conduis-moi à la mosquée ! »

L'esclave prit immédiatement les devants. Je le suivis.

En route, Plumet me dit en mongol : « Marghouz ?

— Prisonnier ! » répondis-je.

L'Ecureuil sifflota doucement en tapotant sur son sabre. Son geste me fit plaisir.

Un instant après nous étions arrivés devant la grande mosquée, où le cheikh des cheikhs, Nedjin-ed-Dine, devait prêcher ce soir-là. Comme il était l'heure de la prière, je crus que l'office allait commencer tout de suite ; je me trompais. On attendait quelqu'un.

Je cherchai Houçein des yeux ; mais dans cette foule, il était difficile de le trouver. J'étais tout contre une colonne ; Plumet et l'Ecureuil étaient à ma gauche. En levant les yeux, je vis dans la galerie au premier étage s'avancer une longue file de femmes voilées, car les femmes de Samarkand observent la coutume des Tadjiks, des Persans et des Arabes, et se voilent le visage. Les dames de la cour seules vont à la turke, le visage découvert.

Pendant que je regardais cette procession, quatre hérauts portant des trompettes vinrent se placer dans la galerie d'ébène. Un cinquième, qui était leur chef, se mit devant eux. Il avait un haut bonnet surmonté d'une aigrette, une robe chamarrée à brandebourgs d'or et à manches fendues, et il tenait à la main une masse d'argent. Aussitôt, derrière la galerie, on entendit un grand bruit : les timbales battirent, les clairons sonnèrent. Alors un rideau qui cachait la chapelle derrière la galerie d'ébène fut écarté, la chapelle parut éblouissante de lampes et de bougies, les quatre hérauts, embouchant leurs trompettes, répondirent aux fanfares et aux batteries des musiciens invisibles ; puis la musique se tut, et le chef des hérauts s'écria d'une voix sonore :

« Habitants de Samarkand ! Voici la mère du pôle de la foi, l'épouse du deuxième Alexandre, de l'ombre de Dieu sur la terre ; voici la *Protectrice du monde et de la foi, la Souveraine autocrate des Turks, la Reine des femmes de la terre habitée,* Turkane Khatoune ! Habitants de Samarkand ! Inclinez-vous dans le respect et l'obéissance. »

Toutes les têtes se courbèrent aussitôt. Je vis entrer la grande Khatoune. Elle marchait la première, portant diadème en tête et couverte de pierreries qui jetaient mille feux. A sa droite et à sa gauche s'avançaient deux des principaux chefs de l'armée, le heaume d'argent garni de pierreries sur la tête, le sabre nu au poing et la poitrine couverte de cuirasses en acier de l'Inde damasquiné d'or.

Derrière la Khatoune marchaient d'un pas lent et solennel les dames et les demoiselles de la cour, vêtues à la mode de l'Iran et du Kharezm. Les bras des dames étaient nus et chargés de joyaux de Moultan, d'Ispahan, de Damas, de Brousse et de Venise. Ces robes de satin cramoisi montaient très haut et étaient

IL ALLONGEA, TERRIBLE, SA MAIN AMAIGRIE
VERS LA GALERIE D'ÉBÈNE

fermées au cou. Sur les épaules, les dames avaient un camail en dentelle de fil d'or, et sur la tête une tiare de brocart rouge dentelée par le haut, ornée de perles, de rubis, d'émeraudes et surmontée de plumes retombantes. L'impératrice était une femme d'une quarantaine d'années, très fardée et dissimulant son âge. Elle était grande et encore très belle; sa démarche était noble, son visage imposant, majestueux, toute sa contenance hautaine. Elle fit un signe à son favori, le Cheikh Madj-ed-Dine, et l'office commença.

Tout d'abord, quand j'entendis tant de belles voix chanter les prières des croyants et les louanges de Dieu le très haut, je m'abandonnai à la dévotion et j'inclinai ma tête dans la piété. Plus tard, regardant du coin de l'œil la galerie d'ébène, quand je vis l'impératrice agiter son éventail d'un air distrait, l'indignation me ressaisit. Je regardai du côté du Cheikh Nedjm-ed-Dine, et je vis, à sa figure, qu'il partageait mes sentiments. C'était un homme tout jeune et vigoureux. Sa grande barbe noire, ses yeux largement ouverts, son nez crochu, sa haute stature maigre, son visage basané indiquaient son origine arabe. Vêtu d'une robe de laine, coiffé d'un mauvais bonnet de feutre, il se tenait debout et droit, la main sur le rebord de la chaire; sa lèvre crispée annonçait son dédain. Quand ce fut à la fatha, il se prosterna d'un air extatique, puis, se relevant, il allongea, terrible, sa main amaigrie vers la galerie d'ébène, il cria plutôt qu'il ne récita le verset sur lequel il allait prêcher:

« Lorsque l'heure fatale est venue la perspicacité devient aveugle! »

Je vis distinctement l'impératrice pâlir sous son fard. Le Cheikh, la foudroyant du regard, commença à prêcher. Il parlait contre la fausse dévotion. Sa parole me brûlait comme une flamme. A un moment, montrant du doigt le Cheikh Madj-ed-Dine vêtu de satin et se prélassant sur le Moçalla, debout sur un tapis de prière en velours brodé, il cria de sa voix sonore ces paroles du Koran:

« Luttez contre l'infidélité et contre les hypocrites! »

Madj-ed-Dine courba la tête, atterré. Cette fois l'impératrice donna un coup sec de son éventail sur la balustrade de la galerie d'ébène: l'éventail d'ivoire se brisa. La grande Khatoune se leva, défiant le Cheikh du regard. Mais lui continua sans se troubler. Il parla des conquêtes du grand Empereur de Kharezm, vainqueur du monde, Pôle de la foi, approuvant les unes, condamnant les autres. Il loua les victoires qu'il avait remporté sur les Persans hérétiques et sur les sectaires du Vieux de la Montagne, dont il avait détruit la forteresse « Dompteuse des lions ». Mais il le blâma de sa tyrannie. Il maudit la guerre impie qu'il venait de faire au khalife Abbasside Nasr-ed-Dine. Il l'accusa de complicité avec son suzerain le Gour Khan, ce tyran oppresseur des Oïgours et des Turks, que les gens des villes appellent des barbares. Il l'accusa de favoriser en tout les Persans hérétiques. Il prophétisa des catastrophes effroyables, et, comme l'impératrice faisait un geste de menace, il alla jusqu'à réciter ce verset du Koran, en la montrant du doigt :

« Il a été récalcitrant et orgueilleux et s'est mis au nombre de ceux qui renient! »

Puis, récitant la fatha et bénissant les croyants, il termina par cet autre verset :

« Dis: qu'attendez-vous autre chose pour nous que l'un des deux bons résultats : — la Victoire ou le Martyre? »

A ces mots, il descendit de sa chaire, fier et grave, et dans mon émotion je ne pus me retenir; je rompis la foule, je courus à lui, et, mettant genou en terre, je baisai le pan de sa robe. Il mit sa manche sur ma tête, murmura une bénédiction d'un air inspiré, et traversant la foule qui s'ouvrait respectueusement pour lui livrer passage, il sortit de la mosquée. Aussitôt, l'office étant fini, tout le monde sortit.

J'allais en faire autant, quand un garde armé de pied en cap me mit la main sur l'épaule.

« Suis-moi, me dit-il, la Reine du monde t'attend. »

X. — LA GRANDE IMPÉRATRICE

Le cœur me battit bien fort. Après ce que je venais de faire, je pouvais tout craindre de l'impératrice outragée. Mais il n'était plus temps de reculer. Je suivis le garde. Plumet et l'Ecureuil marchèrent flegmatiquement derrière moi, après qu'ils m'eurent rapporté mes bottes et chaussé les leurs sous le parvis. Nous sortîmes par la cour de la mosquée, nous passâmes par une porte basse, un couloir secret, une enfilade de corridors; puis je me trouvai brusquement devant une porte de bronze à incrustations d'argent, éclairée par une lampe assez terne. Deux guerriers, couverts d'armures laquées de la Chine et tenant des masses d'armes d'acier, montaient la garde des deux côtés de la porte. Le soldat qui m'avait amené disparut. J'attendis quelques instants, le temps environ de réciter trois *Bismillah* et autant de *Kouvallah,* et tout à coup la porte s'ouvrit à deux battants et je vis un salon éblouissant de lumières. Je recommandai mon âme à Dieu et j'entrai hardiment. Mes imperturbables écuyers emboîtèrent le pas sans mot dire.

En face de moi, sur une estrade élevée sur un balcon, était un trône à pieds d'argent où l'impératrice était assise. Le sol était couvert de riches tapis. A ses côtés et autour d'elle, seize demoiselles esclaves tenaient des éventails de plumes de paon et des vases d'or et d'argent. Dix massiers vêtus de brocart d'or et coiffés de hauts bonnets attendaient les ordres de la Khatoune.

Sans témoigner d'émotion, je fis trois pas en avant et je saluai à la mongole, en ôtant mon bonnet de la main droite et en portant

« Nous avons, reprit l'impératrice, entendu parler de deux jeunes personnes, dont l'une est ta sœur, je crois, et dont l'autre, arrachée à ses parents, est captive de certaines personnes qui demandent une rançon pour la rendre à la liberté? N'est-ce pas vrai?

— C'est vrai, Majesté! » répondis-je d'une voix étranglée.

La grande Khatoune frappa dans ses mains. Aussitôt tout le monde sortit, et je restai seul avec elle et mes deux écuyers.

« On nous a parlé, reprit-elle alors, d'un jeune barbare de tes amis. Son nom est Merghouz ou Marghouz.

J'OUVRIS DOUCEMENT LA PORTE ET JE REGARDAI DEHORS

la main gauche à l'oreille, en signe que j'étais prêt à écouter. La princesse fit alors un petit geste pour m'inviter à m'approcher. Je fis les neuf pas prescrits par le cérémonial, et je mis genou en terre. Plumet et l'Ecureuil ne manquèrent pas de m'imiter, en gardant deux pas d'intervalle.

« Chevalier, me dit l'impératrice, nous avons appris que tu venais des pays lointains et que tu voulais visiter les tombeaux des saints musulmans qui sont en Maveraan-Nahr. Nous avons toujours recherché dans notre service impérial les jeunes gens pieux et vaillants. Nous avons désiré te voir et te parler au sujet d'une importante affaire. Assieds-toi, plus près, à nos pieds, sur ce coussin. »

Je m'inclinai et j'obéis.

« Chevalier, reprit l'impératrice, un de nos fidèles serviteurs, auquel nous témoignons de la considération, s'est entretenu avec toi près de Kachgar. »

Je m'inclinai. Toute mon attention se tendit. Cette fois, je pensai que ce trop long mystère allait être expliqué.

— Marghouz! m'écriai-je. J'ai appris qu'il est emprisonné; c'est sans doute à l'insu de Votre Majesté, et...

— Ecoute avec calme, répondit la Khatoune; ici la vie et l'âme des gens sont à ma discrétion. Marghouz, Aïcha et la princesse aux yeux noirs sont entre mes mains. Un homme conspire secrètement contre moi: c'est donc secrètement que je dois m'en défaire. On me dit que tu es brave et fort: veux-tu accepter cette importante mission, de débarrasser un empire musulman d'un ennemi redoutable? La liberté de ton ami et de ta sœur et de la princesse sont à ce prix. Vie pour vie! Donne-moi celle de mon ennemi, je te donnerai celle de tes amis! »

Je pouvais tout craindre si je répondais par un refus. Il fallait avant tout gagner du temps, et demander conseil au derviche chrétien qui m'avait inspiré une grande confiance.

Après avoir hésité un moment, je répondis donc avec fermeté:

« Je suis prêt! Contre qui dois-je me mesurer?

— Que t'importe? dit l'impératrice. As-tu peur?

— Peur! m'écriai-je. Le fils de mon père n'a jamais eu peur! Donne-moi mon homme le sabre à la main et tu verras si j'ai peur!

— Bien, répondit l'impératrice. Nous t'accorderons nos grâces et notre protection si tu réussis dans cette difficile entreprise. Nous te retenons pour faire partie de notre escorte, et tu nous accompagneras à Bokhara, où nous nous rendons demain. C'est dans cette ville que nous te montrerons l'homme dont il importe que tu nous délivres. D'ici à demain, ton logement est prêt dans notre palais, et je vais t'y faire conduire. »

Elle frappa dans ses mains, et ses demoiselles, ses esclaves, ses massiers rentrèrent d'un pas lent et solennel. J'étais tout étourdi.

« Que Votre Majesté dis-je, me donne congé d'aller chercher mes chevaux.

— Tes chevaux sont ici, me répondit l'impératrice; notre serviteur le marchand Houçein les a fait amener.

— Puis-je voir Marghouz? » dis-je encore.

Elle mit le doigt sur ses lèvres pour m'imposer silence et me congédier du geste. Je vis que j'étais prisonnier. Deux huissiers porteurs de lanternes s'approchèrent et je les suivis sans rien dire, après m'être incliné devant la grande Khatoune. Plumet et l'Ecureuil me suivirent. Les deux porte-lanternes nous firent passer à travers une longue galerie, au bout de laquelle nous descendîmes un escalier. Nous traversâmes une grande cour plantée d'arbres, puis nous entrâmes dans une cour plus petite où était un pavillon et une écurie. Dans l'écurie, je reconnus nos trois chevaux. On nous introduisit dans une salle basse du pavillon; un repas magnifique était servi. Les deux huissiers s'inclinèrent silencieusement, sortirent et fermèrent la porte derrière eux.

Je commençai par manger. Le festin était des plus copieux, mais avec l'aide de mes deux écuyers, j'en vins très bien à bout. Quand la dernière bouchée fut avalée et la dernière cruche tarie, je pris la parole.

« Compagnons, dis-je, je suis fâché de vous apprendre que nous sommes prisonniers. Ce kiosque où nous nous trouvons est sans doute une prison où l'on mange bien, mais c'est une prison. Au milieu des ruses et des perfidies de ces gens des villes, moi je me perds; j'ai besoin des conseils d'une barbe grise, d'un homme plus expérimenté que moi. Or l'homme que nous avons vu aujourd'hui devant l'église des chrétiens me paraît l'homme qu'il faut, et je veux avoir son conseil avant de partir d'ici. Je vais donc essayer de sortir et d'aller le voir, et vous, vous m'attendrez pour m'aider à rentrer, quand je l'aurai vu.

— Commandez, mon banneret! » dit l'Ecureuil en portant la main au bonnet.

Quant à Plumet, il ne dit rien du tout et se contenta d'ouvrir son énorme bouche en signe d'obéissance.

« A présent, dis-je, voyons un peu où nous sommes ».

J'ouvris doucement la porte, et je regardai dehors. Il faisait clair de lune, et je pus très bien reconnaître qu'il n'y avait personne dans la cour. Je fis alors le tour du kiosque, qui était à deux étages et un peu plus haut qu'un mur tout proche. Aucune lumière ne paraissait aux fenêtres du premier et du deuxième étage. Nous devions être seuls. Un grand arbre, à côté du kiosque, dominait le mur; une de ses branches s'avançait même en dehors. Je grimpai sur l'arbre et, en suivant la branche, j'arrivai au mur. Je m'aperçus alors que, de l'autre côté, il y avait une rue assez large et absolument déserte. Alors je sifflai doucement; l'Ecureuil vint aussitôt me rejoindre sur mon arbre; Plumet resta en bas pour faire le guet.

« Sousou, dis-je à voix basse à mon compagnon, je vais descendre de l'autre côté du mur pour tâcher de trouver mon homme. Tu m'attendras, caché sur cette branche. Quand je reviendrai, il ne me sera pas difficile de retrouver cette partie du mur dominé par le kiosque et par l'arbre. Je serai de retour avant le jour. Je sifflerai pour me faire reconnaître. As-tu ton lasso sur toi?

— Voici, dit l'Ecureuil, en défaisant le lasso de crin que tout honnête Mongol attache à sa ceinture en descendant de cheval.

— Bien. Tu vas me le tenir pour que je descende, et tu me le jetteras pour que je remonte quand je reviendrai.

— Et si tu ne reviens pas, mon banneret?

— A la grâce de Dieu! Vous ferez comme vous pourrez.

— Bon, dit tranquillement l'Ecureuil. A nous deux avec Plumet, nous en tuerons bien une demi-douzaine avant qu'ils ne nous prennent. »

Disant ces mots, l'Ecureuil disposa son lasso, l'attacha au tronc de l'arbre et lança le bout flottant par-dessus le mur. Quand il eut fini, j'enjambai le mur et je me laissai glisser jusqu'à terre. Je vis le lasso de l'Ecureuil remonter tout de suite, je notai bien la place où j'étais pour pouvoir la reconnaître, et, longeant rapidement la rue, je m'enfonçai dans la ville, déserte à cette heure.

Je n'avais pas fait vingt pas quand j'entendis un bruit d'armes et que je vis la lueur d'une lanterne. Une troupe de gens armés, précédés d'un falot s'avançait vers moi. Je cherchai à me dissimuler; mais j'étais au pied d'un mur de jardin tout lisse, qui ne présentait aucun enfoncement, aucun recoin capable de me cacher. Voyant qu'il en était ainsi, je pris mon parti et je continuai mon chemin d'un air assuré. Quand je fus à la hauteur de la troupe, un homme à cheval m'ordonna de m'arrêter, et l'homme au falot me porta sa lanterne au visage. Inquiet de me voir entouré par une troupe de gens à l'allure menaçante, je m'adossai au mur, et, me mettant en garde :

« Qui êtes-vous et que voulez-vous ? m'écriai-je.

— Jeune musulman, me dit un homme bien vêtu qui paraissait le chef de la troupe, d'où viens-tu ? Où vas-tu ? Si tu me réponds d'une manière satisfaisante, aussi vrai que je m'appelle Mahmoud Yelvadj, je te fais relâcher, quoique tu sois dans la rue à une heure défendue.

— Mahmoud Yelvadj ! m'écriai-je en tressautant. Mahmoud Yelvadj de Bokhara ?

— Sans doute, me répondit l'homme un peu surpris. Mahmoud Yelvadj de Bokhara lui-même.

— Oh alors ! lui répondis-je tranquillement, je n'ai qu'un mot à te dire. Tu es l'homme que je cherche.

— Tu me cherches, moi ? dit Mahmoud Yelvadj en me regardant bien en face.

— Je te cherche, toi ! répondis-je sans baisser les yeux, et puisque tu me demandes d'où je viens, eh bien ! je viens des sources de l'Onone et de Deligoune Bouldak. »

Aussitôt il me prit par la main, me fit placer à ses côtés, et se mit en route, suivi de son cortège. Nous fûmes bientôt de retour au palais. Mahmoud Yelvadj s'arrêta devant une poterne, se fit reconnaître par les portiers et entra. J'entrai derrière lui. Nous traversâmes une allée qui nous conduisit à un jardin du fond duquel s'élevait un kiosque. Mahmoud m'y fit entrer, ses deux porteurs de lanternes posèrent leurs lanternes sur le tapis et nous laissèrent seuls. Mon premier mouvement fut de prendre à mon cou la pièce de monnaie que m'avait donnée le Khan. Aussitôt Mahmoud tira une bourse de sa ceinture et sortit une autre demi-pièce qui s'adaptait parfaitement à la mienne. Alors il me prit les deux mains et me dit :

« C'est bon. Comment se porte Témoudjine ?

— Il se porte bien, grâce à Dieu, » répondis-je.

Je regardai attentivement mon homme. Sa figure me plut tout de suite. Avec l'autorité dont il paraissait être investi, c'était l'homme qu'il me fallait pour me conseiller.

« *Ata* (père), lui dis-je en lui parlant avec déférence, je dois avant tout t'informer que moi aussi je loge dans ce palais.

— Parle mongol pour qu'on ne nous comprenne pas, dit-il vivement : ici les murs ont des oreilles.

— Bien, répondis-je en mongol. J'ai laissé à mon logement mes deux écuyers qui attendent mon retour ; il faut que j'aille les rassurer.

— Compris ; dit Mahmoud. Il vaut d'ailleurs mieux que nous causions chez toi, où nous serons moins espionnés. Où es-tu logé ? »

Je lui expliquai tant bien que mal. Il souffla les deux bougies, les mit dans sa poche, et nous nous glissâmes dehors sans bruit. Arrivés près du kiosque, je sifflai doucement. Plumet vint me reconnaître. L'Ecureuil, relevé de sa faction, descendit de son arbre en roulant son lasso. Nous entrâmes dans la salle basse, et Mahmoud nous fit accrocher nos capotes devant la fenêtre, pour qu'on ne vît pas la lumière du dehors. D'ailleurs Plumet se cacha dans la cour pour faire le guet. Alors je battis le briquet, je rallumai les bougies, nous nous assîmes sur le tapis, et, répondant aux questions de Mahmoud Yelvadj, je lui racontai succinctement ce qui m'était arrivé depuis que j'avais rencontré l'homme mystérieux aux environs de Kachgar.

Mahmoud Yelvadj hocha la tête à plusieurs reprises, puis réfléchit profondément pendant quelques instants. Enfin, rompant le silence :

« Tous ces événements s'enchaînent très bien, dit-il, et je crois les comprendre. Apprends d'abord que l'impératrice Khatoune est un démon à figure de femme. Ce monstre couronné est l'alliée et le complice du Vieux de la Montagne, dont Timour Melek t'a parlé. Le Vieux de la Montagne assassine pour le compte des autres aussi bien que pour le sien propre ; l'homme que tu as rencontré près de Kachgar doit être un des affidés du chef des Assassins ; peut-être est-il le chef des Assassins en personne. Turkane Khatoune et lui méditent en commun de se venger et de se défaire de quelque personne qui les gêne ; l'homme de Kachgar a vu, par ton affaire d'Almaty que tu étais brave et bon chevalier ; il a reconnu en te parlant que tu étais naïf et ignorant comme tous les nomades, et tout à fait propre à lui servir d'instrument, et il t'a envoyé à Khatoune pour faire sa sinistre besogne.

— Mais Marghouz ! Mais ma sœur et la princesse ? répondis-je.

— Que tu es simple ! reprit Mahmoud Yelvadj en haussant les épaules. Quand on a su qui tu étais par l'écuyer balafré, lequel a quitté Timour Melek, et qu'on a connu tes relations et tes amitiés, on a mis la main sur Marghouz et ta sœur afin d'avoir prise sur toi et de te mener à discrétion où l'on voulait te conduire. Quant à ta princesse, j'ignore qui elle est, peut être. C'est probablement quelque noble demoiselle qui est tombée entre les griffes du Vieux de la Montagne et de l'impératrice, et que ces deux ennemis de Dieu tiennent en réserve pour s'en servir à l'occasion.

— Ils se trompent ! m'écriai-je. Avec l'aide de Dieu, je tirerai la princesse de leurs mains !

— Patience ! dit Mahmoud ; n'allons pas trop vite. Nous aurons peut-être beaucoup à faire pour te tirer d'affaire toi-même.

— Mais tout cela est horrible ! Mais tous ces gens seront damnés ! Mais vos villes saintes sont l'antichambre de l'enfer ! »

Mahmoud Yelvadj partit d'un cordial éclat de rire. C'était un vrai Turk, un nomade franc et brusque.

« Oui, reprit Mahmoud Yelvadj, moi, je suis un nomade turkoman. Les scélérats de Turks Kanklis, qui ont fondé l'empire de Kharezm et adopté les mœurs des sédentaires des Tadjiks vils, des Persans hérétiques (damnés soient-ils!) ont pillé mon clan ; c'est bien. Moi, j'ai juré que je me vengerais et tu sais qu'un nomade n'oublie pas ce serment-là.

— Dieu est le plus grand ! m'écriai-je. J'ai fait le même serment que toi.

— Bien, continua Mahmoud. Je suis donc entré comme marchand au service de l'empereur des Kanklis, du sultan de Kharezm, Tékèche le Batailleur, et de sa femme. C'est moi qui voyage pour eux. C'est en allant en Chine que j'ai fait la connaissance de Témoudjine, et bien qu'il soit païen, je me suis entièrement dévoué à sa personne et à son service ; car, écoute bien, c'est lui qui vengera les nomades des injustices que leur font les sédentaires maudits. Je conspire ici, mais ce n'est pas pour moi ! C'est pour la grande et éternelle cause des nomades turks et mongols contre les sédentaires tadjiks et iraniens, pour la querelle des nomades qui ont la face large et les yeux obliques et la barbe clairsemée, comme nous, contre les hommes qui ont le nez long et la barbe touffue. C'est la bataille du désert et de la lande contre la terre cultivée.

— Gloire à Dieu ! m'écriai-je enthousiasmé ; ce sont les gens du désert qui seront les plus forts. Maudits soient les gens des villes. »

Mahmoud me serra la main en silence. Un instant après, il dit :

« Voici l'affaire. Moi, j'envoie des armes à Témoudjine, et il m'adresse à toi, pour que j'organise la caravane que j'ai promis de lui expédier, et pour que je lui procure des machines ou des hommes capables de les construire et de les diriger. Il s'agit de délivrer Marghouz, ta sœur et la princesse. Partez pour la Syrie et l'empire de Rome, où, en fait de machines et de gens sachant les construire, toi, tu trouveras ton affaire parmi les Musulmans, et Marghouz la sienne parmi les chrétiens. J'ai là-bas des hommes sûrs auxquels je vous adresserai. Pendant que la cour se rend à Bokhara, comme nous l'accompagnons tous deux, je me charge de trouver un moyen de délivrer tes amis et de te mettre en bonne route, toi et Marghouz. Adieu. Dans trois ou quatre heures, quand tu me reverras, tu feras semblant de ne pas me connaître. »

A ces mots Mahmoud me serra encore la main et me quitta. Une minute après, je m'endormais, bercé par les ronflements sonores de mes deux écuyers.

XI. — DE SAMARKAND A BASSORAH

De grand matin, je fus éveillé par le son des timbales, des fifres, des flûtes et des clairons. Deux esclaves nous apportèrent un copieux repas et nous invitèrent à seller nos chevaux, attendu que la Khatoune allait partir. Environ une heure après, un chef de ses gardes, nommé Soumboul l'Indien, m'apporta en grande pompe une bourse de mille dinars et une pelisse de zibeline. Il remit aussi à chacun de mes écuyers cent dinars et une pelisse de petit-gris. Il nous conduisit ensuite à une porte du château qui donnait sur le rempart, et de là, par un pont de pierre traversant un fossé à la porte des Turquoises et dans la campagne. Près de cinq cents cavaliers étaient déjà rassemblés hors de la porte. Sur le pré étaient d'immenses voitures traînées chacune par trente bœufs blancs et portant un pavillon tout dressé. L'une de ces voitures était couverte de drap bleu d'un grand prix et pavoisée de drapeaux. Bientôt le son de la musique annonça l'arrivée d'un grand personnage. Je vis d'abord l'émir de Samarkand et de Bokhara, monté sur un cheval blanc. Il était précédé de quatre timbales et suivi de quatre étendards. Puis des gardes de police firent ranger la foule à renfort de coups de bâton et d'invectives pour dégager la porte. Aussitôt on étendit depuis la porte jusqu'à la voiture au pavillon bleu des tapis de soie et de brocart. L'impératrice parut, suivie de trente jeunes filles ; ses vêtements, d'une ampleur prodigieuse, étaient garnis de boutonnières ; chaque jeune fille en tenait une ; elles soulevaient ainsi les pans de tous côtés, et de cette manière la Khatoune marchait avec majesté.

Quand l'émir vit la Khatoune s'avancer, il mit pied à terre et baisa sa robe, puis il la conduisit vers la tente, sous laquelle se tenait le sultan de Kharezm, l'empereur Tékèche le Batailleur.

Le sultan descendit de son trône, prit l'impératrice par la main et la fit asseoir sur le trône, à ses côtés. Puis sur un signe de lui, la musique retentit, des baladins, des danseurs, des acrobates parurent et nous donnèrent le spectacle de leurs exercices.

Tout à coup j'entendis une voix qui me disait à l'oreille :

« Attention ! »

Je reconnus la voix de Mahmoud Yelvadj, debout derrière moi, et je rassemblai toutes mes forces. Il allait se passer quelque chose.

ON N'ENTENDIT QUE LE BRUIT DU CHOC
DE NOS SABRES

Au même instant, les timbales battirent, comme il arrive au passage d'un grand chef, et je vis entrer Timour Melek, couvert, par-dessus ses armes, d'une cotte vermeille brochée d'or et coiffé d'un turban de crêpe de Chine. Le chevalier fit neuf révérences devant le trône, mit genou en terre, puis alla se placer au milieu des principaux émirs. Je vis l'impératrice dire quelques mots tout bas à l'empereur, en me montrant du doigt; l'empereur sourit en me regardant, appela un massier, et, un instant après, ce massier vint me trouver et me dit de m'avancer au pied du trône.

D'un mot, je fis rester en place Plumet et l'Ecureuil qui allaient me suivre, puis, m'avançant, je fis mes neuf révérences et je mis genou en terre.

« Chevalier, me dit l'empereur, nous avons entendu parler de toi. On nous a dit que, malgré ton jeune âge, tu es vaillant, fort et expérimenté dans le maniement du sabre. Nous ordonnons que tu te mesures devant nous avec quelque illustre paladin, et nous ne connaissons point de paladin plus illustre que Timour Melek. Es-tu prêt ?

— Que ma vie soit la rançon de celle de Votre Majesté! répondis-je; je suis toujours prêt.

— C'est bien parlé, dit l'empereur en souriant dans sa barbe et en se frottant les mains; et toi, Timour Melek, te plaît-il d'essayer ton adresse et ta force contre ce jeune Turk ?

— S'il plaît à Dieu, répondit Timour Melek en s'avançant, j'échangerai quelques coups de sabre avec mon ami Djani ici présent. »

A ce mot d' « ami », je vis distinctement l'impératrice se mordre les lèvres. Il n'y avait plus à douter : c'était Timour Melek qu'elle voulait faire assassiner et elle cherchait à éprouver ma force contre la sienne.

L'empereur dit quelques mots à un huissier; on m'apporta un bouclier du Tibet en cuir de rhinocéros, garni de nervures d'acier damasquiné. Timour prit son bouclier à bosses d'or. Un chambellan apporta sur une serviette de velours un sabre merveilleux, garni d'incrustations de turquoises.

« Djani, dit l'empereur, je te fais présent de ce bouclier du Tibet. Je n'en possède que trois pareils dans mon trésor. Quant au sabre, il vient de Mahmoud de Ghazni; au temps de ma jeunesse, avec ce sabre, je tranchais un pilier de fer. Je le donnerai pour récompense à celui de vous deux qui terrassera l'autre. »

Sur un signe de moi, mes écuyers m'apportèrent mon heaume. Timour coiffa le sien. Nous nous mîmes en garde en souriant.

« Si ce n'était pour ce beau sabre, unique au monde, me dit joyeusement Timour, je te laisserais une victoire facile, Djani, mon jeune frère.

— Si ce n'était par ordre de l'empereur conquérant, répondis-je, je n'oserais me mesurer contre toi, Timour, mon frère aîné.

— Paladins, combattez! » s'écria l'empereur.

Et il nous donna lui-même le signal en frappant trois fois dans ses mains. Pendant un instant, on n'entendit que le bruit du choc de nos sabres sur nos casques et nos boucliers. Je cherchais un moyen de parler à mon adversaire sans être remarqué : il me le fournit lui-même. S'impatientant le premier, il laissa pendre son sabre à la dragonne, se jeta sur moi et me saisit à bras le corps. Je lâchai mon bouclier, je l'étreignis de mon côté, et, en luttant, je lui dis vivement à l'oreille :

« Méfie-toi! l'impératrice veut te faire assassiner! »

Je sentis que l'étreinte du Roi de Fer devenait plus faible; je le lâchai, et nous nous arrêtâmes un moment, en face l'un de l'autre, comme pour reprendre haleine. Je regardais autour de moi, mes yeux rencontrèrent ceux de Mahmoud Yelvadj; il me fit un signe rapide en me désignant la porte de la tente; je remarquai que mes deux écuyers n'y étaient plus. Je compris qu'en cet instant les gens de Mahmoud allaient faire évader mes amis, et saisissant mon sabre et mon bouclier, je dis à Timour :

« Quand il te plaira. »

Aussitôt le Roi de Fer m'attaqua vigoureusement. Pour la seconde fois nous arrivâmes à nous prendre corps à corps.

« Timour, dis-je encore à mon noble adversaire, il faut que tu trouves un moyen de me faire sortir de la tente et arriver à mon cheval.

— Bien », dit-il.

Et se dégageant, il rompit d'un pas. Avant que j'eusse pu saisir mon bouclier, son sabre frappa sur mon heaume si violemment que les courroies d'attache se rompirent et que le heaume tomba. En même temps mon adversaire mit le pied sur mon bouclier et ramassa le sien de la main gauche; je restai nu-tête et sans écu, en face du Roi de Fer couvert de toutes ses armes. Mais, au lieu de profiter de son avantage, il s'arrêta courtoisement, la pointe du sabre à terre.

« Sire, dit-il à l'empereur, l'accident qui vient d'arriver à mon adversaire doit être imputé au mauvais état de son armure, plutôt qu'à mon habileté. Sans doute que les courroies de son heaume étaient usées, par suite du long voyage qu'il a fait, au lieu que mes armes sont fraîches et en bon état. »

Le vieux Batailleur sourit.

« Tu parles en chevalier courtois et plein d'expérience, ô Timour, dit-il. Nous remettrons la suite de ce combat à quelque autre jour.

— Sire, reprit le Roi de Fer, que ma vie soit la rançon de la vôtre! Je pense qu'après avoir comparé mes armes avec celles de Djani dans une première épreuve, il serait peut-être bon que nous comparions aussi nos chevaux.

— C'est bien parlé, s'écria le sultan. Je veux moi-même voir vos chevaux et je veux que vous couriez à l'instant. Pour toi, Djani, pour te consoler de la perte de ce sabre que je donne à Timour, je veux te remettre un heaume digne de toi. »

On m'apporta un heaume splendide, guilloché d'or et garni d'une aigrette. Je le laçai immédiatement. Ensuite, sur l'ordre du sultan, on releva une partie de la tente. Deux des écuyers impériaux amenèrent nos chevaux à l'entrée et le sultan s'avança pour les regarder.

« Ce sont de magnifiques chevaux tous les deux, dit-il, je ne saurais auquel donner la préférence. La lutte de vitesse peut seule décider entre eux. A trois parasanges d'ici se trouve un jardin où l'on entretient des tulipes uniques, à fond bleu et à dessins rouges et blancs; on les appelle « les tulipes impériales ». Celui de vous deux qui me rapportera le premier une de ces tulipes aura gagné le prix. »

En ce moment, Mahmoud Yelvadj, debout derrière moi, me dit vivement à l'oreille :

« Quand tu auras fait un parasange, file droit sur la route de Nakhcheb. Un de mes hommes t'y attend avec tes écuyers et tes amis! »

Je comprimai mon émotion et j'arrangeai la selle de mon cheval d'un air indifférent.

L'impératrice parut se douter de quelque chose, car à deux ou trois reprises elle répéta:

« A quoi bon les faire courir aujourd'hui?

— Leurs selles sont bouclées à présent, répondit le vieux Batailleur en se frottant les mains. Je suis curieux de savoir lequel arrivera le premier, du gris ou du bai brun. »

Je vis alors l'impératrice faire un signe rapide à Soumboul l'Indien; je marchai sur le pied de Timour. Il vit aussi et me lança un coup d'œil d'avertissement. J'accrochai mon bouclier et je sautai en selle.

Le sultan frappa dans ses mains et nous donna le signal. Nous partîmes au galop. En quelques instants nous perdîmes de vue la cour impériale; il me sembla qu'au moment où nous allions la perdre de vue, un grand mouvement se faisait, et que des gens se détachaient, en courant après nous. Timour Melek le vit aussi.

« Alerte! me cria-t-il. On nous poursuit. Où comptes-tu aller?

— Droit sur la route de Nakhcheb et du désert. On m'y attend.

— Bon par ici. »

Nous galopâmes un instant sans rien dire. Nous suivions un petit cours d'eau qui passait à travers une prairie aux herbes desséchées. De loin, je vis le premier un groupe à cheval. Je saisis mon arc et j'encochai une flèche : Timour m'imita. Deux cavaliers se détachèrent à notre rencontre. Notre erreur ne fut pas longue. A trois cents pas, les cavaliers s'arrêtèrent court, en criant d'une voix aigre :

« Ourdjane! place à la bannière! »

C'étaient mes deux écuyers. Un troisième cavalier se lança vers nous à fond de train. Il n'avait pas d'armure et était vêtu de sa tunique de coton ouaté et coiffé de son bonnet fourré de renard. Sans descendre de cheval, je serrai dans mes bras ce nouvel arrivant, qui n'était autre que Marghouz.

« Louange à Dieu, le clément, le miséricordieux! m'écriai-je tout d'abord. Il est le puissant sur toutes choses!

— Au nom du Père, du Fils et du Saint-Esprit, un seul Dieu, me répondit Marghouz en sanglotant. Djani! je te dois la vie! Comment pourrais-je m'acquitter envers toi? »

Nous restâmes un instant si ravis de nous revoir, que nous ne savions quoi nous dire. Nous nous tenions par le cou en pleurant.

Ma sœur Aïcha vint, au galop de son cheval, se jeter dans mes bras en pleurant. Avec elle arriva la princesse aux yeux noirs. La princesse ne portait plus de voile; vêtue d'une robe de soie bleue, coiffée d'un mouchoir de crêpe rose à fleurs d'or, sans bijoux, sans ornements, elle se tenait droite et fière sur son cheval.

Sitôt que Timour Melek la vit, il se jeta en bas de cheval et, mettant genou en terre, il vint lui baiser l'étrier. La princesse le fit relever. Alors il se tint devant son étrier debout et respectueux. Voyant cela, je m'approchai à mon tour et j'allai baiser l'étrier de la princesse.

« Chevalier, me dit-elle d'une voix haute et claire, es-tu chrétien? »

Je fis un soubresaut.

« Dieu soit loué! m'écriai-je, je suis musulman! Il n'y a pas d'autre Dieu, que Dieu, et Mahomet est son apôtre! »

La princesse fit un grand soupir : elle paraissait peinée que je fusse musulman. Dieu seul sait tout!

« Chevalier, reprit-elle en fort bon turk, sache que je m'appelle Raymonde de Châtillon. Mon père s'appelait Renaud de Châtillon, seigneur de Montréal. En l'année du Christ 1187, il y a maintenant huit ans, à la suite de la bataille de Hattin, Montréal fut pris, mon père tué, et je devins prisonnière du sultan Saleh-ed-Dine. Le sultan Saleh-ed-Dine m'envoya au kalife de Bagdad pour être instruite dans la religion musulmane. Malgré prières, caresses et menaces, je ne voulus point renier la religion du vrai Dieu. »

Marghouz courut à la princesse et baisa le bas de sa robe. La princesse reprit fièrement :

« Le khalife m'envoya parmi la suite du cheikh Madj-ed-Dine à Ourguendj, chez l'impératrice Turkane Khatoune. L'impératrice m'a bien traitée; elle m'a laissé dire mes prières. Un jour, je lui ai demandé un confesseur; elle m'a envoyée à Kachgar, dans les Etats du Gour Khan, où il y a une église. Ensuite un homme est venu qui m'a mise avec des femmes musulmanes, par l'ordre de l'impératrice. J'attendais le moment de revenir, quand j'ai vu un chevalier musulman à une passe d'armes à Kachgar. »

La princesse s'arrêta en soupirant. Timour Melek fondit en larmes.

« C'est le plus fier chevalier que j'aie vu de ma vie, reprit la princesse. Toute enfant, j'ai vu Richard Cœur de Lion ; j'ai vu Saleh-ed-Dine ; j'ai vu mon père, Renaud de Châtillon... »

Elle s'arrêta encore ; les larmes jaillirent de ses yeux. Mon cœur se brisa quand je la vis pleurer.

« Oui ! reprit-elle, un chevalier comme Timour, il n'y en a pas au monde ! »

Timour tomba sur ses genoux et baisa la terre.

« Demoiselle, s'écria-t-il, je vous ai promis de vous ramener en Syrie, auprès des gens de votre nation. C'est pendant que j'allais gagner louange et honneur en pays lointain que vous fûtes enlevée...

— Enlevée par le Vieux de la Montagne, s'écria la princesse. J'allais me tuer, quand un jour je vis un chevalier de mine fière et vaillante. Le Vieux de la Montagne m'enseignait à chanter pour divertir ses femmes : il me fit chanter ce jour-là ; j'improvisai un chant par lequel j'implorais l'assistance de ce chevalier ; je le prévins aussi des grands dangers qu'il courait, et que je connaissais par tout ce que j'avais entendu dire. Maintenant je suis sauvée, puisque je suis entre les mains de deux chevaliers comme Timour Melek et Djani !

— Gloire à Dieu ! m'écriai-je. Il en est un troisième que vous ne comptez pas : c'est Marghouz le chrétien. »

Aussitôt Marghouz, se jetant devant le cheval de la princesse, se signa la tête et la poitrine ; ce qui est chez les chrétiens la même chose qu'attester l'unité de Dieu chez nous.

La princesse tout émue nous dit :

« Chevaliers, jurez-moi qu'un de vous me ramènera auprès des chrétiens de ma nation qui sont en Syrie !

— Je le jure ! m'écriai-je.

— Je le jure ! » s'écria Marghouz.

Timour garda un instant le silence.

« Je suis vassal du Gour Khan, finit-il par dire. Je dois le rejoindre pour partir en guerre. Princesse, c'est briser mon cœur que de vous quitter ; mais je suis l'esclave de ma bannière : il faut que je parte. Je savais que le Vieux de la Montagne vous avait enlevée ; vous êtes défendue par le vaillant Djani. Adieu ! »

La princesse lui tendit la main d'un air ému. Timour monta sur son cheval et partit sans tourner la tête. Pour nous, nous suivîmes un des hommes de Mahmoud Yelvadj, qui nous guidait, et nous marchâmes toute la journée.

En deux jours nous traversâmes ce désert, et nous arrivâmes sur des landes habitées par les Turkomans Tekké ; notre guide reconnut tout de suite des hommes de son clan, qui nous donnèrent l'hospitalité.

Nous traversâmes en trois jours le désert de Kala Ata, avec l'aide des Turkomans Tekké, et, le onzième jour après notre fuite de Bokhara, nous étions sur les bords de l'Amou Darya et sur la bonne route de Mery. Nous avions fait tout ce chemin à travers les campements d'été des Turkomans, et nous avions reçu tout le temps la plus cordiale hospitalité.

En route, Youçouf, qui n'était guère communicatif, m'apprit comment il s'y était pris pour faire évader nos amis.

« Je savais, me dit-il, sur quel chariot se trouvaient les trois prisonniers. Sur l'ordre de mon maître Mahmoud Yelvadj, je partis à l'avance pour Bokhara ; comme vous voyagiez à petites journées, je n'eus pas de peine à me trouver à Bokhara deux jours avant vous. J'employai ces deux jours à me procurer un chariot tout pareil à celui où étaient enfermés Marghouz et les deux dames. J'y déposai des armes et je le fis suivre de trois bons chevaux. Dans le désordre qui accompagna l'arrivée de l'impératrice et de tout son monde, je conduisis ma voiture au beau milieu de la foule des autres. A un moment toutes les voitures s'arrêtèrent, les gardes désertèrent leur poste pour mieux voir l'empereur. Un homme qui était avec moi se chargea de faire causer le cocher du chariot où étaient les prisonniers. Il le fit si bien causer, qu'il l'entraîna assez loin de ses chevaux pour lui montrer la troupe des baladins. Alors j'emmenai bien tranquillement le chariot des prisonniers, après avoir chargé sur un de mes chevaux les armes que j'avais prises pour Marghouz. Les sentinelles qui m'avaient vu passer deux heures auparavant et qui avaient visité mon chariot vide, voyant repasser un chariot tout pareil, ne me firent aucune difficulté. A peine hors de vue, j'entrai dans le chariot, je rompis les fers de Marghouz, qui était enchaîné, je rassurai les deux dames, je fis monter les évadés sur mes chevaux de main, je laissai leur prison ambulante au milieu d'un champ, — et voilà tout. Ce n'était pas plus difficile que cela. »

Trois mois nous suffirent pour traverser la Perse, sans qu'il nous arrivât aucun incident notable. Au printemps de 596, année du Mouton (1199), nous nous trouvions à Bassorah.

XII. — LE PAYS DES SARRASINS

Nous ne séjournâmes pas à Bassorah et nous nous rendîmes à Bagdad en passant par Koufah et Romanie.

Les murs de Bagdad sont bâtis d'assises de bitume et de briques qui les font paraître rayés de noir et de rouge. Ils sont flanqués de tours carrées, garnies de créneaux en encorbellement et de mâchicoulis. Nous entrâmes dans la ville vers le soir, par la porte des Corroyeurs, qui conduit dans le quartier neuf, situé à l'orient de l'Euphrate. Nous suivions une rue large et droite, dont la plupart des maisons sont garnies de boutiques au rez-de-chaussée. Par cette rue on arrive à un marché, dont les hautes maisons sont percées de portes qui s'ouvrent sur des cours carrées garnies d'arcades. Toutes les ruelles de ce marché sont couvertes par des voiles d'étoffe tendus d'une terrasse à l'autre et chaque ruelle est occupée par une profession différente. Je traversai la ruelle des orfèvres, puis celle des selliers, puis, au centre du marché, j'arrivai à une immense place carrée.

Traversant ensuite des rues étroites et tortueuses, au travers desquelles le Turkoman Youçouf nous conduisait sans hésiter, car il avait déjà demeuré à Badgad avec son maître, j'arrivai sur une place immense, pavée de grandes dalles de marbre. Au fond de cette place est la mosquée cathédrale des khalifes, attenante au palais des princes des croyants. On contourne la mosquée des khalifes, dont l'abside est adossée à l'Euphrate, et on arrive sur les bords du fleuve, qui, à cet endroit sont bordés d'un quai de briques et de bitume.

Quand nous arrivâmes sur ce quai, nous vîmes en face de nous la large nappe de l'Euphrate. Un grand pont de bateaux traverse le fleuve superbe. Ce pont sert de promenade aux désœuvrés de Bagdad. La foule des piétons, des cavaliers, des litières, y grouille sans cesse : jamais nous n'avions encore vu de spectacle pareil.

De l'autre côté du pont nous trouvâmes des rues étroites, souvent coupées par des jardins et par des ruines. Enfin, près d'un vaste édifice enduit d'un bitume très noir et très luisant, qui paraissait du marbre noir, nous trouvâmes une maison carrée précédée d'un jardin. Youçouf nous dit que c'était la maison de Sofiane, l'armurier, ami de Mahmoud Yelvadj ; Sofiane nous donna l'hospitalité.

Le lendemain, de bon matin, notre hôte nous conduisit à l'édifice revêtu de stucage de bitume noir et qui était un bain.

On mena chacun de nous dans un cabinet dans lequel il y avait un robinet d'eau froide et un robinet d'eau chaude ; on nous apporta du savon, des serviettes, des parfums.

J'étais à demi habillé quand j'entendis un grand tumulte ; je sortis à la hâte de mon cabinet, et je vis dans le corridor une grande mêlée d'esclaves qui fuyaient de-ci de-là, de gens qui ouvraient leurs cabinets et qui s'enquéraient de la cause de ce tapage. Au milieu de tout cet émoi, Plumet et l'Ecureuil, à demi nus et le sabre à la main, distribuaient de grands coups de plat de sabre à tous ceux qui les approchaient, et criaient en mongol qu'ils ne se laisseraient toucher par personne et qu'ils en éventreraient quelques-uns avant de se laisser voler et assassiner.

Mon arrivée calma un peu la fureur de mes écuyers. Mes écuyers avaient pris peur en voyant entrer dans leur cabinet l'esclave qui venait pour les frotter, et un autre qui venait pour nettoyer leurs vêtements. Dès que celui-ci avait touché à leurs bottes, ils s'étaient imaginés qu'on voulait les voler, et avaient commencé tout cet esclandre. Quelques *dirhems* distribués aux battus terminèrent l'affaire, et nous retournâmes à la maison.

Je ne restai pas plus de deux jours à Bagdad. Pendant ces deux jours, mon hôte s'entendit pour moi avec le chef d'une caravane de marchands qui se rendaient à Damas. Nous n'étions pas fâchés de trouver une caravane tout organisée, avec laquelle, moyennant une faible rétribution, nous n'avions pas à nous occuper du campement, ni de la nourriture, et d'autre part, les marchands étaient enchantés de voir leur troupe grossie par cinq cavaliers solides, bien armés et bien montés, car, sur toute la route de Damas à Bagdad, on est exposé à rencontrer les Arabes Khafadjah, pillards et voleurs de grands chemins, dont les marchands ont une peur affreuse. Nous partîmes donc mutuellement satisfaits les uns des autres.

Nous traversâmes le désert sans mauvaise rencontre et le samedi, sixième jour du mois de Zoulhedjé, nous arrivâmes à Damas, « le Paradis de l'Orient ».

Nous entrâmes à Damas par la porte de la Félicité, située au sud-est de la ville.

J'arrivai bientôt au marché des armuriers, où je devais trouver mon hôte Ghânem. On nous indiqua la ruelle où se trouvait sa maison, que nous reconnaîtrions facilement, nous dit-on, à ses grillages peints de bleu. Pendant que, le nez en l'air, nous cherchions partout les grillages bleus, j'aperçus deux hommes qui paraissaient chercher la même chose que nous. A leur mine et à leurs vêtements, il n'était point difficile de les reconnaître pour des étrangers. Tous deux portaient une bonne épée droite au côté, une dague attachée au ceinturon, et le plus vieux tenait en outre une arbalète à la main. Sitôt que Raymonde vit ces deux hommes, elle fut saisie d'une grande émotion et descendit vivement d'une mule que j'avais louée pour elle.

« Mon frère le chevalier noir, me dit-elle, cet homme que tu vois ici avec une arbalète est l'un des anciens serviteurs de mon père ; donne-moi, je t'en prie, la permission de lui parler.

— Ma sœur Raymonde, répondis-je, je suis ici pour te reconduire au milieu des tiens, suivant la parole que je t'ai donnée ; tu n'as point de permission à me demander, et tu es libre de faire comme il te plaît. »

Raymonde appela doucement l'homme à l'arbalète.

« Maître Jean l'Ermin, venez ici, je vous prie ! »

Elle parlait la langue des Francs, que j'entendais fort bien, parce qu'elle me l'avait enseignée en route.

Quand ce maître Jean l'Ermin eut entendu sa voix et vu son visage, il devint tout pâle. Il courut à elle et mit genou en terre.

« Dieu me soit en aide ! dit-il en se signant, c'est notre demoiselle Raymonde.

— Moi-même, maître Jean, moi-même, répondit Raymonde en sanglotant. Relevez-vous, mon bon Jean ! Il ne sied point que vous soyez à genoux devant moi, dans le pays des païens ! Relevez-vous vite !

— Sire Hugo, s'écria Jean, parlant à son compagnon, sire Hugo, approchez bien vite et ployez le genou devant haute et noble demoiselle Raymonde de Châtillon, dont le père, messire Renaud, fut châtelain de Montréal dans la terre d'outre-Jourdain, et eut la tête coupée de la propre main de Saladin, soudan de Babylone ! Dieu lui fasse miséricorde ! mais pour sûr il est au paradis à présent. »

Le jeune homme que maître Jean appelait Hugo, sans ployer le genou devant Raymonde dont les larmes redoublaient, lui baisa la main d'un air hautain. Je sentis quelque chose qui me montait à la gorge, quelque chose comme de la colère. Je dis haut et ferme en langue franque :

« Mademoiselle, êtes-vous assurée que ce jeune homme discourtois soit chevalier ? »

Le sire Hugo se redressa et mit la main à l'épée.

PLUMET ET L'ÉCUREUIL DISTRIBUAIENT DE GRANDS COUPS DE PLAT DE SABRE

« Or, vous ! me dit-il d'une voix brève ; je ne sais qui vous êtes ; mais si vous voulez savoir qui je suis, mon nom est Hugo de Wiessenfels ; je suis chevalier, et je relève de la bannière de messire Helmerich de Starkenberg, grand maître des chevaliers Teutoniques. Ma patrie est l'Allemagne, mon rang celui de comte ; je porte de sable à trois merlettes d'argent et je ne souffre point qu'on me parle haut. »

Je regardai l'homme ; il était grand et fort, il avait les cheveux roux, les yeux bleus, le visage coloré et l'air insolent. Sa mine me déplut.

« Sire Hugo de je ne sais quoi, lui répondis-je, moi je m'appelle Djani, j'appartiens à la bannière de Djébé le Loup ; ma patrie est le grand désert, mon rang celui de banneret ; je porte d'azur au gerfaut d'or et je n'aime point les gens qui font des vanteries.

— Vous avez la mine d'un Turk et d'un païen, répondit brutalement cet Allemand discourtois, et je vous interdis de rester en notre compagnie !

— Ah! j'ai la mine d'un Turk! m'écriai-je. Ah! vous m'interdisez de rester en votre compagnie! Or, tôt, déguerpissez de la nôtre! Oui, je suis Turk, Turk, entendez-vous? Turk Oïgour, et puisque cela vous déplaît, allez au diable! »

Le Teutonique n'avait pas la répartie leste, car il resta un moment tout penaud; puis il reprit d'un ton pâteux :

« Si j'avais ma cotte de mailles, je vous ferais payer cher votre imprudence.

— Qu'à cela ne tienne, répondis-je, je vais ôter la mienne à l'instant. »

Mais Raymonde nous sépara.

« Je ne veux point que tu te battes, entends-tu, Djani! » me dit-elle vivement en turk.

Et elle reprit en langue franque :

« Vous choisissez mal le temps et la place pour vous disputer. Je vous adjure de suspendre votre querelle jusqu'à ce que je sois sur la terre des chrétiens.

— C'est bien, répondis-je. Je ferai comme tu voudras. »

L'autre ne dit rien et haussa les épaules d'un air maussade. Nous entrâmes alors dans la maison aux grillages bleus, car les deux étrangers la cherchaient aussi, se rendant chez Ghânem comme nous. Jean l'Ermin nous apprit qu'il y avait en ce moment paix et amitié entre les chrétiens de Syrie et le sultan de Damas. Jean l'Ermin, en sa qualité de maître artilleur du roi de Jérusalem, venait précisément à Damas, chez Ghânem, acheter des cornes et de la glu pour faire des arbalètes. Le Teutonique qui était avec lui avait voulu l'accompagner, pour visiter Damas, disait-il, et en réalité, je pense, pour espionner.

XIII. — ALLEMANDS ET SARRASINS

Nous restâmes quatre jours chez Ghânem à Damas. Il fut convenu avec mon hôte que celui-ci enverrait à Mahmoud Yelvadj deux maîtres artillers et quatre ouvriers capables de construire des machines de guerre.

M'étant ainsi acquitté de ma mission, il ne me restait plus qu'à conduire Raymonde en terre chrétienne, après quoi j'étais libre de retourner en Mongolie. Je demandai donc à Raymonde en quelle ville elle désirait se rendre : sur le conseil de maître Jean, elle se décida pour la ville de Tripoli, où elle avait des parents. On m'apprit que la première place des chrétiens que nous rencontrerions sur la frontière était le krak des Hospitaliers, à partir duquel Raymonde trouverait l'escorte des gens de son pays et de sa religion.

Le matin du cinquième jour après notre arrivée à Damas, nous partîmes donc pour nous rendre à Baalbek, et de Baalbek au krak des Hospitaliers. Notre caravane se composait du sire Hugo, de Jean l'Ermin, de Marghouz, de Youçouf le Turkoman, de moi et de mes deux écuyers, et d'un Arabe des environs de Baalbek qui nous servait de guide. Notre troupe se grossit encore de l'écuyer de Hugo et de ses trois valets d'armes, car telle était la suite à laquelle il avait droit par un statut de son ordre. Maître Jean, de son côté, était accompagné d'un arbalétrier, qui s'appelait Etienne, jeune homme alerte et de bonne mine, qui avait l'air gai et résolu, et qui riait de tout. Comme il était fort pauvre et de petite naissance, personne ne lui témoignait de considération.

Nous nous mîmes en route de bon matin, le long du flanc des collines verdoyantes qui entourent Damas.

Notre guide chevauchait en tête, et moi derrière lui, à côté d'Etienne. Mes deux écuyers me suivaient. Raymonde et ma sœur étaient plus loin, entre maître Jean et Marghouz, et le Teutonique venait tout à fait derrière. A un moment, le cheval de l'Arabe prit peur devant un buisson et fit un écart; le guide se mit à rire.

« Pourquoi as-tu peur? dit-il à son cheval. Penses-tu que ce buisson soit le roi Richard?

— Quel est ce roi Richard? demandai-je à Etienne.

— Sire païen, me répondit-il, c'est le roi d'Angleterre qui vint ici il y a quatre ans, et qu'on appelle le Cœur de Lion pour sa grande force et vaillance. Il fit de tels exploits qu'aujourd'hui encore, quand les petits enfants des Sarrasins se mettent à crier, leurs mères leur disent pour les faire taire : « Voici le roi Richard! »

— Il a dû faire de grandes conquêtes, alors?

— Non. Ensemble avec le roi de France, il a pris Acre. Mais ensuite les dissensions se sont mises de la partie, le roi de France s'en est retourné et, plus tard, le roi Richard est allé guerroyer en Chypre. Les dissensions gâtent notre affaire.

— Et les Teutoniques chevauchent-ils avec les Francs?

— Oui; mais, à dire vrai, je ne les aime guère.

— Sire païen, reprit le bavard Etienne, vous venez de bien loin? Ils sont Sarrasins dans votre pays?

— Non. Il y a des gens qui adorent les images, les arbres, les montagnes, et d'autres, leurs alliés, qui sont très puissants, et qui sont chrétiens.

— Ah! dit vivement Etienne. Et rendent-ils hommage au successeur du prince des apôtres qui est à Rome?

— Je ne connais ni l'Apôtre, ni Rome. L'empereur des chrétiens de mon pays est leur évêque.

— Alors il est prêtre sans doute? Et comment s'appelle-t-il?

— Il s'appelle Thogroul, et on lui donne le titre de Ong ou Ouang. »

MA LANCE LE FRAPPA ENTRE LES DEUX YEUX

Etienne essaya deux ou trois fois de prononcer *Ouang* et *Thogroul,* mais il n'y arriva pas : ces mots-là n'étaient pas faits pour son gosier. Il finit par renoncer à l'un, et par estropier l'autre, si bien qu'il appela l'empereur des Kéraïtes *Jang* et *Jean* au lieu de *Ouang*, et l'intitula triomphalement « le prêtre Jean ».

A partir de ce moment, ce brave garçon ne fit plus que parler du prêtre Jean et de son fils, et s'attacha davantage à Marghouz et à moi. Il finit par demander à Marghouz si celui-ci voudrait le prendre pour écuyer, avec la permission de maître Jean l'Ermin. Marghouz y consentit, mais le maître artiller fit la grimace.

« Etienne, dit-il, est le plus habile artiller après moi; c'est mon élève. Il connaît tous les engins.

— Et c'est pour cela, répondit Marghouz, que vous le tenez en si mince estime? Notre empereur en fera un grand personnage? »

Le maître artiller, qui n'était pas resté insensible à tous les récits que Marghouz lui faisait sur les Kéraïtes, finit par se décider.

« Certes, dit-il, ce sera un grand bonheur pour Etienne de servir un si puissant empereur et un si bon chrétien que le prêtre Jean; et il sera loué d'être écuyer d'un chevalier si pieux que vous, sire Marghouz. Prenez-le donc! Au nom du Père, du Fils et du Saint-Esprit!

— Un seul Dieu! reprit Marghouz en se signant.

— Je lui donne congé et le remets en vos mains », termina Jean.

Etienne n'eut pas plus tôt entendu ces mots que, poussant son cheval, il courut tout droit sur Hugo et lui cria :

« A présent, sire Teutonique, je suis homme libre et ne vous dois plus rien! la première fois que vous serez insolent avec moi, nous compterons ensemble?

— Ma lance, mon écu ! cria Hugo. Vite, mes armes, que je châtie ce vilain ! »

Pendant que Hugo criait, un de ses valets d'armes s'approcha d'Etienne par derrière et leva sa masse pour lui fendre la tête. L'Écureuil, qui ne comprenait pas, mais qui voyait bien le geste, se trouvant le plus rapproché de ce valet, le saisit à bras le corps, à la manière mongole, et quoique ce fût un homme grand et lourd, il l'arracha de sa selle et le jeta par terre sous les pieds de son cheval. Pendant ce temps Hugo, qui avait passé la bride de son écu à son cou et pris sa lance, la coucha en arrêt ; il aurait infailliblement percé la poitrine d'Etienne, qui n'avait pas de cotte de mailles, et qui tenait, pour toute défense, un court coutelas, si je n'avais tout aussitôt saisi les rênes au cheval du Teutonique et si je ne l'avais arrêté court.

Hugo, furieux, prit sa lance de la main de bride, et, saisissant une houssine pendue à sa selle, il frappa mon cheval sur la tête pour le faire cabrer et me faire lâcher prise. A cette insulte mortelle pour un Mongol, je sentis mon visage s'injecter de sang : je restai un instant comme hébété sous le coup de l'outrage qui m'était fait. Enfin, je m'écriai d'une voix étranglée :

« Chien ! Un de nous deux doit rester mort ici ! Mets-toi en garde ! »

En même temps, je dégainai mon sabre et je m'affermis dans mes étriers. Le Teutonique, reculant vivement baissa la lance et embrassa son écu. Nous allions nous charger, quand Raymonde se jeta devant moi et que Marghouz, l'arc à la main, s'interposa entre nous.

« En arrière, s'écria rudement Marghouz, en arrière, l'homme à la lance ! Djani n'a qu'un mouchoir de soie sur la tête et un sabre à la main ! Son bouclier est pendu à la selle d'un de ses écuyers, et toi, tu as un chapeau de fer, un écu et ta lance ! C'est partie inégale ! »

Pendant que Marghouz parlait ainsi, Plumet m'avait remis ma lance et ma rondelle.

« Le fer ? » dit-il en me donnant la lance.

Suivant la coutume mongole, je portais mon fer et ma lance dans un étui à ma ceinture et je ne le mettais sur le bois qu'en cas d'alerte. Ceci me rendit tout mon sang-froid. Je haussai les épaules, je rendis à Plumet le bouclier qu'il me tendait, je remerciai du geste Youçouf le Turkoman qui m'apportait mon casque et, prenant ma lance sans fer, je dis tranquillement :

ON ENTERRA LES ALLEMANDS

« Ceci me suffit. Je n'ai coutume de m'armer entièrement que pour la bataille, et non pour la joute. Allons ! »

Le Teutonique, lui, avait profité de ce répit pour ôter son chapeau de fer et faire lacer son heaume, qui, suivant la coutume des Francs, lui enfermait tout le visage.

« Or, êtes-vous prêt ? cria enfin le Teutonique.

— Quand il vous plaira, répondis-je.

— Demoiselle, reprit mon adversaire en s'adressant à Raymonde, quand je vais avoir tué ce païen, c'est moi qui vous conduirai parmi les nôtres. »

Raymonde ne répondit rien ; mais je vis bien, sur son visage, l'intérêt qu'elle prenait à moi, et son aversion pour le Teutonique.

Aussitôt le Teutonique, baissant sa lance, courut sur moi.

Il ne voyait pas que ma lance n'avait pas de fer ; je la tenais à la mongole, la pointe à la gauche de la tête de mon cheval, de façon à pouvoir escrimer; je laissai arriver mon homme, et, évitant son choc, je passai à côté de lui en frappant rudement son heaume du bois de ma lance. Le coup fut assez fort pour le faire chanceler.

Il reprit carrière, et il courut sur moi une seconde fois. J'évitai encore son atteinte, et, en passant à côté de lui, je lui portai un coup sec entre le cou et le menton, si bien que le lacet du heaume se rompit et qu'il resta nu-tête. Marghouz ramassa lestement le heaume et le remit à l'Ecureuil en disant:

« C'est tout gain pour toi, Djani!

— Il faut en finir! cria le Teutonique écumant de rage. Défends-toi, païen maudit! »

Il recula de vingt pas pour prendre du champ. Cette fois j'en fis autant. J'allais lâcher la bride quand Raymonde s'écria:

« Ton fer de lance! Et que Dieu te protège! »

Au même instant je tirai mon fer de ma ceinture, je l'ajustai au bout de ma lance, et je fondis sur mon adversaire en criant:

« En avant les Mongols bleus! Place à la bannière! »

L'arme du Teutonique, mal dirigée grinça sur ma cotte de mailles, coupant quelques maillons sans me blesser. La mienne le frappa droit entre les deux yeux. Il tomba de cheval raide mort. C'était le coup de Djébé que je lui donnais, un coup qui ne manque jamais son homme.

Mais ce n'était pas tout. Pendant que nous nous chargions, Marghouz, Etienne et Plumet, incapables de résister à la tentation, chargeaient l'écuyer et les deux valets du Teutonique. Le troisième valet ne comptait plus: l'Ecureuil, en le jetant à bas de son cheval, lui avait enfoncé une côte. Maître Jean l'Ermin eut beau s'interposer, il ne put arrêter les combattants, si bien que lorsque je me retournai, après avoir dépêché mon Allemand, je m'aperçus que son écuyer avait la tête fendue, qu'un de ses valets avait la poitrine trouée, et que les deux autres gisaient par terre, en fort piteux état.

« Ma foi, tant pis! dit Marghouz. Ce sont eux qui l'ont voulu. En route!

— Nous ne pouvons pourtant pas, s'écria maître Jean, laisser ces trois chrétiens sans sépulture, et abandonner ces deux autres, blessés et en terre païenne! Sire chevalier du prêtre Jean, nous ne le pouvons pas! »

Marghouz se rendit à la justesse des observations de maître Jean. On enterra fort décemment les Allemands, après qu'Etienne eut pris pour lui l'épée et la cotte de mailles de l'un d'eux. Raymonde fit une croix avec deux morceaux de bois et la planta sur la fosse. Nos compagnons chrétiens y récitèrent une prière. Mes écuyers prirent en croupe les deux valets blessés, et nous nous remîmes en marche, en emmenant les chevaux des vaincus.

Le surlendemain de ce jour, j'arrivai dans la vallée de l'Oronte, sur les confins du pays des chrétiens et de celui qui appartient aux Ismaéliens.

Comme nous chevauchions tranquillement sur un plateau découvert, tout à coup sur la crête du plateau, à notre droite, parut un cavalier couvert de son armure et tenant sa lance haute; derrière lui en parut un autre, puis un autre encore, puis, de droite et de gauche, deux troupes qui avaient gravi les pentes derrière leurs éclaireurs se déployèrent rapidement sur le plateau et coururent sur nous en nous entourant. La surprise fut complète. Nous étions cernés avant d'avoir eu le temps de prendre la fuite. Je vis maître Jean encocher résolument un carreau sur son arbalète; Etienne mit l'épée à la main.

« Paix là, leur dis-je. Nous n'en sommes pas aux coups; ils sont deux cents contre nous huit, et d'ailleurs nous ne savons pas encore ce qu'ils nous veulent.

— Ce qu'ils nous veulent! s'écria maître Jean. Nous autres chrétiens ici, nous sommes perdus! Ils veulent nous couper la gorge ou nous prendre prisonniers! Ce sont des cavaliers du Soudan de la Chamalle! Je reconnais ses Kurdes à leurs hauts bonnets et ses Turkomans à leurs heaumes à nasal! Ils ne font point de quartier aux chrétiens. Vous, sire sarrazin, vous pouvez vous tirer de là, puisque vous suivez la loi de Mahomet!

— Je n'ai pas l'habitude d'abandonner les gens que j'accompagne », répondis-je sèchement à maître Jean.

Je m'avançai seul vers celui qui paraissait le chef des assaillants. C'était un homme de haute taille, monté sur un cheval superbe. Il était armé de mailles, et la coiffe de son heaume était fixée sur le nasal, ne laissant découverts que les yeux.

A trois pas du chef, je m'arrêtai, et je prononçai la profession de foi et le tekbir.

Le chef ne put s'empêcher de répondre, du moment que je faisais ma profession de foi de vrai croyant!

« Loué soit Dieu qui nous a faits musulmans! Que le salut soit avec toi! »

Puis il reprit en mauvais turk occidental:

« D'où viens-tu, ô musulman?

— De la route que j'ai laissée derrière moi, répondis-je.

— Où vas-tu?

— Devant moi.

— Je savais cela, me dit le chef.

— Si tu le savais, tu ne me l'aurais pas demandé, répondis-je.

— Tu fais l'insolent, reprit le chef d'un ton irrité. Sache que je puis te faire passer de ce monde dans le feu qui pétille.

— Si j'avais su, lui dis-je, que tu en avais le pouvoir, je n'aurais pas adoré un autre Dieu que toi. »

Il parut étonné de mon audace. S'avançant sur moi, il me posa la main sur le cœur.

« En vérité, dit-il à ses gens, ce jeune homme est très hardi; son cœur ne bat pas

C'ÉTAIT UNE SCÈNE ÉTRANGE

plus vite qu'à l'ordinaire. Or, dis-moi, jeune musulman, je vois à ton armure et à tes vêtements que tu viens de très loin ; je n'ai jamais vu d'homme fait comme toi : mais je reconnais fort bien des chrétiens dans ta troupe : tu vas me les livrer. »

Parlant ainsi, il me désignait maître Jean, Etienne et les deux Allemands.

« Deux de ceux-là, lui dis-je sont mes prisonniers que j'ai gagnés par le sabre ; le troisième fait partie de ma troupe, et le quatrième est mon ami. Je ne te les livrerai pas.

— Fils de chien ! s'écria-t-il en colère, sache que je suis Nour-Eddin, sultan d'Emesse, et que je viens de faire le dégât sur la terre des chrétiens ! Que ta mère pleure ta mort ! livre-moi tes chrétiens sur l'heure !

— Ni sur l'heure, ni aujourd'hui, ni demain, répondis-je tranquillement. Tu peux m'attaquer, tu es le plus fort ; mais si tu es tué tu seras damné en enfer ; et si je suis tué, j'aurai l'avantage du martyre ; j'irai en paradis, car le prophète a dit : « Le martyr est celui qui « donne sa vie pour autre chose que pour sa « fortune ! »

— En vérité, ricana le sultan Nour-Eddin, tu es le premier des traditionnalistes. Es-tu venu de si loin pour nous enseigner notre propre religion ? Eh bien, tu me l'enseigneras plus à loisir, car tu es mon prisonnier. »

Il achevait à peine qu'il se fit un grand mouvement parmi les gens de sa suite ; trois cavaliers venaient de gravir le plateau et de paraître au milieu du cercle qui nous entourait. Tous trois mirent pied à terre, et s'avancèrent vers le sultan. En les voyant, il parut troublé, et descendit de cheval lui-même.

« Nour-Eddin, sultan d'Emesse, dit d'une voix claire le premier des nouveaux arrivants, c'est bien toi que nous cherchons. Es-tu disposé à nous entendre ?

— Parlez ! » répondit le sultan en frémissant.

Il avait défait son gorgerin et rabattu son casque en arrière. Je vis que son visage était très pâle.

« Sultan d'Emesse, reprit l'autre, mon maître, le Vieux de la Montagne, m'envoie vers toi, pour te demander que tu lui donnes satisfaction des injures que tu lui as faites, et pour que tu lui rendes le château de Massiad que tu lui as pris et que tu détiens injustement.

— Jamais ! s'écria le sultan.

— Il est écrit : « Nous appartenons à Dieu « et nous retournons vers lui, » dit l'Assassin d'une voix grave. Or, vous autres, faites votre devoir ! »

Les deux autres Assassins s'avancèrent vers le sultan, qui recula d'un pas en portant la main à la garde du sabre. Tout le monde tremblait. Dans le désordre qui s'ensuivit, je vis très bien Marghouz qui faisait mettre les Allemands blessés en travers sur deux chevaux de main, qui faisait gagner aux autres vingt bons pas d'avance, et qui revenait ensuite se placer à côté de moi.

L'un des Assassins tenait une hache à long manche, le long du bois de laquelle étaient fichés des couteaux ; l'autre portait un long drap blanc sur le bras.

L'homme à la hache prit un de ses couteaux et le jeta aux pieds du sultan ; l'homme au drap déploya son étoffe et la posa près du couteau. L'étoffe toucha la jambe du sultan, qui recula encore en frémissant.

« Nour-Eddin, sultan d'Emesse, s'écria celui qui parlait pour les deux autres, un couteau pareil à celui-ci te percera le cœur ! Garde ce drap ; mon maître te l'envoie pour qu'il te serve de linceul ! »

Sur-le-champ, tous trois remontèrent à cheval, et s'en allèrent sans se presser, au pas, en chantant les prières des morts. Personne n'osa les poursuivre. Je vis qu'il ne fallait pas manquer mon occasion, et avant que le sultan ne fût revenu de son trouble et n'eût remis le pied à l'étrier, je partis à fond de train, sans lui dire adieu.

« Alerte ! criai-je à mon monde. Nous avons de bons chevaux, tâchons de ne pas nous laisser rattraper. Nour-Eddin me paraît homme à faire passer sur notre dos la peur que lui fait le Vieux de la Montagne. »

XIV. — LE PAYS DES CHRETIENS.

En quelques instants nous fûmes sur l'autre versant du plateau, et j'enfilai un vallon, droit devant moi. Nous faisions bien de nous hâter, car je ne tardai pas à voir derrière nous cinq ou six cavaliers, puis dix, puis vingt. On nous poursuivait chaudement. A environ un parasange de nous, le vallon remontait et s'étranglait en étroit défilé : c'était là que je voulais arriver pour défendre le passage avec Marghouz, maître Jean, Etienne et mes deux écuyers. Mon guide arabe nous avait abandonnés au premier danger, et je comptais envoyer les deux femmes prendre de l'avance, sous l'escorte de Youçouf, pendant que nous arrêterions les assaillants. Mais ceux-ci, montés sur des chevaux frais, ne tardèrent pas à nous rejoindre, et bientôt leurs flèches nous sifflèrent aux oreilles. Sans m'arrêter, je ripostai en tirant en arrière, à la manière mongole. Marghouz et mes écuyers m'imitèrent. Il fallut voir la stupéfaction d'Etienne et de maître

Jean quand nous commençâmes à manier nos arcs.

En ce moment, une flèche vint frapper sur son casque, et une autre sur le corset de cuir bouilli de Plumet, mais sans leur faire de mal. Les flèches de ces Musulmans ont un fer plat qui se fausse aisément, et leurs arcs, qui sont très longs sont aussi très faibles. Marghouz tira sur le plus rapproché: sa flèche à carreau en acier de la Chine traversa la cotte de mailles; l'homme tomba en arrière. Je tirai à mon tour et j'en abattis un second. Je prenais une autre flèche dans mon carquois, quand je reçus un coup qui s'émoussa sur ma cotte de mailles; en même temps je vis Etienne culbuter sous son cheval, qu'une flèche venait de frapper au défaut de l'épaule. Le brave garçon fut relevé tout de suite, et, saisissant l'arbalète que lui tendait maître Jean, il tira de pied ferme et coucha son homme roide par terre. J'en vis tomber encore deux autres, sous les traits de Plumet et de l'Ecureuil. Marghouz, ne voulant pas abandonner son nouvel écuyer, qui restait derrière son cheval abattu et encochait un carreau sur son arbalète, dégaina et chargea résolument; ce que voyant, je mis le fer au bout de la lance et je chargeai à mon tour, en criant aux autres:

« A moi Djani! place à la bannière! »

Une quinzaine d'hommes arrivaient sur nous, la lance basse ou le sabre et la masse en l'air, en criant « Allahou Abker! »

Le choc fut rude. Les Musulmans de Syrie manient bien la lance et la masse, mais leurs sabres sont mauvais, étant d'un métal trop fin. D'un coup de lance, je cassai la mâchoire au premier sur lequel j'arrivai, et, tirant mon sabre, j'en frappai un second si rudement, que je fendis son casque et le crâne par-dessous. Comme je dégageais mon sabre de l'entaille, je reçus un revers qui m'engourdit l'épaule gauche, mais sans pénétrer dans les chairs, car le sabre de l'homme se brisa du coup. Pressant mon cheval avec le genou, je lui fis faire une volte, et je frappai mon adversaire sur le bras, entre la manche de mailles et le brassard; il chancela et voulut se sauver, mais je lui lançai un coup de pointe entre les deux épaules, qui lui creva sa cotte de mailles et le jeta mort sur le cou de son cheval.

En ce moment, je vis Marghouz qui venait de démonter un de leurs cavaliers, et qui, faisant un écart pour l'empêcher de trancher les jarrets à son cheval, lui donnait un tel revers sur la nuque qu'il lui abattait la tête. Plumet, en saisissant un à la gorge, l'étrangla de ses deux mains, et l'Ecureuil, qui venait de dépêcher un Kurde d'un coup de pointe au visage, tailla la cuisse d'un Arabe si vigoureusement, que l'homme tomba sous les pieds des chevaux. Youçouf reçut un coup de masse qui le démonta et l'étourdit. Etienne trancha les jarrets d'un cheval et maître Jean assomma le cavalier avant qu'il ne se fût dégagé, pendant qu'Etienne en perçait un second du carreau de son arbalète. Dans la bagarre, un Kurde coupa la gorge à un de nos Allemands blessés et emporta sa tête, et un autre cassa les reins à notre second prisonnier. Etienne fut renversé, et maître Jean, voulant frapper un second coup de son épée, reçut un coup de masse sur le bras, qui le désarma. Laissant pendre mon sabre à la dragonne, je saisis mon arc et j'envoyai une flèche dans les côtes de l'adversaire de maître Jean qui venait de redoubler et le tenait ployé sous sa masse; Plumet ramassa Youçouf tout étourdi et le mit en travers sur le cou de son cheval; Marghouz distribua de si furieux revers, qu'il envoya deux hommes rouler par terre et qu'Etienne eut le temps de remonter sur un autre cheval. L'Ecureuil soutint maître Jean qui chancelait sur sa selle. Je pris ma lance par terre et je courus sur ceux de nos adversaires qui restaient, mais ils prirent la fuite au galop, nous laissant le champ de bataille.

Nous emmenâmes huit chevaux et nos blessés, et je me dépêchai d'arriver au défilé, qui était juste assez large pour laisser passer deux hommes de front.

« Il est temps! me dit Marghouz, en me montrant une trentaine de cavaliers qui arrivaient sur nous avec les fuyards.

— Oui, il est temps! répondis-je. Allons, pied à terre: aux arcs et aux arbalètes! »

Maître Jean, tout rompu des coups qu'il avait reçus, restait assis adossé à la muraille de rochers et la tête pendante sur la poitrine. Youçouf ne valait guère mieux; le sang lui coulait du nez et de la bouche, et il ne se soutenait pas sur ses jambes. Nous restions cinq pour défendre le passage. Je fis monter Etienne et l'Ecureuil sur deux saillies de rocher, j'envoyai Plumet tenir les chevaux derrière nous, et, avec Marghouz, je me mis en travers du sentier, l'arc à la main. Nous saisîmes nos arcs, bien décidés à ne pas reculer d'un pas.

Une volée de flèches nous arriva. Nous y répondîmes aussitôt. Dès les premières décharges, nous eûmes un cheval tué, et je vis tomber deux hommes du côté de nos adversaires. Le combat continua ainsi près d'un quart d'heure: nous perdîmes encore deux chevaux, et Etienne fut mis hors de combat par un trait qui lui traversa le bras. Je l'envoyai surveiller les chevaux, et je le fis remplacer par Plumet, qui ne demandait pas mieux. Nous restions donc avec Marghouz démonté, trois blessés et deux femmes sur les bras, et attaqués par une multitude d'ennemis. Les gens de Nour-Eddin s'aperçurent tout de suite de notre trouble et en profitèrent pour nous charger.

« Voilà le moment de frapper du sabre et de risquer bravement notre vie! » m'écriai-je en sautant en selle, et, sans attendre personne, je chargeai droit devant moi.

Plumet et l'Ecureuil me suivirent. Etienne,

tirant son épée, car il n'était blessé qu'au bras gauche, se mit à côté de Marghouz, pour barrer l'entrée du défilé. J'avais l'avantage de la pente du terrain, et de plus le soleil donnait dans les yeux de nos assaillants, ce qui expliquait comment pendant un quart d'heure leurs flèches nous avaient fait si peu de mal, au lieu que les nôtres en avaient descendu ou démonté une douzaine. Au premier choc, je renversai un grand Kurde, lui rompant ma lance dans le corps. Frappant du sabre à droite et à gauche, à nous trois, nous les mîmes en fuite. Ils s'en allèrent au galop et s'arrêtèrent une centaine de pas plus loin, pour attendre des renforts et nous attaquer de nouveau; mais j'étais échauffé par le combat et peu disposé à les attendre de pied ferme. Marghouz avait saisi par la bride un cheval dont le cavalier était abattu et s'était mis en selle; nous chargeâmes résolument à nous quatre. Ils vinrent à notre rencontre; mais à dix pas nous tournâmes bride et nous courûmes vers le défilé, en leur lançant nos dernières flèches: l'une d'elles renversa leur porte-étendard. Aussitôt, les voyant en désordre, je fis volte-face et je tombai sur eux à coups de sabre. Marghouz en sabra deux ou trois; Plumet eut son cheval tué sous lui; l'Ecureuil, toujours avisé, ramassa leur étendard, qui gisait sous les pieds des chevaux. Pour moi, après avoir mis quelques-uns de leurs guerriers par terre, je me trouvai en face de leur chef, un nègre gigantesque. Il me déchargea un furieux coup de sabre sur la tête; je me couvris de mon bouclier; le coup fendit mon bouclier et mon casque, mais la lame se brisa. Le géant nègre saisit aussitôt un autre sabre qui était attaché à sa selle, mais avant qu'il n'eût tiré son arme, je profitai du moment où il était baissé, et je lui portai un revers entre le cou et l'épaule, qui le fendit jusqu'à la poitrine. Il restait huit ou dix hommes contre nous; voyant leur drapeau pris, leur chef tué, et, de plus, Etienne qui arrivait encore l'épée à la main, et maître Jean avec Youçouf qui se traînaient péniblement derrière lui, mais qui tenaient, l'un, son arbalète bandée et l'autre une lance, ils prirent la fuite au galop. En même temps, il s'éleva un grand tumulte sur le plateau, et je vis au milieu d'un tourbillon de poussière briller les armes d'une troupe de cavalerie qui arrivait au trot. Les fuyards n'en détalèrent que plus vite, se criant les uns aux autres, avec la plus grande terreur:

« Kamandour el devvet! Kamandour el devvet!

— Loués soient tous les saints! s'écria Etienne. Nous sommes sauvés! c'est le commandeur du Temple qu'ils appellent ainsi.

— Le Temple! Le Temple! répéta maître Jean. A nous, sires chevaliers du Temple! à nous, France, France! »

Disant ces mots, le brave homme s'évanouit, par suite du grand effort qu'il avait fait pour venir jusque-là. Les Templiers prirent le galop et arrivèrent sur nous, la lance haute. Pour moi, j'étais si échauffé du combat que j'avais soutenu que, nu-tête et sans bouclier, je me plantai en face d'eux le sabre au poing prêt à les charger, et je criai d'un ton de défi:

« Place à la bannière! »

Marghouz et Etienne coururent à la rencontre des Templiers. Quant à Plumet et à l'Ecureuil, voyant que nous étions maîtres du champ de bataille, ils se mirent tranquillement à dépouiller les morts et les blessés et à couper des têtes, pour les mettre en pyramide et dresser un trophée à la manière mongole.

L'avant-garde des Templiers s'arrêta devant nous. Plus loin, je vis une grande foule, des piétons, des troupeaux; c'étaient les prisonniers de Nour-Eddin, que les Francs venaient de délivrer. J'appris plus tard que Nour-Eddin n'avait pu se sauver qu'avec une dizaine d'hommes. Pendant que sa troupe s'acharnait sur nous, il avait été complètement surpris par les Templiers.

Je regardai avec surprise les nouveaux arrivants. Hommes et chevaux étaient bardés de fer; les hommes portaient par-dessus leurs armes de grands manteaux blancs avec une croix rouge cousue sur l'épaule gauche. Ils étaient armés de boucliers triangulaires, d'une épée de selle, d'une épée de côté et de lances sans pennon. Les uns avaient le casque cylindrique emboîtant le visage, les autres le chapeau de fer à visière formant rebord; quelques-uns n'avaient qu'un bonnet sur la tête avec un mouchoir par-dessus, attaché à la manière des Bédouins, à cause de la grande chaleur. La plupart de ceux dont on voyait le visage avaient les yeux clairs, le poil fauve, la barbe longue et bien fournie. A côté de leur chef, qui était un vieux à barbe grise, chevauchait un autre homme dans la force de l'âge. Tous deux reconnurent maître Jean et Etienne; mais la surprise fut grande quand ils virent Raymonde. Ils mirent tous pied à terre et l'entourèrent en lui prodiguant des marques de respect.

« Comment avez-vous fait pour vous échapper des mains des païens? demanda le vieux le premier.

— Maître Gilbert Erial, répondit Raymonde, bien que vous soyez, à ce que je vois, grand maître du Temple, rendez grâce à ce jeune chevalier qui m'a délivrée. »

Parlant ainsi, elle me désigna au maître du Temple.

« Frère Pierre de Mirusande, s'écria le maître, voici un chevalier armé plutôt comme les Sarrasins que comme nous; mais quel qu'il soit, s'il a délivré la demoiselle de Montréal, et si, avec ses compagnons que je lui vois, il a déconfit tous ces Sarrasins ici,

UNE VOLÉE DE FLÈCHES NOUS ARRIVA

il mérite du renom par-dessus tous les chevaliers de la terre!

— Il les a déconfits, monseigneur! s'écria Etienne. Oui, il les a déconfits! j'y étais! Et le sire Marghouz, chevalier du prêtre Jean qui est empereur des Chrétiens dans l'autre monde, l'y a aidé!

— Que barbouillez-vous là de prêtre Jean et d'autre monde, arbalétrier? dit sévèrement le maître du Temple. Apprenez à tenir votre langue devant tant de nobles seigneurs.

— Sachez, interrompit Raymonde, que Djani qui m'a délivrée m'amène d'un pays très lointain, et que près de ce pays demeurent des Chrétiens dont l'empereur est le prêtre Jean. Marghouz est un de ses chevaliers. »

Là-dessus, tous ces Templiers voulurent embrasser Marghouz et m'embrasser aussi, même après qu'ils eurent appris que j'étais Musulman.

« Nous avons avec nous, me dit le maître du Temple, des guerriers qui suivent la loi de Mahomet comme vous; ils sont nos alliés contre les autres Sarrasins, et nous les appelons *Turcoples*. C'est une grande charge parmi nous que la charge de celui qui commande tous les Turcoples: son titre est celui de *grand turcoplier*; il lève bannière et est honoré parmi les premiers. Restez avec nous, sire Djani, et nous vous donnerons la charge de grand turcoplier.

— Non, répondis-je, je ne puis pas; j'appartiens à mon empereur et à ma bannière, et il faut que je les rejoigne.

— Mais, reprit le maître du Temple, vous m'avez dit que votre empereur ne suivait point la loi de Mahomet, et que son allié, le prêtre Jean, était Chrétien comme nous. Que vous importe alors de venir avec des Chrétiens? vous pouvez acquérir de la terre et devenir un puissant seigneur. »

Je dis simplement ce que Moaviah le Khalife, Dieu lui fasse miséricorde! répondit quand on lui reprochait d'avoir conclu la paix avec les Chrétiens pour combattre des Musulmans révoltés: « La religion, c'est l'amour de la patrie ».

Le maître du Temple s'inclina.

« Votre empereur est heureux d'avoir de tels sujets que vous, dit-il. Pour nous, nous sommes de pauvres moines qui avons fait vœu de combattre pour la religion, et nous ne pensons à acquérir ni richesses, ni provinces, mais seulement à défendre les terres que la Chrétienté a conquises en Syrie.

— Je suis satisfait de remettre Raymonde entre vos mains, lui répondis-je. A présent, elle est en sûreté, ma mission est terminée, et il ne me reste qu'à partir et à me remettre sous ma bannière. »

Raymonde devint toute pâle; je vis sur le visage de Marghouz et de ma sœur la même émotion que sur le sien.

« Tu as donc, me dit Marghouz, l'intention de nous quitter tout de suite?

— Sans doute, répondis-je; et toi-même, tu ne vas donc pas revenir avec moi?

— J'ai fait vœu de rester un an en Syrie et de tenter de voir Jérusalem quoique les Musulmans y soient.

— C'est bien; reste alors. Les bêtes sont liées par leurs brides et les hommes par leurs vœux. Nous allons donc partir et te faire nos adieux ainsi qu'à Raymonde. »

Comme je disais ces mots, Aïcha fondit en larmes.

« Pourquoi pleures-tu? lui dis-je. Il n'y a pas lieu de pleurer, mais de te réjouir, puisque tu vas revoir la lande et les montagnes et notre yort.

— Je ne reverrai pas notre yort, dit Aïcha en sanglotant; je ne reverrai pas la lande et les montagnes; mon frère, il faut que je reste ici.

— Comment, lui dis-je, il faut que tu restes? tu veux rester avec les gens des villes, toi, une fille des Biane Aoul? tu veux rester avec les païens? tu veux rester avec les Chrétiens, toi, une Musulmane!

— Je ne suis plus Musulmane, répondit Aïcha en se redressant; je suis Chrétienne, et je vais aller à Krak épouser Marghouz, auquel le prêtre m'a fiancée en me baptisant.

— Chienne! m'écriai-je saisi de colère, maudite sois-tu, toi et le mécréant Marghouz! je vais vous envoyer en enfer! »

Je me jetai sur elle, mais Marghouz, Raymonde et le maître du Temple s'interposèrent. Dans ma fureur, je tirai ma dague, la dague que m'avait donnée le Vieux de la Montagne. Marghouz se croisa les bras en signe qu'il ne voulait pas se défendre.

« Tu oublies tes serments, Djani, dit-il d'un air très humble. Souviens-toi que sur la lande des Oïrad, Alak, toi et moi, nous nous sommes juré que jamais nous ne porterions la main l'un sur l'autre. Pour moi, je tiens ma parole et je ne me défendrai pas. »

Ce souvenir fit tomber ma colère, et m'asseyant sur une pierre, je pleurai abondamment. Ma sœur vint près de moi, mit genou en terre et me baisa la main.

Je me levai en me redressant, et d'une voix ferme je dis à Marghouz:

« Adieu, frère; quand tu reviendras là-haut, je te souhaite de retrouver ton yort; si ton peuple a disparu, si un vainqueur l'a emmené pour le confondre avec le sien; tu trouveras toujours une patrie sous les drapeaux de Djébé, à côté d'Alak et à côté de moi. »

Je fis tranquillement mes préparatifs de départ. Ces préparatifs nous conduisirent jusqu'au soir.

Quand chacun s'étendit pour prendre le repos, moi seul, assis sur la selle de mon cheval, près du feu, je restai éveillé, pensant à tout ce qui m'arrivait et à tout ce que je venais d'entendre. La nuit était claire: il faisait clair de lune, et en Syrie la lune est très brillante. Tout dormait, à l'exception de trois ou quatre sentinelles dont on voyait miroiter les fers de lance dans l'ombre. On avait dressé une tente avec des couvertures de cheval pour Raymonde et pour Aïcha, et quelques abris autour pour les femmes des prisonniers que nous avions délivrés des mains de Nour-Eddin. Tout à coup, un coin de la tente se leva, et je vis Raymonde s'avancer vers moi. Elle avait quitté ses habits musulmans et était maintenant vêtue à la franque, sans doute avec des vêtements que lui avait donnés une des prisonnières. Je vis tout de suite qu'elle venait pour me parler, et me levant, j'allai au-devant d'elle. Nous nous regardâmes un instant sans rien dire: elle prit la parole la première.

« Ainsi, me dit-elle, tu vas nous quitter, Djani?

— J'y suis décidé, répondis-je.

— Et par où reviendras-tu?

— Par où je suis venu. Au point du jour, je vais me mettre en route pour Damas, et de là pour Bagdad.

— Ne repasse pas par Samarkand! s'écria vivement Raymonde. La Khatoune te fera tuer.

— Si c'est ma destinée, répondis-je, je n'y puis rien changer. Ce ne sont pas les sabres qui tuent, mais la destinée. Il est écrit : « Nous appartenons à Dieu et nous retour-« nons vers lui. »

— Tu ne passeras pas par Samarkand, dit-elle; promets-moi de ne pas passer par Samarkand. »

Puis elle reprit avec animation et en frappant du pied;

« Tu n'iras pas te faire tuer là-bas! je ne veux pas que tu meures! »

Je la regardai non sans surprise.

« Que t'importe que je vive ou que je meure? lui dis-je. Nous ne nous reverrons plus jamais.

— J'en ai grand chagrin, me dit-elle doucement.

— Moi aussi, répondis-je. Certes, je regretterai toute ma vie de ne pouvoir partager ta destinée. Mais qu'y faire? La terre est dure et le ciel est loin! Il faut que chacun subisse sa destinée!

— Hélas! reprit-elle en soupirant. Que n'es-tu Chrétien! si tu étais Chrétien!

— Eh bien, si je l'étais?

— Tu pourrais mettre sur ta bannière les armes de Châtillon-Montréal, et je ne serais plus seule sur cette terre! »

PLUMET ET L'ÉCUREUIL SE MIRENT A DÉPOUILLER LES MORTS

A peine eut-elle laissé échapper cet aveu, qu'elle se couvrit le visage de ses mains. Pour moi, la douleur la plus vive que j'eusse jamais ressentie s'empara de mon cœur; ce n'était point le regret de renoncer aux armes et aux biens de Montréal qui me la causait. Je restai hésitant et les yeux baissés. Dans cette angoisse, j'invoquai Ali, le Lion de Dieu, et par sa protection spéciale je repris possession de mon âme.

« Raymonde, lui dis-je, puisse ma vie être la rançon de la tienne, je n'ai jamais songé à te peiner en proclamant le symbole de la foi, mais j'ai voulu témoigner ma ferme résolution d'être Musulman. Au surplus, ma patrie est loin d'ici: on dit chez nous que celui qui a un peuple appartient à son peuple, et que celui qui a une rivière appartient à sa rivière. La destinée est cause que nous ne sommes pas du même peuple et de la même rivière. Il faut que je parte. »

Nous restâmes encore un instant silencieux, puis je pris les deux mains de Raymonde dans les miennes.

« Tu as raison, me dit-elle brusquement. Il faut que tu partes, et il faut que je reste. Relève-toi. Dans quelques heures je serai en route pour le Krak et pour Tyr, et toi, tu seras en route pour Bagdad et pour le pays turk. Dieu veuille que tu y arrives sain et sauf ! »

Le jour se levait en ce moment et tout le monde se mettait sur pied. Mes deux écuyers rassemblèrent leurs bêtes et m'amenèrent mon cheval. Je serrai la main à Marghouz, aux maîtres du Temple et de l'Hôpital, à Jean, à Etienne. Je ne voulus pas revoir ma sœur. Quand je fus à Raymonde, les larmes me vinrent aux yeux, mais je me contins et je lui dis :

« Que Dieu te garde ! Dieu est au-dessus de nous ! qu'il te donne bonheur et longue vie !

— Adieu, généreux chevalier noir ! s'écria-t-elle, quand je vivrais encore cent ans, je les passerais à prier pour toi ! »

Aussitôt, je sautai sur mon cheval, et l'enlevant vivement, je m'enfuis sans tourner la tête, au galop, comme un voleur. Je ne savais pas que je reverrais un jour la demoiselle Raymonde : Dieu lui fasse miséricorde !

XV. — ERRANT PENDANT QUATORZE ANS

AYANT mis ma confiance en Dieu, je repris la direction du sud-est et je retournai vers Damas. Le deuxième jour nous rencontrâmes le campement d'une grosse caravane qui s'était établie dans un petit bois de pins pour se reposer et pour apprêter son repas. A leur costume je reconnus que les gens de la caravane étaient des marchands francs. Ils ne portaient point d'armure, mais la plupart avaient des épées, des dagues et des arbalètes. Ils avaient attachés aux arbres plus de quarante mulets lourdement chargés, à en juger par les ballots déposés à terre. Leurs bêtes de selle étaient des ânes, des mules et d'assez mauvais chevaux. Dès qu'ils m'aperçurent ils parurent saisis d'une vive inquiétude, et l'un d'eux vint au-devant de nous, en tenant un parchemin à la main. Il m'adressa la parole en turk et je ne pus retenir une exclamation de surprise.

« Seigneur, me dit-il, à votre mine et à vos vêtements, j'ai jugé tout de suite que vous étiez un Turk. Ne soyez donc point étonné si je vous parle une langue que j'ai apprise dès l'enfance.

— Par Dieu ! m'écriai-je, je ne serais point étonné si vous me parliez le mauvais patois que parlent ces Turks dégénérés que j'ai vus en Perse, en Mésopotamie et en Syrie, où ils sont établis depuis des centaines d'années. Par ma naissance je suis un Oïghour Blanc Aoul, et par mon drapeau j'appartiens à la glorieuse nation des Mongols bleus. Que Dieu puisse accroître sa puissance !

— Moi, ajouta le marchand, je suis chrétien, de même que tous ces miens compagnons. Mon nom est Maffeo, et le nom de mon pays est Venise, ville glorieuse, habile dans la navigation et le commerce, reine des mers. Je viens de Layas, que les Sarrasins appellent Ladikieh ; je m'y suis joint, avec mes Vénitiens, à ce marchand que vous voyez ici, ce vieux qui a la barbe grise : il est Catalan et se nomme Bartholomé. Nous nous sommes associés pour aller trafiquer dans la Perse et dans l'Inde, et ce parchemin que j'ai ici est un sauf-conduit que m'a donné le Soudan de Damas, chez lequel nous allons présentement.

— Gloire à Dieu m'écriai-je. Moi, je suis musulman ; mais je suis heureux de rencontrer un homme qui a été dans le pays des Kiptchaks, chez les Turks du Nord, mes frères, et qui se rend dans la Perse et dans l'Inde. Le Tibet n'est-il pas près de l'Inde ?

— Certainement, dit le marchand ; dans mes navigations et voyages, j'ai entendu parler d'un pays qui est au nord de l'Inde et qui s'appelle le Tibet. C'est de là que vient le musc, drogue précieuse et odoriférante.

— Or bien, repris-je, je vous accompagnerai, car par l'Inde je puis arriver au Tibet, s'il plaît à Dieu, et le Tibet est proche de mon pays.

— C'est grande joie pour nous que vous nous accompagniez, seigneur Turk, dit le marchand. Je vois à votre mine que vous êtes expert à manier les armes comme le sont tous les Turks, et vous êtes accompagné de trois vigoureux cavaliers. Nous ne sommes pas trop pour faire le périlleux voyage d'ici jusqu'à Siraf, où l'on monte sur la mer pour aller dans l'Inde, et vous nous servirez d'escorte et de sauvegarde, chef des musulmans. Dieu vous rende votre bonté ! »

J'eus vite fait connaissance avec les marchands vénitiens et catalans qui étaient de la troupe de Maffeo, et ils me témoignèrent qu'ils étaient bien contents de m'avoir en leur compagnie. Eux faisant leur négoce, nous mîmes sept mois à aller de Damas à Basrah, sans autre accident que quelques escarmouches sur la route avec des brigands Kurdes et des Bédouins pillards. Enfin, le dernier jour du mois de Djémadi premier, nous nous embarquâmes sur un grand bâtiment de pêcheurs de perles, car c'est précisément dans le mois de Djémadi premier et second que la pêche des perles est pratiquée entre Siraf et Bahreïn. Le patron du navire était un Persan hérétique et nous fit payer notre passage aussi cher qu'il put: que Dieu ne lui fasse pas grâce! Encore fallut-il me disputer longtemps avec lui pour le faire consentir à embarquer mon cheval, car il prétendait que son bateau n'était pas disposé pour cela. Nous montâmes sur son navire le cœur plein d'angoisse, par la grande crainte que nous avions d'aller sur mer, nous Turcs et Mongols.

Il ne nous arriva rien de fâcheux; mais le mouvement de la mer nous rendit tellement malades, moi, mes écuyers et Youçouf, que, après avoir beaucoup couru, par trouver une hôtellerie. Pendant que Maffeo et ses compagnons s'occupaient de leurs ballots, nous nous occupâmes, nous, du pauvre Saïn Boughouroul qui avait bien pâti. J'allai ensuite avec Youçouf à la mosquée, où je fis une prière de cinq rikaats et où je distribuai cent dirhems aux pauvres, pour m'acquitter d'un vœu que j'avais fait sur mer. Enfin, vers le soir, nous prîmes nos épées et nos dagues et nous nous rendîmes au bazar, en compagnie de Maffeo. Cette fois, je dois dire qu'en voyant nos guenilles et nos armes ensemble on ne nous prit plus pour

NOUS ALLIONS PÊCHER

pendant toute la traversée, qui fut de douze jours, nous restâmes inertes et enveloppés de nos couvertures, gisant sur un tapis dans un coin du navire. Que Dieu me pardonne mes péchés! je n'eus même pas la force de m'occuper de mon cheval, et la chère bête eût péri si le bon Maffeo n'eût pris soin d'elle.

Enfin, notre navire s'arrêta et, dès qu'il fut arrêté, notre mal cessa. Je vis tout près de nous une terre verdoyante, et au milieu de bosquets d'arbres la ville de Siraf, qui paraît toute rouge, parce qu'elle est bâtie en pierres de cette couleur. C'est une ville immense et magnifique. Le cœur palpitant d'impatience, nous descendîmes les premiers dans une barque qui nous conduisit à terre. Là, passant au milieu des jardins où croissent des fleurs et des herbes odoriférantes, nous entrâmes dans une large rue dallée qui conduit au bazar. La chaleur est étouffante dans ce pays, et j'avais l'intention d'acheter des vêtements légers pour remplacer les lourds haillons que nous portions, Maffeo, qui parlait très bien l'arabe et le persan nous servit de guide et tout d'abord voulut nous procurer un logement. Il finit, des mendiants, mais pour des voleurs. Plusieurs personnes demandèrent à Maffeo comment il se faisait que lui, qui avait l'air d'un riche marchand, se trouvât en compagnie de brigands comme nous: ce qui le fit beaucoup rire.

Maffeo nous conduisit à la boutique d'un tailleur, un Persan à l'air obséquieux. J'y fis choix pour moi et mes hommes de caleçons de cotonnade, de robes de dessous en mousseline et de robes de dessus mi-partie de soie et coton; le tailleur nous fournit aussi des bonnets de velours, des toiles à turbans, et des mouchoirs frangés pour mettre sur la tête; il nous trouva pareillement de bonnes ceintures de soie bariolée et fit venir un cordonnier qui nous apporta des souliers rouges à bout pointu. Ce ne fut pas sans peine que je décidai mes écuyers à se séparer des débris de leurs bottes; quand ce fut au moment de payer, je tirai ma bourse: Maffeo m'arrêta en souriant.

« Laissez-moi faire, me dit-il à voix basse. Je sais que vous autres chevaliers turks n'êtes bons qu'à vous faire voler: j'ai assez trafiqué avec les Kiptchaks pour le savoir.

Moi, je suis marchand et Vénitien : je paierai moitié moins que vous. »

Il eut une longue discussion avec le tailleur et le cordonnier, lui se récriant sur le prix qu'ils lui demandaient, eux protestant qu'au prix qu'il leur offrait ils y perdraient ; les deux coquins de Persans faisaient serment sur serment et s'empoignaient la barbe ; le malin Vénitien discourait sans relâche et clignait de l'œil. A la fin il leur paya la moitié de ce qu'ils avaient demandé d'abord et ils se quittèrent fort bons amis.

Le lendemain, à mon grand regret, Maffeo m'annonça que nous avions manqué de huit jours le navire qui tous les ans part de Siraf pour l'Inde et pour la Chine, et qu'il nous faudrait attendre une année entière. Ma première idée fut de laisser là les Vénitiens et de partir par terre ; mais le roi de Siraf, voulant garder le monopole des choses de la mer, parce que les navires lui payent de grosses sommes, a fait une loi d'après laquelle nul membre d'une caravane de marchands ne peut sortir de la ville autrement que par mer. Je patientai donc de mon mieux, occupant mon temps à des exercices de piété et à des lectures. Quelquefois aussi nous allions pêcher sur une barque qu'avaient louée Bartholomé et Maffeo, habiles marins, si bien que nous finîmes par nous habituer à la mer et par ne plus y ressentir aucun malaise. Enfin ma patience fut récompensée : le 7 du mois de Rejeb 598, année du chien, le navire tant attendu arriva, en retard de plus d'un mois et demi. C'était une grande jonque chinoise, accompagnée, comme c'est la coutume, de trois navires plus petits qui servent à la remorquer et à la tenir en communication avec la terre, quand elle ne trouve pas assez de fond pour s'approcher.

Nous montâmes sur mer au mois de Djémadi deuxième. On nous avait réservé une cabine pour moi, mes deux écuyers et Youçouf, et une stalle pour mon cheval. Maffeo avait pris toutes les dispositions et traité du prix du passage. Enfin le navire partit au son des instruments de musique : pour moi, dans l'angoisse que me causait la navigation, je me prosternai en oraison et je récitai neuf fois les litanies de la mer. Notre navigation fut heureuse. En trois mois, après avoir relâché à l'Ile de Kichm et sur la côte stérile et rocheuse du Mekran, nous arrivâmes à Cambaye, dans l'Inde. La coutume des navigateurs est de s'y arrêter six mois pour faire le commerce. Je comptais, une fois dans l'Inde, partir aussitôt pour le Tibet ; mais on me découragea tellement et on m'assura tant de fois qu'il valait mieux aller par mer jusqu'à la Chine noire et au pays des Tchortchas, par où il m'était facile de me rapatrier, que je renonçai à mon entreprise. Je patientai donc pendant ces six mois. Maffeo et Bartholomé, toujours occupés à acheter et à vendre, se divertissaient fort et ne prenaient aucun souci de ma peine. La jonque repartit définitivement à la fin de l'année, et ce fut au commencement de l'an 600, année de la souris, que nous arrivâmes à Calicut, dans le royaume de Mabar ou Malabar, qui est un des plus grands et des plus puissants de l'Inde. Les gens de la Chine, de Java, de Ceylan, des Maldives, du Yémen ou Arabie orientale et du Fars ou Perse méridionale se réunissent à Calicut, et son port est au nombre des plus grands de l'univers.

Le sultan de ce pays est idolâtre : on l'appelle *le Samorin ;* c'est son titre. En descendant sur le port, je le vis assis sur un trône dressé sur un éléphant ; l'éléphant était caparaçonné de drap d'or ; derrière lui venait la suite du sultan, montée sur d'autres éléphants couverts de housses splendides. Le Samorin avait à sa ceinture, en place de pantalon, une grande pièce d'étoffe blanche roulée jusqu'aux genoux, et sur sa tête un petit turban. Il avait la barbe rasée et ne portait que la moustache. On élevait au-dessus de sa tête un parasol incrusté d'or et de pierreries. C'était un spectacle incomparable, et je ne me lassais pas de regarder les éléphants, que je voyais pour la première fois de ma vie.

Le Samorin nous assigna des logements et nous retint cinq mois entiers. M'ayant vu tirer de l'arc et manier mon cheval, il voulut absolument me nommer capitaine de ses gardes ; j'eus beau m'en défendre, il fallut céder. Pendant ces cinq mois, la jonque qui nous avait amenés partit, et ce n'est qu'en 601 qu'il en revint une autre et que le Samorin nous donna congé de nous embarquer. Il y avait en ce moment quinze navires dans le port, parmi lesquels trois étaient en destination de la Chine. J'en choisis un dont l'intendant était musulman ; il s'appelait Souleïmân le Syrien. Ce Souleïmân m'informa que toutes les cabines de la jonque avaient été retenues pour l'aller et le retour par des marchands de la Chine, et qu'il n'en restait qu'une seule disponible. Préférant me trouver sur un bateau dont l'intendant était musulman, je retins cette cabine-là, et je laissai mes écuyers et Youçouf s'embarquer avec Maffeo et Bartholomé sur l'un des navires qui vont de conserve avec la jonque ; ils y trouvèrent place pour mon cheval avec eux. Ils y chargèrent aussi tout ce que je possédais d'effets. Le jour de l'embarquement se trouvait être un jeudi ; mais ce jour-là le navire ne devait que sortir du port et passer la nuit dans la rade de Fadaraïna, d'où a lieu le départ définitif. Je voulus profiter de ce répit pour dire mes prières et assister à l'office du vendredi matin dans la mosquée que la colonie musulmane a fait bâtir à Calicut. Dieu soit loué, qui fit ce miracle en ma faveur ! la nuit même du jeudi éclata une furieuse tempête qui entraîna les bâtiments de conserve vers la pleine mer, et brisa sur les récifs de l'entrée du port la jonque sur laquelle j'avais voulu m'embarquer.

La mer rejeta sur la côte le corps de Sou-

JE FUS ENTRAINÉ

leïmân le Syrien ; Dieu lui fasse miséricorde !

Une nouvelle année se perdit dans les délais ; le Samorin s'était pris d'affection pour moi et ne voulait pas me laisser partir. Bon gré mal gré je dus le suivre dans sa campagne contre le sultan de Hinaour, qui fut vaincu et tué. J'y combattis si bien, que le Samorin voulut me nommer général de son armée et me marier à la princesse sa nièce. Mais je le suppliai tellement, qu'il me donna encore mon congé, et qu'il fit équiper pour moi une des jonques qui se trouvaient dans son port. Il me fit aussi de grandes largesses. Après tant de délais, le 5 du mois de Redjeb 603, année du lièvre, je m'embarquai pour la Chine, par où j'espérais revoir enfin ma patrie, que j'avais quittée adolescent, et où je retournais homme fait.

Je partis le cœur brûlant de désir et d'espérance.

Notre navigation fut heureuse. Nous arrivâmes d'abord à l'île de Serendib.

De Serendib, trente-quatre jours de navigation favorable nous conduisirent à la grande île de Sumatra. Quand nous fûmes arrivés en rade les habitants de l'île, montés sur de petites embarcations, vinrent nous trouver, nous apportant des fruits et du poisson frais. Je me réjouis bien quand je vis qu'ils étaient musulmans. L'amiral du port, lequel port s'appelle Sarha et est distant de quatre milles de la ville, écrivit au sultan pour l'informer de mon arrivée. Bientôt on amena pour moi l'un des propres chevaux du sultan et, en grande pompe, on me conduisit dans la capitale.

Je me rendis à la mosquée et j'y fis la prière avec le chambellan du sultan. Ensuite j'entrai dans la tribune du sultan, que je trouvai assis au milieu de théologiens et de légistes. Ce prince me toucha la main et je le saluai ; il me fit asseoir à sa gauche, m'adressa des questions sur mes voyages et je lui racontai mes aventures.

Lorsqu'il fut sorti de la mosquée il trouva à la porte ses éléphants et ses chevaux ; un des huissiers m'ordonna de le suivre : on me conduisit au palais, où je trouvai un kiosque préparé et un esclave pour me servir. Le soir même, l'Appui du Royaume vint m'annoncer que, vu les nombreux péchés que j'avais commis et confessés devant le sultan à la mosquée, le sultan, par amour pour moi, m'imposait un séjour de trois ans dans son palais. Durant ces trois années, il m'ordonnait de me livrer à des exercices de dévotion quotidiens et d'assister deux fois par jour à ses conférences sur la théologie : que Dieu pardonne à ce vieux fou l'injustice qu'il commit à mon égard, mais qu'il lui tienne compte, dans l'autre monde, du supplice que m'infligèrent ses conférences biquotidiennes ! Certes, si pendant ces trois mortelles années la guerre sainte n'avait éclaté deux fois contre les païens anthropophages qui habitent la majeure partie de l'île, je serais devenu aussi fou que le sultan ou je serais mort d'ennui. Heureusement il me laissa prendre part à ces deux guerres, où je lui rendis de signalés services. Au bout de la troisième année il voulut me retenir et me proposa d'être son vizir, me disant que j'avais beaucoup de dispositions pour la théologie ! J'y serais encore, si je ne lui avais raconté que j'avais fait vœu pendant la guerre contre les païens, de faire un pèlerinage à la Mecque. Que Dieu me pardonne mon mensonge ! Alors le pieux sultan me donna congé de partir sur un vaisseau qui allait dans l'Inde. Je débarquai encore une fois dans le Royaume de Malabar, au port de Coulam, où j'attendis six mois un navire partant pour la Chine. Je m'y embarquai. Ce fut ainsi que je repassai par Ceylan, par Sumatra, que je touchai à Java et que j'arrivai à Zeïtoun, qui est la capitale du Manzi, ou Chine méridionale. De Zeïntoun, le navire se rendit à Sin Calân, mais, quand je voulus débarquer nous apprîmes que la guerre civile venait d'éclater dans cette ville, et le patron du navire se hâta de retourner à Sumatra. J'y restai caché pendant huit mois, comme simple soldat faisant la guerre aux infidèles, par peur de mon sultan théologien. Ce temps écoulé, un navire qui partait pour la Chine noire ou Chine septentrionale me prit à son bord, et enfin, après tant de souffrances, au bout de si longues années, le 2 du mois de saffar 611, année du chien, je débarquai à Hangchéou, qui est la capitale de la Chine noire et la plus grande ville de la terre entière.

Je n'y fis pas une entrée brillante. Dès que je fus à terre je m'enquis auprès du premier passant venu où je pourrais trouver une auberge. Je parlais l'indien ; l'autre me fit signe qu'il ne comprenait pas. Sachant que la Chine noire est voisine de la Mongolie, je pensai que j'aurais des chances d'être compris en parlant mongol ; en effet, je ne fus que trop compris. J'avais à peine dit trois mots mongols que mon homme se mit à pousser de grands cris, que la foule s'ameuta autour de moi, et qu'avant d'avoir rien compris à ce qui m'arrivait, je fus saisi, désarmé, terrassé, entraîné et poussé à travers une porte percée sous une voûte et gardée par des soldats en armes, dans une grande salle aux murs nus. A l'estrade dressée au fond de cette salle, à l'air grave de cinq personnages assis sur cette estrade, aux satellites qui se tenaient au pied de l'estrade le sabre ou la pique au poing, je compris que j'étais devant un tribunal. Deux satellites m'empoignèrent et les autres firent reculer la foule qui m'avait traîné du port au prétoire, et la tassèrent à l'entrée de la salle.

XVI. — UN COMPAGNON INATTENDU

JE regardai un instant le juge chinois et ses assesseurs, avec leurs hauts bonnets liés par un ruban dont le nœud formait par derrière comme des ailes de papillon, avec leurs longs cheveux pommadés et bien arrangés, avec leurs grandes robes de crêpe sur lesquelles était brodé un dragon impérial, et leurs larges manches où ils cachaient leurs mains.

Le juge m'adressa la parole en mongol et s'écria d'un ton d'autorité :

« Barbare du Nord ! A genoux devant tes père et mère !

— Juge chinois, répondis-je outré de son insolence, je suis musulman, et je ne fléchis le genou que devant le Dieu très-haut, et devant mon souverain, Témoudjine l'Inébranlable.

— Il le dit, il l'avoue ! s'écria le juge. Vous entendez tous. Il l'avoue !

— Nous entendons, répétèrent les quatre assesseurs. L'affaire est claire, le jugement est facile.

— Brigand mongol, dit le juge d'un ton solennel, demain, au point du jour tu seras flagellé et torturé, et après demain à midi tu seras pendu. »

Les satellites m'entraînèrent à travers la foule furieuse et hurlante, qui me frappait et me crachait au visage. On me poussait et on me traînait à grand renfort de coups de fouet, de hampes de hallebarde, de manches de fléau ; je passai à travers une cour, puis le long d'un couloir sombre ; je descendis les marches d'un escalier au bout duquel je me trouvai devant une porte toute noire. Un homme ouvrit la porte ; on me prit par les épaules en me détachant quelques bonnes bourrades, et finalement je trébuchai sur trois nouvelles marches et je tombai tout de mon long dans un caveau obscur. En me relevant, j'entendis la porte qui se refermait derrière moi, puis des éclats de rire et le bruit des pas des satellites qui remontaient l'escalier.

Le cachot où je me trouvais n'était éclairé que par un soupirail garni de barreaux gros comme le bras. On y voyait un peu en face du soupirail ; tout le reste était plongé dans les ténèbres. Je restai un instant comme abasourdi, essayant de comprendre ce qui venait de m'arriver et ne réussissant pas à rassembler mes idées.

J'invoquai de toutes mes forces Ali le Lion de Dieu. Une voix railleuse, partie du fond ténébreux du cachot, me tira de mon hébétement :

« Hé ! là-bas, le nouveau compagnon, cria la voix en mongol, mets-toi donc un peu sous la lumière du soupirail, qu'on regarde ta figure.

— *Vallahi billahi!* Par Dieu avec Dieu ! m'écriai-je en tressautant. C'est la voix d'Etienne, l'arbalétrier !

— Trente millions de diables ! répondit l'autre en émergeant du fond des ténèbres, c'est la voix de Djani le chevalier noir ! »

Nous nous jetâmes dans les bras l'un de l'autre. Dans l'abîme où j'étais tombé, je me crus sauvé en trouvant un ami. Tout d'abord, après avoir embrassé Etienne, je me jetai à genoux, et, après avoir prononcé le Tekbir, je récitai la Fatha, pour remercier le compagnon de l'apôtre de Dieu de son intervention manifeste.

« A présent, dis-je à Etienne quand j'eus fini ma prière, tu vas me dire pourquoi tu es ici et pourquoi j'y suis moi-même, car je n'en sais absolument rien.

— Comment, vous n'en savez rien ? répondit Etienne en me tirant sous le soupirail.

— Non, repris-je. Ce matin, je suis arrivé de l'Inde par mer. J'ai demandé à un passant où je pourrais trouver une hôtellerie.

— Et en quelle langue avez-vous parlé à ce passant ?

— En mongol, naturellement. Et là-dessus la foule s'est ameutée contre moi.

— Et elle ne vous a pas écharpé tout de suite ? dit Etienne d'un air surpris. Sur ma foi, sire chevalier, vous avez de la chance.

— Comment, m'écriai-je de plus en plus ahuri, sans que j'aie rien fait à âme qui vive, on me roue de coups, on me traîne devant un tribunal qui me condamne à être torturé demain et pendu après-demain, on me jette au cachot en attendant, et tu dis que j'ai de la chance ? Es-tu devenu fou ?

— Comment, répondit Etienne, vous arrivez dans la capitale de la Chine que nous assiégeons depuis trois mois et qui est réduite aux abois, vous commencez par parler mongol à ces gens que nous avons tant battus et que nous sommes à la veille d'achever, vous vous jetez entre leurs mains et vous vous étonnez qu'ils veuillent vous pendre ?

— Au nom de Dieu, répondis-je, que me racontes-tu là ? Tu me dis : « Nous assié« geons, nous avons battu ! Qui nous ? »

— Comment, qui nous ? Eh bien, nous, les Mongols bleus ! s'écria Etienne d'une voix retentissante. Nous, les conquérants du monde, les fidèles de l'Empereur Inébranlable ! Et pour ma part, moi Etienne, soldat de la Bannière bleue, maître artiller du corps d'armée de Monseigneur Djébé le Loup ! »

Une joie immense dilata mon cœur ; mes

yeux se remplirent de larmes; je levai les bras et je criai de toutes mes forces : « Louange à Dieu le clément, le miséricordieux! Il est le plus puissant sur toutes choses. Gloire à Mahomet, l'élu, la plus noble des créatures! Bénis soient ses quatre bienheureux compagnons! Béni soit Ali le Lion de Dieu! »

Puis, ne pouvant contenir ma joie et mon

En ce moment, j'entendis au dehors, à quelque distance, un grondement comme celui du tonnerre, mais plus sourd. Des bruits étranges remplissaient l'air; des chocs, des craquements, des fracas inconnus se succédaient; puis, par notre soupirail, je vis une lueur rougeâtre pareille à celle d'un incendie.

« Qu'est-ce que cela? dis-je tout surpris.

UNE VOIX RAILLEUSE PARTIT DU FOND DU CACHOT

enthousiasme, je me ruai sur la porte et j'y frappai du pied et du poing à coups redoublés, en criant :

« Chinois! Lâche canaille! Je suis un soldat de la Bannière bleue, un soldat de Djébé! Place à la Bannière! »

Etienne partit d'un franc éclat de rire.

« Ah! sire chevalier, vous vous retrouvez enfin! dit-il. Vous voyez que je suis devenu bon Mongol.

— Sortons d'ici! m'écriai-je; enfonçons la porte, crevons le mur, passons sur le ventre à tous ces Chinois maudits pour aller rejoindre la chère bannière!

— Hélas! répondit Etienne en reprenant un ton sérieux, nous parlons joyeusement et nous oublions où nous sommes. »

Que se passe-t-il, Etienne? On dirait la fin du monde.

— Ce que c'est? répondit l'artiller. Ce sont mes mangonneaux qui travaillent. Mon sous-chef artiller, Ahmed Pervanatchi, n'est pas homme à s'endormir en mon absence. Nos machines sont en train d'envoyer sur les remparts et les maisons des Chinois des tonneaux remplis de goudron et de poix enflammée, des quartiers de roche, des blocs de grès, sans oublier quelques chevaux morts pour leur donner la peste s'il le peut.

— Très bien, dis-je enchanté. Mais comment se fait-il que vous soyez pris, vous, Etienne?

— J'ai voulu voir de trop près l'effet de mes mangonneaux et reconnaître le terrain pour établir une sape; les Chinois sont tombés sur nous à l'improviste. Je n'avais que trois hommes avec moi; on m'a lancé un lasso et j'ai été roulé et enlevé. Mais cela ne fait rien; Ahmed continuera très bien ma sape. Avant vingt-quatre heures, la tour au pied de laquelle j'ai été pris s'écroulera, ce qui fera une jolie petite brèche au rempart, et alors, soyez tranquille, ce ne sera pas long. Avec Djébé et Alak, les assauts ne traînent pas.

— Alak est donc devant la place?

— Il y commande le hezar[1] d'avant-garde, et c'est monseigneur Djébé en personne qui commande le siège. Il y a huit jours, le fils de l'Empereur d'Or, qui s'est enfermé dans la ville avec quarante mille hommes de ses meilleures troupes, a voulu entrer en accommodements; il a écrit à Djébé:

« Je sais que tu es très pauvre; si tu lèves « le siège, je te ferai roi du Manzi. » Monseigneur Djébé a répondu: « Je sais que tu es « très riche; si je prends la ville, je te ferai « pendre. »

— Bravo, Djébé! m'écriai-je. Et Marghouz, qu'est-il devenu?

— Marghouz! Il commande un cent de Kéraïtes dans le hezar d'Alak; quand je dis qu'il commande, je me trompe; en ce moment il ne commande pas, il est indisposé.

— Que lui est-il arrivé, hélas? demandai-je vivement.

— Il lui est arrivé un carreau d'arbalète dans les côtes et un coup de hache sur la tête; mais ne vous inquiétez pas, il guérira.

— Mais les Kéraïtes sont donc nos alliés dans cette guerre? demandai-je encore.

1. *Hezar* signifie une troupe de cavalerie légère forte de mille hommes

— Nos alliés s'écria Etienne. Qu'entendez-vous par alliés? Les Kéraïtes sont nôtres, ils sont une tribu mongole, ils sont serviteurs de l'Empereur aux yeux fauves, tout comme les Aroulad, les Koungrad, les Maïmanes ou les Oïgours mes frères!

— Les Kéraïtes ont fait leur soumission à nos bannières? Le puissant Thogroul et son fils l'orgueilleux Sengoun ont fait leur soumission?

— Non, dit Etienne, non, ni le prêtre Jean, ni son fils ne se sont soumis. Ils sont morts.

— Morts! repris-je. Il n'y a de force et de puissance qu'en Dieu l'unique, qui donne et ôte les empires. Raconte-moi maintenant comment est survenue cette guerre de Chine.

JE ME JETAI A GENOUX

— Volontiers », répondit Etienne.

En ce moment, le fracas redoubla en dehors. La terre tremblait; ce fut au bruit des murs qui s'écroulaient, des toitures qui s'effondraient, des flammes qui grondaient qu'Etienne commença son récit.

« En l'an 10, l'Empereur d'Or mourut. Son successeur, Outoubou, réclama de notre sire Gengiskhan l'hommage et le tribut que depuis trois cents ans les Mongols payaient aux Empereurs d'Or. Notre sire refusa et envoya ce message à Outoubou:

« Le Dieu Eternel m'a accordé l'Empire « de la terre, et le bruit de mon nom s'est « répandu dans tout l'Univers. Je te somme, « toi, Empereur d'Or, dès que tu auras reçu « mon envoyé, de te soumettre et de me re- « connaître pour ton suzerain. Si tu refuses, « j'irai régler mes comptes avec toi et nous « verrons sur la tête duquel de nous deux « l'Eternel placera la couronne du bonheur, « et qui il revêtira du manteau de l'infor- « tune. »

« Outoubou, furieux, s'écria: « Eh quoi! « une seule couverture suffit à dix pauvres « moines, et la surface de la terre ne saurait « suffire à deux Empereurs! Que Témoudjine « ne s'imagine pas que je ressemble aux « Turks; me prend-il pour un principicule « comme ceux qu'il a vaincus? Je n'ai que « deux mots à dire au vil Témoudjine, et ces « mots sont: « Obéissez et tremblez! »

— Et qu'a répondu l'Empereur Inébranlable? m'écriai-je le cœur sautant d'angoisse? Qu'a répondu le sire aux yeux fauves?

— Le sire aux yeux fauves, dit Etienne en ôtant respectueusement son bonnet, a répondu ceci: « Empereur d'Or, tu veux te battre, bat« tons-nous. Entre toi et moi il n'y a plus « que le sabre. »

— Gloire à Dieu! m'écriai-je. Louange à tous les prophètes et à tous les saints! Qu'est-il advenu?

— Il est advenu qu'un mois après Djébé tournait le rempart de Gog et de Magog, tombait sur le pays des Tchortchas, battait à plate couture huit généraux de l'Empereur d'Or, prenait coup sur coup quarante-deux villes, et que le jour où la bannière bleue flottait sur les murs de la quarante-deuxième, nous apprenions que l'Empereur Inébranlable en personne avait forcé les défilés où l'Empereur d'Or l'attendait à la tête de six cent mille hommes, et venait d'arriver devant Daïming[1].

— Vive l'Empereur Inébranlable! m'écriai-je haletant. Continue Etienne, continue vite.

— L'Empereur d'Or réunit ses meilleurs généraux, tous les rois et barons ses vassaux, et marcha contre notre sire pour lui faire lever le siège. Il y eut une telle bataille que le diable y trouva son profit, car jamais on ne vit tant de païens périr: leurs âmes sont en enfer.

— Ainsi soit-il! amen! » répondis-je.

« En cette bataille, dit Etienne, notre sire fut vainqueur, et l'Empereur d'Or, réduit à s'enfermer dans la ville de Daïming, dut capituler. Il donna sa fille en mariage à l'Empereur Inébranlable; on la dit si belle que le soleil et la lune en sont jaloux. Outoubou dut en outre se reconnaître l'homme de notre sire et lui payer une bien grande rançon tant de finances que de meubles. Mais les barons de l'Empereur d'Or ne voulurent point accepter le traité et le forcèrent à continuer la guerre. D'autres quittèrent son parti, levèrent bannière et bataillèrent pour leur compte. Les Turks de la Chine noire tournèrent et se rendirent nôtres. Djébé soumit finalement les Tchortchas et les Coréens. L'Empereur d'Or, assiégé une deuxième et une troisième fois dans Daïming, prit du poison et mit le feu à son propre palais. Ses barons firent un autre Empereur, qui nous livra plusieurs batailles furieuses, dans l'une desquelles nous dûmes reculer. Mais le lendemain de cette bataille il survint une furieuse tempête de neige, et les Mongols en profitèrent pour tomber sur l'ennemi, le battre et l'exterminer. C'est là qu'ils dirent que notre sire connaît les charmes et les sortilèges propres à déchaîner la tempête, et qu'il commande aux éléments.

— Dieu nous garde de faire appel aux mauvais esprits! m'écriai-je, mais il est certain que notre sire possède la pierre à pluie.

— Enfin, dit Etienne, après quatre années de luttes incessantes, la Chine noire, le Tchortcha et la Corée nous sont soumis, ainsi qu'une partie du Manzi. Cette ville de Hang-Tchéou est une des seules qui tiennent encore, parce que nous n'avons pas de navires, qu'elle se ravitaille et se renforce à loisir par la mer, et que le dernier des Empereurs d'Or y est enfermé avec ses meilleurs et ses plus fidèles barons. Mais notre sire tient sa cour plénière à Daïming, où il est servi à table par des rois et où il distribue à ses barons les richesses immenses qu'il a conquises. »

Au moment où Etienne finissait, il se fit un grand tumulte au-dessus de nos têtes.

« Etienne, m'écriai-je, tiens-toi contre le mur près du soupirail; je vais monter sur tes épaules afin de regarder à travers les barreaux quelle est la cause de ce tumulte. »

En me dressant sur les épaules de l'artiller et en m'accrochant aux barreaux, je pus voir la grande cour de la prison remplie d'hommes d'armes qui couraient d'un air effaré. Leurs chefs les réunissaient tant bien que mal, et ils sortaient en toute hâte par un porche qui était en face de moi. Au-dessus du mur de la cour, on voyait des flammes et la fumée d'un incendie tout proche. Tout à coup, des pierres énormes commencèrent à voler par-dessus la cour et vinrent frapper contre le donjon sous lequel nous étions; à chaque coup, le mur tremblait au-dessus de nos têtes. Au milieu des pierres arrivèrent des pots et des tonneaux remplis de naphte enflammé et de feu grégeois, qui faisaient en brûlant autant de bruit que le tonnerre. Un de ces tonneaux vint donner avec un fracas terrible tout contre les barreaux, où il se rompit. Je lâchai prise, et je sautai vivement par terre. Des étincelles entrèrent en sifflant par l'ouverture, et un ruisseau de feu coula dans notre caveau.

« Nous sommes perdus! s'écria Etienne. Les nôtres ont pris quelque partie du mur et rapproché leurs mangonneaux. Ils tirent sur le donjon. Nous allons être brûlés ici! »

Nous nous réfugiâmes au fond du cachot sur les marches de l'escalier. Etienne s'y coucha tout de son long et étendit ses bras en croix, répétant sans cesse: *In manus tuas, Domine, commendo animam meam.*

Voyant qu'il faisait sa prière, je tombai sur mes genoux, je prononçai le Tekbir, je pris une poignée de terre humide sur le sol du cachot, je la versai dans le col de ma chemise et je récitai de toutes mes forces le verset:

« Nous appartenons à Dieu et nous retour-

1. C'est le nom ancien de Pékin.

nons vers lui. Mon Dieu, je te confie mon âme et je confie mon corps à la terre! »

Au bout de quelques instants, il arriva que le feu s'éteignit tout seul; tout de suite après, une pierre frappa si fort contre les barreaux, qu'elle rompit la grille, qui entraîna une partie du mur. Ce fut un grand bonheur, car, à travers cette brèche, l'air pénétra largement et nous empêcha d'être étouffés par la fumée qui remplissait le caveau.

Je courus à la brèche, qui était assez large pour livrer passage à un homme; je me hissai à l'ouverture, mais je me retirai aussitôt. La cour était pleine de Chinois en armes. Plusieurs, atteints par des pierres, gisaient roides par terre; d'autres se tordaient en agonie, brûlés par le feu. Au moment où je me retirais, l'air retentit d'un fracas épouvantable: j'entendis s'élever de grandes huées, puis des cris aigus, puis une clameur immense. Etienne sauta sur ses pieds et s'écria:

« La tour vient de s'écrouler; l'assaut commence; la place est à nous!

— Ville gagnée! criai-je. Ville gagnée à Djébé! place à la bannière! »

Je n'avais pas fini quand la porte du cachot s'ouvrit violemment. Un juge chinois, blême et tremblant, descendit l'escalier, entouré de soldats tchortchas. Derrière lui marchaient cinq bourreaux vêtus de rouge et portant des instruments de torture.

« Obéissez et tremblez! dit le juge d'une voix chevrotante. Par ordre du grand Empereur d'Or, vous, barbares Mongols, vous allez subir la torture et le supplice de la mort lente, comme suppôts du vil Djébé. »

Je m'avançai vers le juge, les poings serrés. Les soldats croisèrent leurs hallebardes. Le juge remonta l'escalier. Quand il fut en haut, il glapit d'un air assuré:

« Bourreau, dépêchez cette justice. Obéissez et tremblez! »

Je fis un mouvement en avant; le juge se sauva. Les bourreaux et les soldats m'empoignèrent. Je vis Etienne se débattre au milieu des autres.

« Chiens! m'écriai-je? ne me laisserez-vous pas le temps d'embrasser mon camarade et de faire une prière? que Dieu vous rende dans l'autre monde ce que vous me ferez dans ce monde-ci! »

Le chef des Tchortchas, un grand balafré à la figure rouge et aux moustaches pendantes, poussa brusquement un de ceux qui me tenaient.

« Lâche-le, lui dit-il en turk. Nous avons le temps de l'expédier avant d'aller à la brèche. Laisse-le prier; on doit laisser prier un soldat avant de le tuer. »

Je priai avec ferveur, et quand j'eus fini, je me redressai, je serrai encore une fois Etienne dans mes bras, et je criai fièrement au chef des Tchortchas: « Je suis prêt! »

Mais, à l'instant même, un furieux tumulte éclata au dehors. Les timbales battirent, les clairons sonnèrent; des coups violents ébranlèrent la porte; des flèches sifflèrent par-dessus le mur; l'une d'elles entra dans le cachot par le soupirail et s'enfonça dans la poitrine d'un soldat. Les bourreaux prirent la fuite; le chef des Tchortchas dégaina et cria à ses hommes: « Alerte! les Mongols sont dans la place! à eux! à eux! »

L'un des soldats me lança un coup de hallebarde en passant: je l'évitai, j'empoignai la hampe, et je désarmai l'homme, en même temps qu'Etienne arrachait le fauchard d'un autre. Dehors, la porte enfoncée tomba avec fracas. Les huées, les acclamations éclatèrent de toutes parts; par la brèche, je grimpai dans la cour suivi d'Etienne, la hallebarde au poing. Des clairons sonnaient, des timbales battaient la marche des Kiot Bordjiguène.

Je levai la tête: sur le mur, devant moi, flottait au bout d'une hampe un haillon bleu souillé de poussière, déchiré par les carreaux d'arbalète et les pointes de flèche. Un homme en armure de cuir bouilli se tenait debout sur le mur les deux mains appuyées sur le pommeau de son sabre. Mille voix criaient en mongol: « Ville gagnée à l'Empereur Inébranlable! Djébé à la rescousse! à sac! à sac! »

Les sabres, les piques, les masses, les hallebardes sonnaient durement. Chinois et Tchortchas tombaient assommés. Et devant moi, le drapeau planté sur le mur, c'était la bannière bleue!

Je courus vers les Mongols. Un chef à cheval venait d'entrer par le porche et s'avançait au milieu des acclamations des nôtres vainqueurs. La païza[1] d'or pendait sur sa cuirasse de buffle; son heaume était guilloché d'argent; il se tenait droit et ferme sur un cheval courtaud. Les hommes criaient autour de lui: « Vive le prince Avant-Garde! »

En passant devant moi, le chef fit un grand cri, et sauta en bas de son cheval; je me jetai dans ses bras, dans les bras d'Alak!

Quand je me dégageai de son étreinte, sanglotant de joie, j'entendis derrière moi deux timides grognements, et deux mains cherchèrent les miennes: je reconnus Plumet et l'Ecureuil. Je les embrassai de tout mon cœur. Au même instant, une voix claire, métallique et railleuse s'éleva:

« Tougtchi Djani, disait cette voix, tu ne reviens pas vite quand on t'envoie faire des commissions! combien de coups de bâton mérites-tu? »

C'était Djébé. Le Joyeux, d'aplomb sur sa selle, me regardait avec l'air goguenard qui lui était habituel. J'avais envie de lui sauter au cou, mais je m'arrêtai hésitant devant un si grand personnage.

« Allons donc, cria Djébé en sautant de son cheval, allons donc, fils! viens m'embrasser!

— Place à la bannière! » m'écriai-je en me jetant dans ses bras.

1. La païza était une décoration mongole que Marco Polo, appelle tablette de commandement.

XVII. — LA CHASSE A L'HOMME.

« AMENEZ un cheval au commandant de dix hommes, Djani, dit Djébé; apportez-lui une armure, un arc, un sabre et une lance. Vous prendrez la cuirasse de peau de rhinocéros incrustée d'or et le casque indien qui sont dans mon bagage. »

On m'apporta une armure splendide. J'allais la revêtir, quand Djébé, me prenant par les deux oreilles, se mit à me tourner la tête dans tous les sens.

« Qu'est-ce que cette tête-là? me dit-il. Ta tête n'est pas conforme au Yaça: va la faire changer. »

Je regardai Djébé d'un air stupéfait; le Joyeux reprit :

« Conformément au Yaça, les cheveux doivent être rasés, à l'exception d'une tresse au sommet de la tête, et les grands dignitaires civils seuls ont la faculté de porter la barbe; les militaires n'ont droit qu'aux moustaches. Va te faire mettre la tête et le menton d'ordonnance. Si ton nez se permettait de ne pas être conforme au Yaça, je ferais changer ton nez. Voilà! »

Je confiai donc ma tête au rasoir d'un barbier, et je fis le sacrifice de ma barbe et de ma chevelure. Pendant ce temps, Djébé donnait des ordres.

Un messager arriva tout haletant.

« Prince, s'écria-t-il, l'infanterie tibétaine de monseigneur Daïbo est en train de piller le quartier du port et de malmener les marchands étrangers. Monseigneur Daïbo dit qu'il n'y peut rien et qu'il n'a pas d'ordres.

— Que trente mille catastrophes tombent sur eux! » cria Djébé.

Il sauta sur son cheval en jurant et en blasphémant; ses yeux lançaient des éclairs.

« Brigands! grondait-il; les brigands tibétains nous déshonorent devant le monde: ils couvrent nos faces de honte! ils osent maltraiter des gens inoffensifs et étrangers! je les ferai décimer avant demain! malédiction sur eux! »

Il partit au galop, suivi de son escorte. En passant le porche, il se retourna et me cria :

« Djani! va-t'en au palais de l'Empereur d'Or avec Alak! Je viendrai vous y rejoindre quand j'aurai mis à la raison les misérables de Daïbo! »

Je venais de revêtir un bagaltak tout neuf et mon armure. On m'amena un beau cheval rouan. Alak désigna dix hommes, parmi lesquels mes deux vieux et fidèles écuyers, pour se ranger derrière moi. Je montai à cheval en frémissant de joie. Alak me prit pour chef d'escorte, et je galopai derrière lui le sabre au poing. Nous passâmes sous le porche, puis à travers les rues. Deux éclaireurs nous précédaient, l'arc tendu à la main. Les rues étaient jonchées de cadavres et de débris de toutes sortes; quelques maisons brûlaient; on ne rencontrait que des soldats; au coin de chaque rue, des sentinelles étaient plantées, la lance sur la cuisse, ou la flèche sur la corde de l'arc. En passant une grande place, je vis emmener une foule de prisonniers, riches, pauvres, bourgeois, soldats, hommes, femmes, enfants, pêle-mêle, entre deux files de cavaliers. Nous arrivâmes au palais, et, montant le perron de marbre, nous entrâmes à cheval dans la grande salle d'audience, où nous mîmes pied à terre. Nos hommes attachèrent les chevaux aux colonnes de bois de santal incrusté de nacre qui soutenaient la salle et jetèrent des bottes de foin sur les tapis de velours et de satin; d'autres apportaient de l'avoine dans des coffres de laque, ou de l'eau dans des vases de bronze ciselé ou de porcelaine. Je montai l'escalier, où se trouvaient nos Mongols en armure poussiéreuse, en bottes crottées, en bagaltak graisseux. Dans les salles pavées de porphyre et de mosaïques où régnait naguère un respectueux silence, on entendait le cliquetis des harnais, des sabres et des haches d'armes, et le trépignement des lourdes bottes mongoles à talon ferré; des stores de soie, de lames d'écaille, de feuilles de nacre pendaient déchirés; des cloisons de laque effondrées jonchaient le sol. Je pénétrai dans l'appartement auguste de l'Empereur d'Or et dans l'appartement sacré de ses femmes. Un timbalier de hezars, accroupi sur une table de marqueterie à pied d'argent, battait ses timbales; un clairon et une flûte, debout à côté de lui, sonnaient un air de pâtres mongols, que deux soldats assis sur la table, les jambes pendantes, accompagnaient avec un violon et une guitare à deux cordes. Nos cavaliers riaient aux éclats; une vingtaine de hezars s'étaient travestis en revêtant pardessus leurs armes des lambeaux de robes impériales et de vêtements de femmes, et dansaient en chantant à tue-tête : « Tulugum heïtulum. » D'autres lançaient en l'air des vases d'émail cloisonné, des brûle-parfums, ou jetaient par les fenêtres des fauteuils ciselés, des guéridons incrustés; d'autres examinaient curieusement des ombrelles, des éventails, des boîtes, des parures, et s'amusaient à singer les manières affectées des Chinois amollis par le luxe; un grand diable poursuivait un perroquet échappé.

A la vue d'Alak, nos soldats se levèrent respectueusement en portant la main au bonnet. Le tapage cessa tout de suite.

« C'est bien, c'est bien, dit Alak. Assez de vacarme pour aujourd'hui. Allons, déblayez-moi une chambre; qu'on m'apporte à manger et qu'on me laisse tranquille. »

En un tour de main, un salon fut installé. On y plaça des fauteuils garnis de coussins de brocart déchirés, une table de laque incrustée de nacre et de jade branlant sur trois pieds dorés, le quatrième pied ayant été cassé; un hezar malin remplaça le quatrième pied par une colonnette de malachite arrachée à une console; un autre apporta sur la table un vase d'or ciselé rempli de bouillie d'avoine, et un brûle-parfums en émail cloisonné plein de lait aigre; un troisième déterra des assiettes ébréchées, une jarre de vin, du riz et des coupes de porcelaine. La nuit était arrivée; on alluma dans des lanternes aux vives couleurs et dans des flambeaux de bronze et d'émail tous les débris de cierges qu'on put trouver, et nous nous mîmes à table de bon appétit. Une douzaine de chefs vinrent nous rejoindre. En un clin d'œil, tout fut dévoré. Nous finissions, quand Djébé entra.

ILS PORTAIENT L'AVOINE DANS DES COFFRES DE LAQUE

« Qu'Erlik vous emporte! cria le Loup. Voilà que vous mangez sans moi? »

Il prit le vase d'or sur la table, et voyant qu'il était vide le jeta par la fenêtre.

« Bon! dit-il en éclatant de rire. Aujourd'hui, je n'ai eu le temps ni de déjeûner ni de dîner, et hier j'ai oublié de souper. Conquérez donc des capitales pour vous coucher le ventre vide! »

Un cavalier de planton à la porte s'avança vers Djébé en mettant la main au bonnet.

« Prince, dit-il, nous tenons prisonniers en bas les cuisiniers de l'Empereur d'Or; ils trouveront certainement de quoi souper pour vous.

— Bien parlé, s'écria le Joyeux. Voici un cavalier qui connaît son affaire. Qu'on m'amène çà le chef des cuisiniers de l'Empereur d'Or. »

Un instant après, le cuisinier parut tout tremblant. Il se prosterna devant Djébé.

« Allons, relève-toi, fils de chien, dit celui-ci. Avance! »

Le cuisinier se traîna sur ses genoux, et resta dans cette attitude.

« As-tu de quoi nous faire à souper? reprit Djébé. Si tu nous fais à souper, je te donnerai dix livres d'or et la liberté. »

Le cuisinier frappa la terre du front.

« Excellence, dit le Chinois avec volubilité, je vous ferai servir avant une heure des nids d'hirondelles, des paons et des faisans rôtis, des huîtres et des châtaignes de mer, un poisson doré à la sauce au musc, un potage à la rhubarbe...

— Vingt mille diables! cria Djébé en donnant un furieux coup de poing sur la table; te tairas-tu, esclave bavard d'un maître vorace! je veux manger, je ne veux pas étouffer.

— Excellence, répondit le Chinois en frappant la terre du front, pardonnez au tout petit; je vais chercher des plats plus impériaux et plus dignes de votre noblesse. Inspirez-moi une idée. Demandez-moi ce que vous voulez?

— Ce que je veux? idiot, dit Djébé. Ce que je veux! Je veux un rond de saucisse et un morceau de fromage, et qu'Erlik t'emporte! »

Le Chinois se leva, se prosterna, se releva et sortit d'un air effaré.

Il revint suivi de douze cuisiniers portant pompeusement des plats et des vases sur des grands plateaux de laque. Djébé haussa les épaules, prit au hasard deux ou trois morceaux, et les mangea tout debout. Il avalait les premières bouchées, quand il se fit un grand bruit et remue-ménage. J'entendis le galop d'un cheval, puis des pas lourds qui montaient rapidement l'escalier; les hommes de planton s'écartèrent en saluant du sabre; un cavalier couvert de poussière s'arrêta devant Djébé et lui tendit un pli avec un grand sceau rouge en disant :

« Yarlig[1]. Ordre de l'Empereur. »

Djébé prit le pli et le porta respectueusement à son front. Tout le monde se leva. Le Joyeux rompit le sceau, et se mit à lire péniblement.

« Mets-toi là, me dit brusquement Djébé en me désignant un fauteuil. Je vais répondre à notre sire; écris ce que je vais te dire. »

Un de nos cavaliers m'apporta un encrier chinois en argent massif qu'il avait trouvé dans la salle des conseils. Il y avait encore de l'encre toute broyée dans le godet et des pinceaux. Un autre me remit une grande feuille de papier rouge avec des fleurons dorés. J'appuyai mon papier sur ma main et je pris un pinceau.

Djébé me dit simplement :

« Ecris : — A Dieudonné Témoudjine le prud'homme, Empereur Inébranlable, chef des Mongols, en son camp — Djébé Le Loup, commandant d'armée.

« Tu nous avais dit de prendre la ville de Hang-Tchéou. — Nous l'avons prise aujourd'hui à trois heures. Nous avons pendu au pommeau de la selle d'un chameau le fils de l'Empereur d'Or. Nous avons protégé contre la violence les marchands étrangers, et nous avons donné des sauvegardes à leurs navires et à leurs biens. Présentement, tu nous écris que Tougatchar le Koungrad, chargé, à la tête de vingt mille hommes, de surveiller la frontière du côté de Koumoul, a été battu par Gouchloug, et tu nous ordonnes de nous porter rapidement contre les forces de ce Gouchloug que nous connaissons. Nous laisserons à Hang-Tchéou une garnison de douze cents hommes sous les ordres de Karatchar le Barlass, de Marghouz le Kéraïte et d'Ahmed Pervanatchi. Nous marcherons contre Gouchloug, et nous le battrons conformément à tes ordres. »

« Donne, que je mette mon sceau », dit Djébé.

Puis, se retournant vers ses adjudants, il commanda :

« Nous partons cette nuit. Etienne, fais mettre tes machines en ordre et remets-les à Ahmed. Koup Kourou, envoie sous escorte à notre sire son prélèvement de butin. Fais brûler tout ce que les hommes ne pourront pas emporter. Cent chameaux suffiront pour le bagage. Fais abattre le reste, et dépecer jusqu'à concurrence de trois jours de vivres. Fais passer par les armes les prisonniers qui ne voudront pas se laisser raser la tête et prêter serment à la bannière. Timbaliers, battez le rappel; clairons, sonnez l'assemblée! »

Etienne et Koup Kourou sortirent; les fanfares éclatèrent; le remue-ménage commença.

Djébé finit tranquillement son fromage, puis se disposa à sortir.

« Et l'encrier? dis-je en lui tendant cette riche pièce d'orfèvrerie.

— Fourre-le dans ton portemanteau, si tu as de la place, répondit-il. Sinon, jette-le par la fenêtre. Allons, à cheval! »

Trois heures après, j'étais en tête de mon peloton, et les hezars d'Alak défilaient au trot à travers la campagne. J'avais serré la main à Marghouz, convalescent sous sa tente. Les étoiles pâlissaient dans le ciel. Derrière nous, la moitié de la ville brûlait. J'étais heureux. Louange au prophète de Dieu qui a dit : « Le bonheur est attaché au front du cheval, et le paradis est à l'ombre des sabres! »

Vers la fin de l'hiver de l'an 613, année de la Souris, je gravissais péniblement les pentes abruptes de la crête des monts Bolor, à cette partie qu'on appelle « le Toit du Monde ». Nous venions de faire une rude campagne. Pendant que notre sire soumettait définitivement les Mergueds et les Tatares, nous, avec Djébé, nous avions conquis Kachgar et défait Gouchloug. J'y avais gagné un coup de flèche, trois coups de sabre, le commandement de cent hommes et la païza d'argent. Maintenant, nous poursuivions Gouchloug, car l'Empereur Inébranlable le considérait comme son plus rude adversaire, et le voulait à sa merci, mort ou vif. En passant au camp impérial, par la grâce de Dieu, j'avais converti à la foi et épousé Tchagane, la sœur d'Alak, et le lendemain de notre mariage j'avais rejoint nos hezars. Depuis dix mois nous étions séparés du monde. Nous avions chassé Gouchloug de Kachgar sur les plateaux des Pamirs, sur les sommets de l'Himalaya, de l'Himalaya aux monts du Badakchan. Nous suivions sa piste sur le Toit du Monde.

Donc ce jour-là je chevauchais à l'avant-garde sur les crêtes âpres et glacées. J'allais à l'aventure. Nous avions perdu la piste. Devant nous, au-dessous de nous, la neige et la glace s'étendaient à perte de vue, sans une seule empreinte de pieds de chevaux. Sur nos têtes, le ciel était pur et bleu, et les rayons du soleil faisaient miroiter les pics et les dentelures brillantes des montagnes, au point de nous aveugler. Je souffrais des douleurs intolérables, comme si on m'avait arraché les yeux. Tout à coup, comme nous dépassions la crête d'un plateau, une troupe de cavaliers fondit sur nous en criant furieusement *Tokhta! Tokhta!* « gare! gare! »

1. *Yarlig* signifie « décret, lettres patentes, ordre d'un grand chef ». Le mot est resté en russe.

Le choc fut si violent, si soudain, que mes hommes furent séparés les uns des autres et culbutés en moins d'un instant. Je n'eus pas même le temps de me servir de mon arc. Je mis le sabre à la main. Entraîné par un tourbillon d'ennemis, je fus acculé à un rocher; mon cheval fut tué; je me dégageai, mon sabre fut brisé; mon heaume fendu roula à terre; j'empoignai ma hache, et je frappai avec fureur sur ceux qui m'assaillaient à pied et à cheval. Etourdi par les coups que je recevais, emporté par la rage, au milieu de la mêlée confuse qui bourdonnait et se démenait autour de moi, j'ignore combien de temps je me défendis de la sorte. Une dernière fois, je me ruai en avant tête baissée, et tenant ma hache à deux mains, je taillai à tort et à travers, quand j'entendis crier :

« Hé Djani, Djani! Hé, fais attention! »

Je venais de lancer un coup de hache sur le bras d'Alak! heureusement que le coup avait glissé sur son brassard.

Je restai un instant abasourdi, à me remettre de ma colère, et à me reconnaître. J'étais entouré par les nôtres. Pendant que Gouchloug nous massacrait, Alak et Djébé, qui arrivaient derrière nous, l'avaient cerné. Maintenant c'était fini, et bien fini. Parmi les morts qui jonchaient le plateau, un homme agonisait, la tête appuyée sur le genou d'un écuyer; un autre homme était debout devant lui, le sabre ensanglanté à la main, la figure rayonnante de l'auréole de la victoire. — Le mourant était Gouchloug et le vainqueur était Djébé.

« Prince Loup, dit Gouchloug d'une voix rauque, approche-toi; écoute-moi; je veux te parler avant que je meure. »

Djébé se pencha vers lui, ayant le visage plus grave qu'il ne l'avait d'ordinaire.

« Parle, Gouchloug, dit-il.

— Je veux, reprit Gouchloug, que ma tête soit envoyée à votre empereur, et qu'elle soit enchâssée d'argent, comme on fit pour celle de l'Ong Khan des Kéraïtes.

— Il sera fait selon ton désir, répondit Djébé.

— Je demande qu'il soit fait quartier à ceux des miens qui restent. Ils serviront votre bannière comme ils ont servi la mienne, et tu sais s'ils m'ont été fidèles!

— Je le sais, dit Djébé d'une voix émue. Je prendrai tes hommes sous ma propre bannière. »

Un flot de sang coula de la bouche de Gouchloug. Sa figure se contracta. Il fit un effort et se redressa.

« Je sens que c'est fini, dit-il. Vite! apportez mon toug! »

Alak courut lui-même chercher le drapeau. Quand Gouchloug le vit, il se roidit tellement, qu'il arriva jusqu'à le saisir.

« Prince Loup, dit-il à Djébé, voici bien des fois que je me bats contre toi. Ma défaite et ma mort te procureront un si grand honneur, que le monde entier en parlera. Tu me dois quelque chose en échange.

— Ce que tu voudras! s'écria Djébé. Quoi que ce soit que tu me demandes, je te jure de le faire!

— Tu enterreras ma bannière avec moi, dit Gouchloug en râlant. Avec moi! personne que moi ne doit l'avoir! »

Alors je vis ce qu'on a vu cette seule fois: je vis pleurer Djébé. Il s'agenouilla près de Gouchloug, mit la bannière entre ses bras, et, se détournant un instant, murmura tout bas : « Que le Tengri me donne de mourir en embrassant ma bannière! »

La figure contractée de Gouchloug se détendit. Une expression de joie anima son visage; il sourit et dit simplement à Djébé: « Merci! »

Un instant après, il reprit :

« Où est mon page Agatcha! Mon page Agatcha est-il parmi les morts?

— Non, monseigneur! dit une voix douce. Me voici. Je suis ici! »

Un jeune guerrier dont la tête était couverte d'un capuchon s'approcha de Gouchloug et lui baisa la main.

« Agatcha, où es-tu? reprit Gouchloug. Mes yeux se troublent. Je ne te vois plus.

— Je suis près de vous, monseigneur, répondit doucement le page. N'ayez crainte. Je suis si près de vous que j'y serai toujours!

— Prince Loup, s'écria Gouchloug avec une force étonnante, j'entends mon âme me dire adieu! Fais battre les timbales! Fais sonner les clairons! »

Djébé fit un signe. Les fanfares éclatèrent, les drapeaux saluèrent: Gouchloug se souleva dans un furieux soubresaut, en serrant sa bannière sur sa poitrine.

« Prince Loup, cria le héros mourant, ton empereur se contentera de ma tête et de mes Etats! Mais quant à ma bannière et quant à ma femme, il n'aura ni l'une...

— Ni l'autre! » s'écria le page en rabattant son capuchon en arrière.

Nous vîmes une tête de femme plus belle qu'on ne saurait dire, la tête de la reine du grand Gouchloug, de la païenne qui le fit renier. Avant que nous ne songeassions à faire un mouvement, cette princesse tira sa dague et se l'enfonça dans le cœur. Elle tomba roide morte aux côtés de son mari, et comme elle tombait, celui-ci fit un grand soupir, et mourut aussi, tenant embrassée sa bannière.

Djébé s'inclina respectueusement.

« Gouchloug, dit-il, est mort conformément à sa grande réputation; et la reine sa femme est morte conformément à son honneur et à son rang. Leur nom ne sera pas oublié. »

Aussitôt il coupa lui-même la tête au roi des païens, et veilla à ce que son corps fût enterré avec sa bannière dans ses bras et sa femme à ses côtés. La fosse était à peine comblée de neige et de terre tassée; nous allions de tous côtés chercher des pierres pour les entasser sur la tombe comme on fait quand on ensevelit un grand chef, quand un peloton de cavaliers parut sur notre piste. Au cri d'*Ourdjane* nous les reconnûmes pour Mongols. En tête chevauchait Marghouz : bientôt il fut près de nous. Son premier cri fut :

« Où est Gouchloug ?

— Ici ! répondit Djébé en montrant la tombe.

— Oh ! s'écria Marghouz. Maintenant que Gouchloug est mort, notre empereur est vraiment inébranlable ! Il ne craignait que lui !

— Quels sont les ordres ? dit Djébé.

— Les ordres ! tout s'ébranle, tout se rallie, tout est en armes ! Notre sire, l'Empereur Inébranlable, rappelle tout le monde à lui ! La guerre est déclarée à l'empereur de Kharezm, au puissant sultan Mehemed !

— Au pôle de la foi, au fils de Tekèche le Batailleur et de l'impératrice Turkane ? m'écriai-je.

— A lui-même, répondit Marghouz. Au père de Djelal-ed-Dine, au suzerain de Timour Melek !

— Voici le moment de conquérir le monde ! s'écria Djébé.

— Oui, reprit Marghouz. Djoudji, le fils aîné de notre sire, vient de livrer une furieuse bataille à l'empereur Mehemed en personne ! nous l'avons battu ! et sans la prouesse de Djelal-ed-Dine, fils de l'empereur et de Timour Melek, qui sont les deux meilleurs chevaliers du monde, nous l'aurions anéanti.

— A cheval ! cria Djébé. A cheval, cavaliers du sire aux yeux fauves. Enfin, nous avons trouvé des ennemis dignes de nous ! »

A ces mots, il sauta sur son cheval, les timbales battirent la marche, et nous partîmes aussitôt vers le nord.

Le 7 du mois de Djemadi premier 614, année du Taureau, nous arrivâmes au camp impérial sous Kachgar. Le soir même, j'assistai comme secrétaire de Djébé au conseil que l'Empereur Inébranlable tenait avec les grands chefs de son armée.

Il donna des ordres à chacun, lui nommant les pays, villes, défilés par où il devait passer, les jours auxquels il devait arriver à tels endroits; c'était prodigieux. On eût dit que l'œil perçant de cet homme non pareil voyait au loin dans les royaumes, et que de son camp de Kachgar il apercevait clairement toutes les contrées du monde.

Quand tout fut ordonné, tout le monde se retira. Au jour levant, la plaine de Kachgar se remplit de rumeurs. Quatre cent mille hommes s'écoulaient vers l'ouest dans toutes les directions.

Ce n'était pas une armée, mais une moitié du monde que notre sire lançait contre l'autre moitié.

Nous marchâmes un mois pour rejoindre le camp impérial sous Kachgar. En route Marghouz nous apprit comment Inaltchik, décoré du titre de Gaïr Khan, oncle du sultan Mehemed et son vice-roi en Turkestan, avait fait mettre à mort les marchands d'une caravane mongole. L'Empereur Inébranlable avait fait demander satisfaction à Mehemed par mon vieil ami Mahmoud Yelvadj, qui était maintenant au service mongol. Le sultan de Kharezm, fier de ses victoires récentes, de ses conquêtes dans l'empire du Gour Khan, excité par sa mère l'orgueilleuse Turkane Khatoune et par son favori le Cheikh Madj-ed-Dine, avait, malgré les conseils de Nedjm-ed-Dine le martyr (loué soit-il !) que j'avais entendu prêcher à Samarkand, fait emprisonner Mahmoud Yelvadj. Celui-ci s'était évadé, la guerre avait été déclarée, et le sultan de Kharezm avait commencé les hostilités, pris l'offensive, et marché sur Almaty. Djoudji, fils aîné de notre sire, poursuivant les débris de Mergued dans la même direction, s'était heurté contre l'armée du sultan de Kharezm. Les nôtres ignoraient même que la guerre fût déclarée, et l'avis des barons et prud'hommes de Djoudji fut qu'il fallait battre en retraite. Mais ce bon prince ne voulut pas les écouter. Il leur répondit : « Nous serions honnis par mon père, s'il apprenait que nous avons vu l'ennemi et que nous n'avons pas combattu ! » Alors ils commencèrent la bataille, étant un contre cinq, et sans Djelal-ed-Dine et Timour Melek, ils eussent anéanti l'armée de Kharezm. A la nuit, ils mirent le feu aux herbes de la prairie et décampèrent à la la faveur de l'incendie. Maintenant, de part et d'autre, on rassemblait toutes ses forces. Ces deux colosses, ces deux torrents conquérants du monde, le pôle de la foi et le sire aux yeux fauves, allaient se choquer à la tête de leurs peuples.

XVIII. — LE TEMPS DE LA COLERE DE DIEU.

Le champ de bataille était couvert de morts et de blessés : je n'avais jamais vu de champ de bataille aussi affreux; inclinant ma tête dans la prière, je dis quelques versets pour tous ces musulmans morts ou mourants qui gisaient sur le pré.

A ce moment, l'aube grise s'éclaira tout à fait, et le soleil parut au-dessus de l'horizon. Je pus voir nos masses de cavalerie fourmiller dans la plaine et dans les vergers qui entourent Bokhara. Bientôt, en face de moi, un drapeau blanc fut hissé sur le mur: un pont-levis s'abaissa, et à travers ce même Namaze Ga où dix-sept ans auparavant j'avais vu la grande Turkane Khatoûne et l'Empereur de Kharezm trôner entourés de gloire, une longue et lamentable procession s'avança vers nous. C'étaient les notables de Bokhara qui venaient faire leur soumission et rendre la ville à l'Empereur Inébranlable.

La sortie désespérée qu'avaient faite vingt mille de leurs meilleurs hommes d'armes avait abouti à un désastre; tous avaient été massacrés dans un furieux combat de nuit. rendre, il ne leur sera point fait de quartier. »

Ensuite, il se retourna vers nous qui étions les plus proches, et commanda:

« Les deux premiers hezars, suivez-moi! »

Je rougis de plaisir de marcher le premier à la suite de l'Empereur conquérant du monde, et c'est de ma plus belle voix de commandement que je criai à mes hommes qui se trouvaient en colonne par le flanc, sur cinq hommes de front:

« Par demi-centaine à droite! Marche! En avant! Marche! A dix pas d'intervalle, serrez la colonne! »

Je gardai le trot pendant que les demi-

L'EMPEREUR CHEVAUCHAIT DROIT DEVANT LUI

Trente mille hommes tenaient encore la citadelle, mais la ville nous ouvrait ses portes.

Je remontai à cheval et je me mis à la tête de mon *hezar*, car c'était un hezar que je commandais maintenant sous les ordres d'Alak qui commandait un *toumane*. Mon hezar était le premier de la division, et celui de Marghouz, qui était à ma droite, le deuxième. Devant nous, je vis passer les ulémas, les softas, les cheikhs des mosquées, les corporations des marchands, les barons du Mavera-an-Nahr le sabre et le carquois pendus au cou ; tous défilaient bien piteusement devant l'Empereur Inébranlable, qui était entouré de ses principaux barons. Derrière venait une foule de gens du menu peuple criant d'une voix lamentable: « Miséricorde! » Notre Sire fit un geste, et le défilé s'arrêta.

« Gens du Mavera-an-Nahr, cria-t-il d'une voix haute et claire, rentrez dans votre ville. Nous acceptons votre soumission, et vous donnons la vie sauve. Pour ceux qui sont dans la citadelle et ne veulent point se

centaines derrière moi prenaient le galop pour serrer leur distance et former la colonne en masse; puis je pris le galop, et je m'engageai derrière notre sire et son état-major sur le pont-levis de chêne, que je savais assez large pour livrer passage à dix hommes de front. Nos escadrons défilèrent avec un bruit de tonnerre et s'engagèrent sous la voûte de la porte. L'Empereur Inébranlable, à cinquante pas devant les autres, chevauchait droit devant lui, au hasard: c'était sa coutume d'entrer ainsi dans les villes qu'il prenait, sans guide, et à cinquante pas en avant de tous les autres. Deux ou trois fois, son fils aîné Djoudji se rapprocha de lui, et je le vis faire de grands gestes comme s'il essayait d'expliquer à l'Empereur le danger qu'il courait, dans cette ville immense, où trente mille ennemis tenaient encore bon; mais l'Empereur ne voulut rien entendre, et à la troisième fois, le renvoya rudement. Alors Monseigneur Djoudji revint se mettre à son rang dans l'escorte.

Les rues étaient désertes; toutes les portes étaient fermées; on eût dit une ville morte. Brusquement, Témoudjine l'Inébranlable s'arrêta : nous étions sur la grande place de Bokhara, en face de la mosquée cathédrale. On entendait retentir derrière les portes la psalmodie des prières. Une foule de malheureux s'étaient réfugiés dans cet immense bâtiment, et les cheikhs célébraient l'office, appelant la protection du Très-haut, de Dieu clément et miséricordieux, sur le peuple terrifié. Je restai si ému en entendant le bourdonnement confus de cette foule et les appels vibrants de ses prières, que j'oubliai de rectifier la position de ma colonne. Ce n'est que lorsque Marghouz impatienté se fut décidé à commander « par centaines, déployez! » que je commandai à mon tour.

L'Empereur Inébranlable me fit signe d'approcher.

« Djani, tu as été à Bokhara? dit-il.

— Oui, mon souverain, répondis-je.

— Quelle est cette belle et grande maison? reprit-il en me montrant la cathédrale. Est-ce la maison du sultan Mehemed?

— Non, mon souverain, répondis-je. C'est la maison de Dieu Très-haut. »

Aussitôt il poussa son cheval contre la porte et heurta rudement du manche de son fouet. La porte s'ouvrit, et Gengiskhan passa sous le porche; ses barons le suivirent, et derrière eux vint la foule des soldats mongols. En un instant, l'immense cathédrale fut remplie par la cohue; les musulmans, pâles, effrayés, s'attendant à être égorgés, restaient immobiles, par groupes, mêlés à nos soldats. Un désordre affreux remplit la maison sainte: nos hommes ouvraient les coffres où l'on renferme les livres sacrés, et jetaient les livres sous les pieds des chevaux; dans les coffres ils mettaient de l'orge, de l'avoine ou versaient de l'eau, pour en faire des auges et des mangeoires.

L'Empereur fit gravir à son cheval les degrés de la Maksourah. Il y a bien longtemps de cela, mais il me semble que j'entends encore retentir les sabots du cheval sur les degrés d'ébène incrustés de nacre et d'ivoire; il me semble encore voir l'Empereur conquérant du monde se dresser en haut de la chaire à prêcher, casqué et armé, droit sur sa selle. Il leva la main, et aussitôt le tumulte s'apaisa; nos soldats tapageurs gardèrent le silence.

Notre sire s'adressa aux musulmans. Il leur reprocha leurs trahisons et leurs vices.

« C'est pour vous châtier que je suis venu, s'écria-t-il, car je suis un terrible fléau de Dieu! »

Comme il terminait, un adjudant entra dans la cathédrale, et cria que les troupes de la citadelle faisaient une sortie. L'Empereur descendit de la Maksourah et sortit de la mosquée. J'entendis sa voix tonnante qui commandait sous le porche:

« Mettez la ville à sac! Le feu partout! »

Je ne pus retenir mon émotion, et je dis à Alak qui venait d'entrer:

« Malheureuse cité! Infortuné pays!

— Bah! répondit Alak, il faut bien que le soldat soit payé de sa peine! »

Le soir même, sur le Namaze Ga, pendant que je regardais la ville en flammes, je vis arriver Djébé avec Alak.

« Vous allez partir tout de suite, nous dit le Loup, à Marghouz et à moi. Il n'y a pas un instant à perdre; Soubeguetaï vient d'être repoussé devant Khodjent, et Alak va le renforcer.

— Bien, répondis-je; j'aime autant aller me battre là-bas que de rester ici.

— Oh! dit Djébé, il y en aura pour tout le monde. Djelal-ed-Dine est en campagne avec deux cent mille hommes, et c'est un rude adversaire. Nous, nous allons prendre Samarkand, où il y a cent cinquante mille hommes commandés par trente princes. Okdaï Khan et Djagataï Khan marchent sur Otrar, où Ghaïr Khan, oncle du sultan Mehemed, l'attend à la tête de cinquante mille hommes bardés de fer et de trente mille arbalétriers armés d'arbalètes à lancer le naphte. Djoudji Khan marche sur Djend, dont les habitants ont massacré nos parlementaires. Nous avons une dure noix à casser; seulement, je crois que c'est encore vous autres qui aurez le plus d'agrément à Khodjent.

— Pourquoi donc cela? » dit Alak.

Le Joyeux se mit à rire.

« Oui, reprit-il, vous aurez bien de l'agrément! Je regrette de ne pas y aller avec vous, car il y a là-bas quelqu'un avec qui j'aurai un petit compte à régler. Ce ne sera pas un mince honneur pour un homme de pouvoir dire: C'est moi qui ai mis la main sur la nuque à Timour Melek.

— Le Roi de Fer! m'écriai-je.

— Le Roi de Fer en personne, répondit Djébé; c'est lui qui commande à Khodjent. Vous voyez que je ne vous ai pas trompés, et que vous aurez bien de l'agrément. Je vous conseille d'emporter des armes de rechange, car vous en userez quelques-unes avant de venir à bout de ce lion, et de cet éléphant furieux, de ce diable incarné qui a nom Timour Melek.

— C'est bon, dit Alak; je m'en charge, et c'est du prince Avant-Garde qu'on dira qu'il a dompté le Roi de Fer.

— Tâche un peu, répondit Djébé, qu'on ne dise pas du Roi de Fer qu'il a tordu le cou au prince Avant-Garde.

— Nous verrons, nous verrons! » dit Alak qui ne se tenait plus d'impatience.

Comme nous allions partir, Djébé me prit à part.

« Djani, me dit-il, tu m'as toujours aimé bien fort, tu es pour moi comme un fils.

— En doutes-tu? m'écriai-je.

— Je n'en doute pas, et c'est pour cela que je te demande un service.

— Parle.

— Il faut prendre Khodjent, c'est l'ordre de l'Empereur. Mais je ne veux pas qu'on dise qu'un autre que moi a tué Timour Melek. Il faut épargner la vie du Roi de Fer!

— Tu sais bien qu'elle m'est sacrée, m'écriai-je les larmes aux yeux. Ne t'ai-je pas raconté vingt fois ce qui s'est passé entre nous?

— Je ne voudrais pas qu'un si grand héros pérît », reprit Djébé.

Après un instant de silence, il ajouta:

« Je ne voudrais pas qu'il pérît d'une autre main que de la mienne.

— Je serai là pour y veiller », répondis-je.

Le soir même nous partîmes. Etienne nous accompagnait avec ses machines et chevauchait à côté de moi.

J'appelai mes écuyers.

« Savez-vous contre qui nous marchons à présent? leur dis-je. Nous marchons contre ce fameux chevalier avec lequel je joutai devant la grande impératrice, et qui quitta si tristement la bonne demoiselle.

— Ho! dit simplement Plumet.

— Hé! » fit spirituellement l'Ecureuil.

Ce fut tout ce que répondirent mes discrets écuyers.

Huit jours après, nous étions devant Khodjent.

Khodjent se dresse sur un rocher escarpé, aux bords du Syr-Daria, noire, sinistre, terrible. Quand Etienne vit ces hautes murailles, ce fleuve mugissant, ces rochers redoutables, il s'écria stupéfait.

« Voici une place comme je n'en ai jamais vu! Mille diables, comment ferons-nous pour la prendre? »

Dès que nous fûmes arrivés, nous apprîmes que Soubeguetaï avait été blessé la veille dans une sortie. Depuis deux mois qu'on assiégeait la place, il ne se passait de jour qu'il n'y eût de combat. Timour était partout. Sur le fleuve circulaient des bateaux blindés à l'aide desquels il tombait à l'improviste sur nos lignes. Nos machines avaient jeté tant de pierres, qu'il n'en restait plus. Il avait fallu abattre les arbres, et c'était avec des blocs de mûriers qu'on battait les remparts de Khodjent. Une heure après notre arrivée, Alak prit le commandement et fit donner l'assaut: il fut repoussé. Dans la nuit même, le Roi de Fer fit une sortie et nous tua cinq cents hommes. Le lendemain, nouvel assaut et nouvelle sortie. Cela dura trois semaines; tout le monde était las, Alak fit réunir tous les paysans des environs et construire une digue colossale pour détourner le cours du fleuve; par le lit à sec, on put arriver jusqu'au pied des murs et commencer les travaux de sape. Une sortie du Roi de Fer les bouleversa. Pour empêcher ses bateaux de circuler, nous barrâmes le Syr avec une formidable chaîne de fer. La rage au cœur nous apprîmes les victoires des nôtres à Samarkand, à Otrar, à Djend, et la marche des fils de l'Empereur sur le Kharezm, pendant que nous restions cloués devant ce maudit Khodjent, où une poignée d'hommes nous arrêtait.

« Il faut en finir, dit un jour Alak. Demain il faut prendre Khodjent, ou nous faire tuer tous!

— Prenons Khodjent, répondit Marghouz. Je ne demande pas mieux. »

Le lendemain, au lever du soleil, trois colonnes se jetaient sur Khodjent. Alak commandait celle du centre; Marghouz et moi, celles de gauche et de droite. De mon côté, en un instant les remparts furent escaladés, malgré la grêle des traits et des pierres. Montant le premier à l'échelle, la tête couverte par mon bouclier, je sautai sur le chemin de ronde, et je me mis à sabrer tout ce qui m'approchait. Après un rude combat, j'arrivai à m'emparer d'une tour et à m'y maintenir. Je regardai à ma gauche pour voir où on en était, quand je vis que du côté d'Alak nos échelles avaient été brisées et qu'on emportait Alak lui-même évanoui. Toutefois je fis planter la bannière bleue sur la muraille, attendant qu'on vînt m'appuyer, et prêt à défendre jusqu'à la dernière extrémité le pan de mur que j'avais conquis.

Tout à coup un chevalier de haute taille s'avança sur moi, le long de la muraille; il était suivi d'une dizaine d'autres et tenait une grande hache à la main. Il ne fut pas difficile de le reconnaître; il était nu-tête: c'était Timour Melek.

Autour de moi, les arcs se tendirent.

« Visez à la tête, visez à la tête !» dirent cinq ou six voix.

Le Roi de Fer ne parut même pas s'en apercevoir. Il fit signe à ses gens de s'arrêter, et s'avança tout seul vers moi. D'un geste, j'interdis aux miens de tirer, puis je remis le sabre au fourreau. Timour Melek marcha droit à moi, et me tendit tranquillement la main. Son visage n'exprimait ni amertume, ni colère; il était, comme toujours, calme, doux et un peu hautain.

« Il y a bien longtemps que je ne t'ai vu, Djani, me dit-il tranquillement. Bien des choses se sont passées, bien des vaillants sont morts. Dis-moi, as-tu réussi à mettre la demoiselle Raymonde en sûreté?

— J'y ai réussi, répondis-je. Elle est en Syrie, et s'il plaît à Dieu, elle y est heureuse.

— Dieu est le maître, dit encore Timour. A présent que prétends-tu faire ici?

— Prendre Khodjent d'abord, et te sauver ensuite. »

Timour sourit.

« Prendre Khodjent n'est pas difficile, me dit-il. Je n'ai plus que cent hommes avec moi, et vous êtes quarante mille. Quant à me sauver, j'y ai pourvu moi-même. Regarde! »

Il me mit la main sur l'épaule et me montra le fleuve du doigt. Douze barques blindées s'y trouvaient sous rames, et je voyait qu'on se hâtait de les charger. Mais je voyais aussi que la rive droite fourmillait de cavaliers mongols et qu'une autre troupe passait le fleuve à la nage. A mon tour, je montrai tous ces cavaliers à Timour, puis je lui montrai la chaîne qui barrait le fleuve, et je lui dis:

« Tu ne pourras pas forcer ce passage. »

Il sourit encore, me prit par la main et me dit:

« Adieu Djani. Vous tenez Khodjent, mais Timour Melek, vous ne le tiendrez jamais! »

Aussitôt, il descendit en courant l'escalier du rempart. Je le vis s'embarquer, juste au moment où les nôtres achevaient de passer le fleuve. Des deux rives une pluie de flèches tomba sur les barques; elles approchaient rapidement de la chaîne. Soudain le Roi de Fer se dressa: sa grande hache étincela; l'eau jaillit en écume: les barques passèrent. D'un seul coup de hache, Timour Melek avait tranché la chaîne. Je le vis encore un instant debout sur son bateau, défiant du geste les nôtres stupéfaits. Puis le bateau disparut dans le lointain. Alors seulement il se fit un grand mouvement sur la rive. Je vis Alak, revenu de son évanouissement, monter à cheval, la tête entourée de linges sanglants.

Pour nous, notre tâche était finie, Khodjent avait succombé. Nous allâmes rejoindre la grande armée, qui sous les ordres des trois fils de l'Empereur, Djoudji, Okdaï et Djagataï, envahissait le Kharezm. Pendant ce temps, l'Empereur en personne, avec son plus jeune fils, son préféré Touloui, marchait à la conquête du Khoraçan, où Djelal-ed-Dine tenait bon avec ses Turkomans, ses Persans et ses Afghans, et venait même de battre Houtoukton Noyane près de Kaboul. J'assistai aux sanglantes batailles qui se livrèrent autour d'Ourguendj, et au siège de cette place qui dura sept mois.

Après la prise d'Ourguendj, tout le Kharezm nous fut soumis, et Timour Melek disparut. Bientôt, nous apprîmes que l'Empereur de son côté avait soumis le Khoraçan et poussé Djelal-ed-Dine jusqu'aux confins de l'Inde. Là, sur les bords de l'Indus, le héros Kharezmon avait livré aux nôtres une bataille désespérée; vaincu, presque seul, il avait sauté tout armé dans le fleuve et l'avait traversé à la nage. L'Empereur Inébranlable envoya à sa poursuite Dourbaï Noyane et Belà Noyane, qui pénétrèrent jusqu'au centre de l'Inde. Nous, cependant, nous reçûmes l'ordre de marcher contre le Sultan Mehemed, Pôle de la Foi en personne, et d'en finir avec lui. Djébé nous commandait, ayant sous ses ordres Soubeguetaï le Hardi, et Tougatchar le Koungrad. Nous conquîmes Balkh, Hérat et Nichapour; de là nous partîmes pour soumettre le Mazenderan, poussant le Sultan devant nous. Nous pénétrâmes dans la forteresse d'Ital, qu'on disait imprenable, et nous nous emparâmes des trésors, de la femme et des enfants du Sultan Mehemed. Le Sultan lui-même mourut de chagrin à cette nouvelle. Lui, le Pôle de la Foi, qui avait régné sur l'Iran et le Touran, sur la lointaine Arabie et sur l'Inde, qui avait fait trembler le Khalife de Bagdad, commandeur des Croyants, et le César de Rome aux poings dorés, mourut abandonné, fugitif, sur le bord aride de la mer des Corbeaux. A l'endroit où il mourut, on ne trouva même pas de linceul, et on l'enterra enveloppé de sa pelisse.

L'an 618, année du Cheval, nous conquîmes le Caucase et le pays des Bulgares.

En 619, année du Bélier, nous vainquîmes les Russes à la glorieuse bataille de la Khalkha, qu'on se rappellera encore des milliers d'années.

Toute la plaine du Kiptchak nous fut alors soumise, et nous revînmes tranquillement à Karakoram, où l'Empereur Inébranlable nous accueillit par de grandes fêtes. En 623, nous marchâmes avec lui contre le Tangout et le Tibet; hélas! c'est à la fin de cette année, de cette fatale année du Porc, que la grande âme de l'Empereur Inébranlable quitta son corps. J'assistai à ses funérailles. J'entendis les chants funéraires que composa son vieux compagnon Kilukène le Hardi. Son fils aîné Djoudji et son fidèle Bogordji l'avaient précédé de deux ans dans la tombe. Okdaï lui succéda, puis son fils aîné Gaïouk, qui mourut en 653. Je restai dans le Mavera-an-Nahr qui appartenait à Djagataï, vassal de son neveu Gaïouk. Puis je rejoignis Batou, le bon Sire, Padichah du Kiptcak, fils de Djoudji, vassal pareillement de Gaïouk. Djébé s'était rangé sous sa bannière; comme chef de toumane et haut baron de l'Empire, j'assistai à la conquête de Moscou, à celle de la Pologne, de la Hongrie, et à cette grande et glorieuse bataille de Liegnity où Djébé, mettant le sceau à sa gloire, défit les Allemands par ordre du bon Khan, de notre sire Batou. En 1244 (supputation chrétienne), pas un chien ne se serait permis d'aboyer sans la permission de l'Empereur mongol, du Khaghan de Karakoram. Cette même année, l'Empereur ayant ordonné à Batou le bon Sire d'envoyer des ambassadeurs aux Francs de Syrie, au Khalife de Bagdad, au Soudan d'Egypte, pour leur ordonner de lui payer le tribut, je fus choisi pour cette mission, et je partis accompagné de mes deux vieux écuyers, après avoir fait mes adieux à Djébé et à Marghouz. Alak avait été tué en Hongrie et Mahmoud Yelvadj était mort depuis longtemps.

XIX. — LA BONNE DAME.

PAR la grâce de Dieu très-haut, j'accomplis bien rapidement mon voyage; car, parti de Harakoram en 650, j'arrivai au commencement de 651, année du Serpent, au port de Ladikié, que les Francs nommaient Layas; ce port est l'entrepôt du commerce de l'Asie. Quiconque veut aller dans l'intérieur de l'Asie passe par cette ville de Layas. Pour moi, je m'y embarquai pour me rendre à Acre, où j'arrivai en quatre jours. Acre est une ville forte, grande, magnifique. Elle ne vaut pas toutefois les grandes villes de la Chine, ou Samarkand, ou Bokhara, ou Bolghar sur le Volga, ou Dilavar sur l'Indus, ou tant d'autres nobles villes que nous avons prises et mises à sac.

La ville était en fête. Toutes les maisons étaient pavoisées. La rue principale était tendue de tapis de soie, de velours et de brocart, et une grande foule de Francs et de musulmans y formait la haie le long des maisons. Or, comme chef de Toumane mongol et ambassadeur du grand Empereur, j'avais voulu entrer à Acre conformément à mon rang et à ma dignité. Je montai un cheval gris de fer des écuries du Khaghan; j'avais revêtu des habits de satin de Chine et mon armure de cuir de rhinocéros guillochée d'or; je portais sur la poitrine la grande païza d'or au Lion, que par ordre de l'Empereur Inébranlable (honneur à lui!) Djébé me remit à la suite du jour glorieux de la Khalkha, où je pris le drapeau de Mstivas, chef des Russes. Devant moi marchaient deux timbaliers et deux clairons qui sonnaient la marche des Kiot Bordjiguène. Derrière moi, Plumet portait le toug à trois queues grises que notre bon sire Batou me donna à la bataille de Leignitz, après que j'eus tué de ma main, le 9 avril 1241, Henry, duc de Silésie, de Cracovie et de Pologne. L'Ecureuil portait ma bannière, qui était celle de Djébé, d'azur plein, avec mes armes en abîme. Douze cavaliers chevauchaient derrière, portant les présents du Khaghan pour le roi de France, en échange des présents que ce roi, cette lune du soleil Impérial, avait envoyés à notre Padichah pour implorer et obtenir le reflet de la lumière mongole. Or, vous saurez que les Français sont la nation la plus noble du monde, après les Mongols et les Turks, bien entendu. On ne pourrait, sans errer, les comparer aux Russes et aux Allemands. Gloire à Dieu! Le bey des Français, le roi Louis, avait envoyé à notre Padichah, au Khaghan des Mongols, au représentant de Dieu sur la terre, à l'Empereur conquérant du monde, à Gaïouk, une ambassade chargée de lui demander l'ombre de sa protection, et je venais répondre à cette ambassade, et apporter au bey de France l'eau de la miséricorde que distillait sur lui la faveur du Khaghan.

Quand j'arrivai sur la grande place, le peuple poussait de grandes acclamations. En face de moi, du côté opposé de la place, débouchait une forêt de lances. Les bonnes gens criaient en franc et en arabe:

« Vive le soudan de la Chamelle! Vive le sultan d'Emesse! Vive Malek Mansour, le fort chevalier! »

En tête de cette grosse troupe, dont on voyait onduler les lances et les bannières jusqu'au fond de la rue qui menait à la place, chevauchait un homme armé à la sarrasine, qui souriait en mettant la main sur son cœur. A ses côtés chevauchaient le maître du Temple, le maître de l'Hôpital, et plusieurs rois et hauts barons francs. Tout ce peuple les acclamait sans cesse. Surpris de voir les musulmans et les Francs ensemble, et ce prodigieux honneur que les Francs faisaient à un musulman dans leur ville d'Acre, au point d'étendre des tapis de soie et de brocart sous les pieds de son cheval, je m'adressai à un homme pour lui demander ce qu'il y avait.

« Hé, pardieu! s'écria cet homme, d'où venez-vous pour ignorer que l'Empereur de Perse, le terrible Barbacan, a envahi la Syrie avec dix mille Corasmins pires que des diables? Ignorez-vous aussi que Sarrasins et chrétiens font cause commune contre ces démons, et que Malek Mansour, soudan de la Chamelle, que vous voyez ici, est le meilleur chevalier parmi tous les Sarrasins, et que nous lui faisons cet honneur parce qu'il s'allie à nous contre Barbacan? Pardieu! Barbacan n'aura pas beau jeu contre notre chef Gautier de Brienne, et contre le soudan de la Chamelle!

— Qu'est-ce que ce Barbacan? lui dis-je. Il n'y a point d'empereur de Perse! Par la grâce de Dieu très-haut, la Perse appartient à notre sire Djagataï Khan, vassal du Khaghan maître du monde, Gaïouk, petit-fils de l'Empereur Inébranlable, vis-à-vis duquel les plus grands rois sont des vermisseaux.

— Hé, vous vous gaussez de nous, dit ce Franc en riant. Barbacan est empereur de Perse, vous dis-je; c'est un diable déchaîné. Les Sarrasins l'appellent Timour Melek; mais monseigneur Gautier de Brienne et le soudan de la Chamelle sont meilleurs chevaliers que lui. »

Tout mon sang ne fit qu'un tour. Je poussai mon cheval sur l'homme, le fouet levé, et je m'écriai :

« Tu as menti, vilain! Il n'y a point de meilleur chevalier que Timour Melek! »

Quand le peuple vit cela, il voulut se jeter sur moi. Il y eut grande confusion.

Tout à coup, un mouvement se fit dans la foule; je vis les gens s'écarter respectueusement de droite et de gauche : mon cœur se gonfla : les larmes jaillirent de mes yeux, et sautant à bas de cheval, je mis genou en terre devant une dame pauvrement vêtue que tout le monde saluait bien bas.

« Ah! me dit Raymonde en me relevant, je savais bien que je te reverrais! Vous, bonnes gens, sachez que le meilleur chevalier du monde, ce n'est ni mon cousin Gautier de Brienne, ni le soudan de la Chamelle. Le meilleur chevalier, le voici! C'est Djani, le Chevalier Noir!

— Oh! Raymonde, ma sœur! lui dis-je en balbutiant, tu sais bien que Timour Melek, le Roi de Fer, vaut mieux que moi, et que Djébé vaut mieux que nous deux! »

De fait, je ne savais plus ce que je disais. Je balbutiais, je pleurais. Je tenais les deux mains de Raymonde, je la regardais. Elle n'avait pas changé, sauf que ses cheveux avaient blanchi. Elle était droite comme un cyprès, et ses yeux noirs étaient fiers, loyaux, doux et brillants comme autrefois.

Mes deux écuyers avaient mis pied à terre, et baisaient sa robe. Le peuple, voyant cela, s'écartait avec respect, et criait : « Noël, Noël! »

Les seigneurs à cheval autour de Malek Mansour et le sultan lui-même s'approchèrent; dès qu'ils eurent vu Raymonde, ils descendirent humblement de cheval, m'embrassant et me faisant de grands honneurs. Ensuite ils m'emmenèrent à l'un de leurs hôtels, où était dressé un grand repas. Ils me firent asseoir à la droite de leur chef, qui était le sire Gautier de Brienne, comte de Jaffa, chevalier fameux. A ma gauche, on avait assis Raymonde, que tout le monde connaissait sous le nom de la « Bonne Dame ». J'appris que depuis que je l'avais quittée, elle vivait seule, et pauvrement, dépensant le grand bien qu'elle avait en aumônes et en bonnes œuvres. Quand on me raconta tout ce qu'elle faisait, je ne pouvais m'arrêter de pleurer.

Le soir même du repas, nous eûmes des nouvelles par un chevalier qui s'était échappé du château de Tabarié. Timour Melek, après avoir pris Tabarié et défait Eudes de Montbéliard, ravageait tout le pays entre Château-Pèlerin et Acre. Il fut décidé aussitôt qu'on marcherait à sa rencontre, et qu'on lui enverrait un parlementaire pour lui offrir la bataille et lui demander quelles étaient ses intentions. A l'unanimité, je fus choisi pour parlementaire et, à la grande surprise de tous ces gens-là, qui remettaient volontiers au lendemain ce qu'ils pouvaient faire le jour même, je partis dans la nuit, pour ne pas perdre de temps.

Nous longions le bord de la mer. En deux jours, nous passâmes devant Château-Pèlerin et Césarée. Avant d'atteindre Arsur, vers minuit, je vis un gros camp, et tout de suite je reconnus des yourtes de mon pays. M'avançant un peu, j'entendis le cri des sentinelles : *younglamai*, « ne dors pas! » et je reconnus qu'on parlait pur turk du nord dans le camp. Je compris que j'étais arrivé devant l'armée des Kharezmiens, et j'appelai à haute voix :

« Holà, où est Timour Melek? »

Une voix rude s'éleva dans la nuit, criant :

« Qui est ce Turk, à présent? Qui sont tes sept ancêtres, là-bas?

— Parle toi-même, répondis-je.

— Moi, dit la voix, je suis Kirghiz Kazak.

— Et moi, je suis Oïgour, dis-je à mon tour.

— Que le diable t'emporte, alors! reprit la voix. Alerte, vous autres! Battez les timbales! Ce sont des hommes du Nord qui arrivent à présent! Les chiens de Mongols nous poursuivent jusqu'ici!

— Chien toi-même! criai-je. Déserteur! Ta nation n'est-elle pas sous nos bannières? Charge donc, si tu oses! »

Il se fit un grand mouvement. J'encochai une flèche. Tout à coup une voix claire, vibrante, frappe mon oreille. Un cavalier s'avança sur moi. Cette voix, cette haute taille, je ne pouvais m'y méprendre : c'était le Roi de Fer à qui j'avais affaire.

« Allons, Djani! c'est encore toi? me dit-il. Approche. Je suis content de te retrouver. Approche donc! »

J'approchai. A la clarté de la lune, je reconnus Timour Melek, tel que je l'avais toujours vu, sauf qu'il était vieilli. Sa longue barbe blanche s'étalait sur sa cotte de mailles.

« Lumière de ce siècle! m'écriai-je; merveille du temps! Que ma vie soit la rançon de la tienne! Je ne pensais pas te retrouver ici!

— Dieu sait tout! dit gravement le Roi de Fer. C'est par sa volonté que nous sommes toujours dans deux camps opposés, malgré notre mutuelle affection. »

Un homme de haute taille et de grande mine vint nous rejoindre. Je m'inclinai respectueusement devant lui. C'était Djelal-ed-Dine.

« Celui-ci, reprit Timour Melek, c'est Djelal-ed-Dine, donné par Dieu, fils de feu le sultan Mehemed Kharezm chah, Pôle de la foi. C'est devant son grand-père Tekèche et devant sa grand'mère Turkane Khatoune que nous avons jouté à Bokhara. T'en souviens-tu, Djani?

— Si je m'en souviens! Nous étions jeunes alors. Où sont tous ceux que nous avons connus? Où sont les héros?

— Oui, dit le Roi de Fer, où est Sengoun, fils de l'empereur des Kéraïtes? Où est

JE REGARDAIS RAYMONDE

Tayang, empereur des Naïmanes? Où est son fils le grand Gouchloug? Où est Ghaïr Khan? Sous la terre froide. Où est mon ennemi, le Vieux de la Montagne?

— Oh! pour celui-là, répondis-je, nous en avons fait bonne et prompte justice. Il a voulu détacher des assassins à Djébé, mais Djébé n'entend pas la plaisanterie, et lui a balayé en passant son repaire du mont Alamout, où le Vieux s'est pendu lui-même, sachant ce qui l'attendait.

— Vous autres Mongols avez fait bien du mal, dit Djelal-ed-Dine, mais ce que vous avez fait au chef des Assassins est bien fait.

— Djébé est-il encore en vie? me demanda Djelal-ed-Dine.

— Il est en vie », répondis-je.

Les yeux de Timour Melek étincelèrent.

« De tous les hommes de la terre, s'écria-t-il, depuis que l'Empereur Inébranlable est mort, Djébé est le seul que je haïsse et que j'envie. Je ne voudrais pas mourir avant de l'avoir revu. S'il plaît à Dieu, je lui dirai ma haine! Adieu, Djani. Le nom de Djébé me fait horreur. Retourne à ton camp. Demain, nous nous battrons.

— Non pas nous, Roi de Fer, répondis-je. Mon bras frappera sur tes Kharezmiens, mais chaque maille de ton armure est sacrée pour moi. »

Je rentrai à notre camp. Le lendemain fut la bataille.

Les Francs et leurs alliés y prirent de si mauvaises dispositions, que je vis bien qu'ils seraient battus. Le comte Gautier de Brienne le vit aussi, car plusieurs fois il cria : « Seigneurs, pour Dieu, allons à eux; car nous leur donnons du temps, parce que nous nous sommes arrêtés. »

Là-dessus, comme il arrivait un de leurs chevaliers, qu'on me dit être le sire de Coucy, criant son cri : « Passent devant les meilleurs! » j'empoignai ma bannière, et je passai brusquement devant, en criant : « Place à la bannière! » Le choc fut rude. Le maître du Temple fut tué, et celui de l'Hôpital fut pris, avec le comte Gautier. Le sultan d'Emesse se battit bien fort, tellement que de deux mille Turcs qu'il mena à la charge, il ne lui en demeura que deux cent quatre-vingts quand il quitta le champ de bataille. Je restai le dernier, avec Raymonde. Bientôt Timour Melek vint à moi. Il n'était plus armé; vêtu du froc du pèlerin, nu-pieds, le bâton à la main, il s'approcha de nous et baisa la main de Raymonde, puis il dit d'une voix grave : « Cette bataille d'aujourd'hui est ma dernière bataille. Désormais je renonce au monde. »

Il partit aussitôt sans vouloir rien entendre. C'était un héros!

Nous revînmes à Acre, battus et réduits à un millier d'hommes. Pour moi, je restai quatre ans dans l'occident, où je fis le pèlerinage de Jérusalem et de la Mekke. Je vis le Caire et le fleuve béni. La quatrième année, ayant appris que Louis, roi de France, était arrivé à Chypre avec une grosse armée pour faire la guerre au sultan d'Egypte, je me rendis à Chypre, pour remettre à ce roi les lettres du Khaghan.

Je trouvai ce grand roi assis dans une salle d'un palais au bord de la mer, en une ville qu'ils appellent Famagouste. Il n'avait autour de lui que cinq chevaliers, parmi lesquels en était un qu'il semblait affectionner particulièrement : on me dit qu'il s'appelait Jean, sire de Joinville. Le roi était assis près de la fenêtre, sur un simple escabeau de bois, avec un coussin. Ses vêtements étaient de camelin sans fourrures. Sur ses épais cheveux blonds, il portait un bonnet garni de plumes de paon. Sa figure était la plus douce et en même temps la plus fière et la plus vaillante qu'on pût voir. Les chevaliers qui l'entouraient n'étaient pas armés, mais richement vêtus de cramoisi fourré de vair et d'hermine.

Je remis tout d'abord mes présents, parmi lesquels se trouvait un arc qui avait servi à Batou-Khan lui-même. Le roi me demanda tout de suite s'il était vrai que nous fussions chrétiens. Je lui répondis que nous avions des chrétiens parmi nous, mais aussi des musulmans et des païens. Alors il fit un grand soupir. Il me demanda ensuite s'il était vrai, comme on lui avait dit, que quand nous avions battu Djelal-ed-Dine, notre empereur avait fait venir des prêtres qui avaient converti trois cents hommes d'armes; qu'il avait fait après confesser ces trois cents hommes, et que c'étaient ceux-là qui avaient défait et chassé l'empereur de Perse. Je souris, et je lui répondis que je ne savais rien de tout cela.

Alors, pour m'acquitter de ma mission, je dis au roi que le grand Khan, ayant entendu parler de lui, lui offrait son appui pour conquérir Jérusalem, moyennant que lui, roi de France, prît la Syrie et l'Egypte à fief de sa main, et se reconnût son homme.

Les chevaliers qui étaient autour du roi parurent tout surpris et fâchés.

Le roi ne répondit pas un mot. Il me donna sa main à baiser, où je vis qu'il portait une fort belle émeraude enchâssée, puis se leva en signe que l'audience était terminée. Les sires Beaudoin et Guy d'Ybelin, mes vieux amis, qui m'avaient introduit, me remmenèrent. Guy d'Ybelin me dit que le roi était très fâché, et qu'il se repentait fort d'avoir envoyé une ambassade et des présents au Khaghan.

Je retournai le même jour à Acre, car j'avais hâte de revoir la Mongolie. Cette fois, Raymonde ne me laissa point partir seul. Quand elle apprit que le roi Louis avait envoyé des frères prêcheurs à Karakoram, elle me dit :

« Aussi bien qu'ils iront prêcher les hommes, j'irai prêcher les femmes. Maintenant que je n'ai plus que peu de temps à vivre, je resterai avec toi jusqu'à la mort. Au surplus, l'impératrice veuve de Djoudji est chrétienne : c'est la sœur du Grand Sengoun. J'irai vivre auprès d'elle. »

Plein de joie, je partis pour Layas avec Raymonde, et nous nous mîmes en voyage pour nous rendre à Karakoram. Hélas! elle ne put résister aux fatigues de cette longue route. A Samarkand, elle tomba malade et demanda un confesseur. Il s'y trouvait justement de passage un moine français, frère Rubruk, que le pape de Rome envoyait à Karakoram en ambassade vers le Grand Khan. Frère Rubruk vint voir Raymonde sous une tente que j'avais fait dresser pour elle à la manière mongole. Après l'avoir confessée, ce moine me dit qu'elle était bien sûre d'entrer en paradis, car jamais il n'avait vu âme aussi pieuse et aussi pure. Environ vers le coucher du soleil, Raymonde se dressa sur son séant :

« A présent, dit-elle, je me sens tout près de mourir. Frère Rubruk, j'ai à vous faire une demande, à savoir, que vous me mariiez à ce baron ici présent, Djani le Chevalier Noir. Aussi bien que depuis le jour où je l'ai connu, je l'ai toujours aimé bien fort, et j'ai toujours prié pour lui; aussi bien, en mourant, je voudrais que nous soyons unis ensemble par le sacrement du mariage.

— Que dites-vous là, demoiselle! s'écria frère Rubruk. Je ne puis pas faire cela! Ce baron est un Sarrasin mécréant. Je ne puis pas!

— Eh bien! moi, je le puis! » dit une voix grave.

Tout le monde se tourna du côté d'un vieillard vénérable qui venait d'entrer sous la tente. Il était tellement vieux et chenu, que nul n'eût pu dire son âge. Il avait bien cent ans et plus. Une grande foule de peuple l'avait suivi jusqu'à la tente, se prosternant devant lui, car tout le monde, les musulmans et les païens comme les chrétiens, disait qu'il faisait des miracles. C'était le vieux prêtre que j'avais vu jadis à la porte de l'église Saint-Jean-Baptiste à Samarkand, et qui m'avait appris la captivité de Marghouz.

« Raymonde et Djani, dit-il, au nom du Père, du Fils et du Saint-Esprit, je vous déclare unis! »

Aussitôt Raymonde passa son bras autour de mon cou, et, appuyant sa tête sur mon épaule, elle s'endormit du dernier sommeil, bien doucement et le visage souriant. Je passai la nuit à larmoyer près de son lit. Le lendemain, je la fis enterrer dans le cimetière de l'église de Saint-Jean-Baptiste, au milieu d'une foule de peuple qui se lamentait.

IL BAISA LA MAIN DE RAYMONDE

Masoud Beg, gouverneur du Mavera-an-Nahr, donnait le soir même un festin en l'honneur de Djébé. Quoique je fusse bien triste, je m'y rendis pour voir Djébé, qui me fit asseoir à ses côtés. A la fin du repas, dans la grande salle du Palais-Vert éblouissante de lumières, on vit entrer tout à coup un derviche enfroqué qui se plaça immobile devant Djébé.

« Qui es-tu! dit celui-ci.

— Ne me reconnais-tu pas? » répondit le derviche. Il rabattit son capuchon, et chacun put voir la fière figure de Timour Melek.

« Je ne t'en veux pas, dit Djébé en lui tendant la main. Viens t'asseoir à mes côtés. Maintenant que la bannière mongole est victorieuse sur toute la face de la terre, je te jure que je ne t'en veux pas. Parle, tu n'as qu'un mot à dire pour être rétabli dans tes charges et dans tes honneurs, et pour devenir un des grands princes de l'empire. Est-ce pour cela que tu es venu?

— Je suis venu, répondit le Roi de Fer en se redressant, pour te dire que j'ai traversé le monde, et que partout j'ai vu des tas d'ossements, et des ruines, et des cendres: c'était la trace de votre passage, à vous autres Mongols!

— Tais-toi! dit vivement Djébé. Si tu es venu pour nous outrager, tais-toi!

— Me taire! Qui es-tu pour me dire de me taire!

— Au nom de l'empereur, cria Djébé tais-toi!

— Quel empereur? répondit Timour. Votre Khaghan mongol, votre païen de Karakoram? »

Je vis Djébé qui faisait un violent effort pour se contenir. Il désigna du doigt sa bannière plantée à côté de son siège, et dit: « Au nom de l'empereur dont le sceau est marqué sur cette mienne bannière, et malheur à qui y touche! »

Aussitôt le Roi de Fer saisit si rapidement l'étoffe de la bannière, que personne n'eut le temps de s'y opposer, et, l'arrachant de la hampe, il la foula aux pieds. Un cri d'horreur s'éleva; Djébé sauta sur le Roi de Fer, les deux poings fermés; mais avant qu'il ne l'eût touché, une corde d'arc résonna, Timour Melek chancela et tomba sur le côté, roide mort; un écuyer de Djébé, Kadkane Oghlane, lui avait tiré par derrière une flèche qui lui avait traversé le cœur.

Ainsi finit ce héros, la plus noble des créatures qu'on ait vues sur la terre depuis notre prophète, Mahomet l'élu, et son cousin, le fils d'Abou-Talib, Ali, le Lion de Dieu.

Pour moi, je passe ma vieillesse à la cour de Karakoram, au milieu des empereurs, des rois et des princes, qui viennent rendre hommage au Khaghan. Mes deux discrets écuyers sont avec moi: ils ont reçu lettres patentes de Tarkhan et ont été faits gentilshommes. Djébé est mon confident; nous nous racontons nos souvenirs, et il ne se passe pas de jour sans que la noble princesse aux yeux noirs et le vaillant Roi de Fer y soient rappelés.

TABLE DES MATIÈRES

78-3-25. — Imprimerie HACHETTE, rue Stanislas. — Paris. P.

IMP. CUSSAC, PARIS.

www.ingramcontent.com/pod-product-compliance
Ingram Content Group UK Ltd.
Pitfield, Milton Keynes, MK11 3LW, UK
UKHW021554260726
13993UKWH00002B/830